Untendrumherumreden

Alles über Liebe und Sex

© Hodder and Stoughton Limited

Hannah Witton, geboren 1992, ist eine in England sehr bekannte Vloggerin. Sie bezeichnet sich selbst auch als »Sex educator«, veröffentlicht regelmäßig Videos zum Thema Sex, Liebe und Beziehungen. 2016 wurde sie mit dem Cosmopolitan Influencer Award ausgezeichnet. Mehr unter www.hannahwitton.com

© Lea Hoock

Hanna Christine Fliedner hat in Düsseldorf Literaturübersetzen studiert. Nach Abstechern kreuz und quer durch die weite und nicht ganz so weite Welt überträgt sie nun Literatur aus dem Englischen, Spanischen und Portugiesischen ins Deutsche. Nebenbei unterrichtet sie Deutsch als Fremdsprache, um ihre Liebe zur Sprache mit noch mehr Menschen zu teilen.

© Damian Michalski

Jennifer Thomas wurde 1991 in Bocholt geboren und entschied sich schon früh für das Studium des Literaturübersetzens in Düsseldorf. Seitdem lebt und arbeitet sie dort als freiberufliche Deutschlehrerin und Übersetzerin aus dem Englischen und Spanischen.

HANNAH WITTON

Untendrumherumreden

Alles über Liebe und Sex

Aus dem Englischen von Hanna Christine Fliedner
und Jennifer Thomas

CARLSEN

MIX
Papier aus verantwortungsvollen Quellen
FSC® C083411
FSC
www.fsc.org

Originalverlag: Wren & Rook, an imprint of
Hachette Children's Group, London
Originaltitel: »Doing It – Let's Talk About Sex«
Innendesign und -illustrationen: Mélanie Johnsson
Umschlaggestaltung und -typografie: formlabor
Umschlagbild: shutterstock.com / © Vladimir Gjorgiev (251138485)
Aus dem Englischen von Hanna Christine Fliedner und Jennifer Thomas
Lektorat: Wiebke Andersen-Oberschäfer
Satz und Herstellung: Karen Kollmetz
ISBN: 978-3-551-31743-8

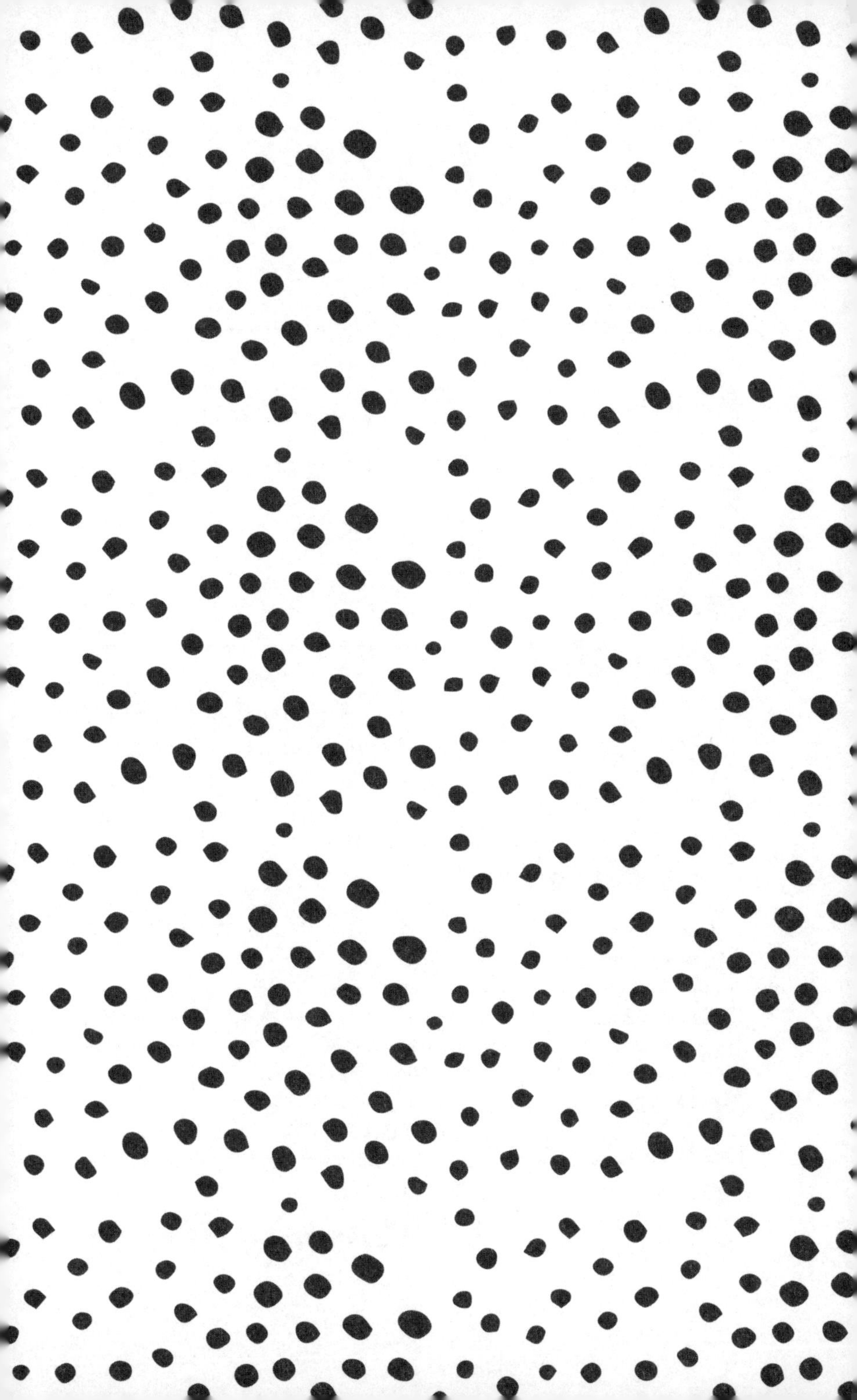

Inhalt

Vorwort

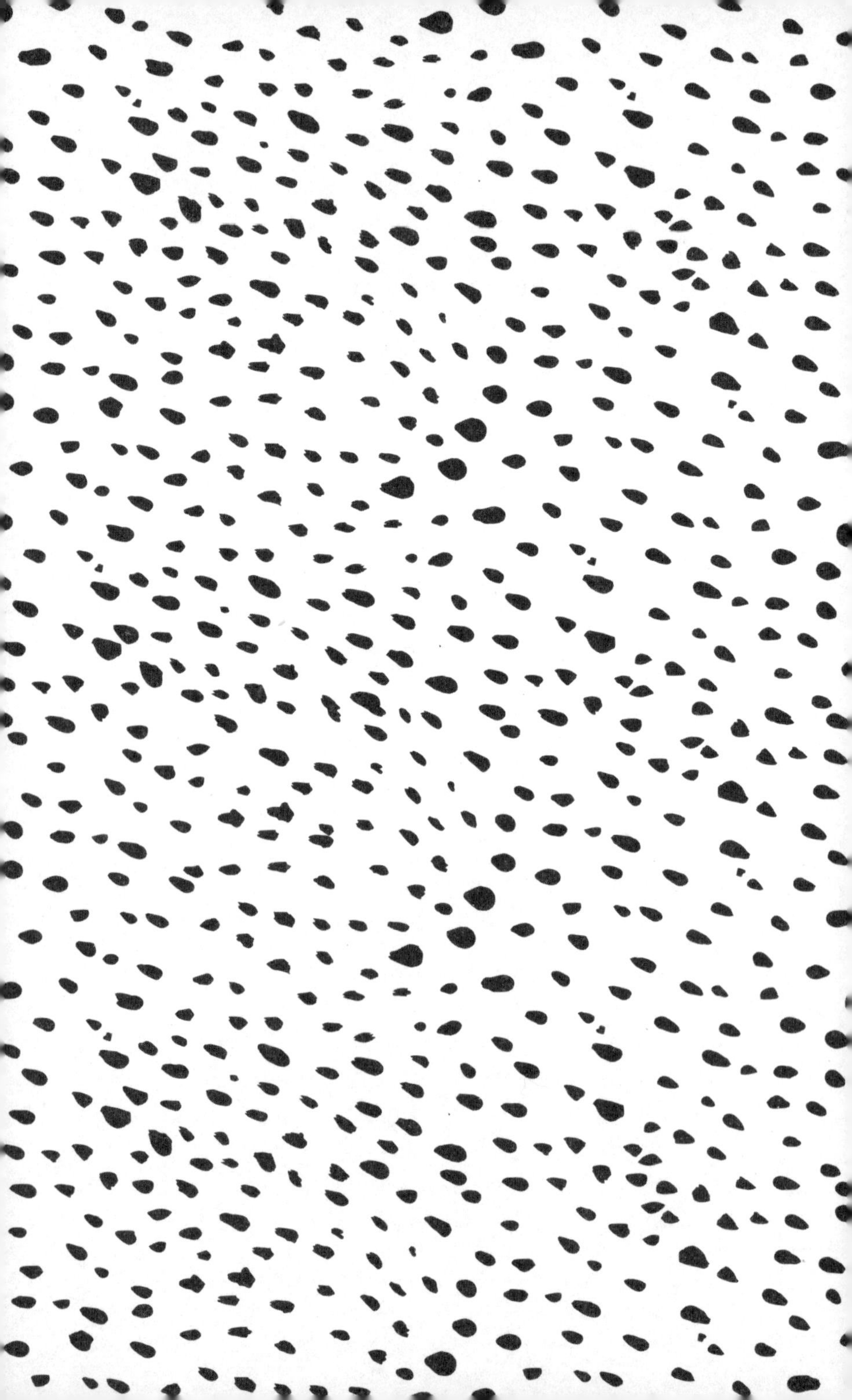

Hallo liebe Leserin, hallo lieber Leser!

Danke, dass du dich für dieses Buch entschieden hast. Ich bin Hannah Witton – Schriftstellerin, Vloggerin und Online-Sexualberaterin. Die Themen Sexualität und Beziehungen interessieren mich schon lange. Manche behaupten sogar, ich sei geradezu besessen davon. Bereits in der Schule habe ich mit meiner Reli-Lehrerin darüber diskutiert. Später habe ich Geschichte studiert und es irgendwie geschafft, alle möglichen Module zu belegen, die etwas mit Sex zu tun hatten. Meine Abschlussarbeit habe ich über viktorianische Sex-Ratgeber geschrieben. Auf meinem YouTube-Kanal geht es fast immer um Sex und Beziehungen und ich habe einen Buchklub-Podcast mitgegründet, in dem wir jeden Monat ein Buch über Sex lesen und besprechen. Macht mich das zu einer Besessenen? Vielleicht.

Aber der Reihe nach: Was das Thema Sex angeht, bin ich in einer sehr aufgeschlossenen Familie aufgewachsen. So aufgeschlossen, dass uns bei meinen Schulfreund*innen schon ein ziemlich zweifelhafter Ruf vorauseilte. Als ich ungefähr 13 Jahre alt war, lud ich nach der Schule eine Freundin zu uns zum Essen ein. Eine andere Freundin, die schon vorher das Privileg genossen hatte, mit der Witton-Familie zu Abend zu essen, warnte die Ahnungslose daraufhin: »Pass auf, die reden beim Abendessen gerne mal über Geschlechtsteile und ihre Tage!« Es sieht also ganz danach aus, als hätte ich es der Erziehung meiner Eltern zu verdanken, dass ich so offen über Tabuthemen spreche.

In der Schule und zu Hause wurde ich eigentlich ganz vernünftig aufgeklärt. Als ich das erste Mal meine Tage bekam, dachte ich nicht gleich, ich würde sterben. Mir wurde beigebracht, was man tun muss, um nicht schwanger zu werden. (Oder um es doch zu werden, wenn irgendwann mal der richtige Zeitpunkt kommt – hör bitte auf zu fragen, Oma!) Ich hatte gelernt, dass Homosexualität normal ist und dass ich »Nein« sagen kann, wenn ich etwas nicht will.

Mit 16 wechselte ich dann für die Oberstufe auf ein religiöses College und in einer der wöchentlichen Religionsstunden sprachen wir mit der Lehrerin über gesundes Verhalten in einer Beziehung. Es war fast so was wie eine Aufklärungsstunde, aber ich hatte trotzdem das Gefühl, dass etwas fehlte, und hob die Hand.

»Miss? Wann bringen Sie uns bei, wie man verhütet?« Berechtigte Frage, wie ich finde.

Aber sie antwortete, darüber könne sie uns nichts beibringen, weil sich das nicht mit den religiösen Grundsätzen des Colleges vereinbaren ließe. Das wollte nicht in meinen Kopf. Ich meine, man weiß ja, dass in manchen Religionen so einiges verboten ist, aber ich hätte nie gedacht, dass das Auswirkungen auf den Schulunterricht haben würde. Die Diskussion wurde ein bisschen hitzig, bis ich ihr praktisch entgegenbrüllte: »Hören Sie mal, Miss, wir sind alle 16 oder 17 und haben sowieso schon alle Sex, also können Sie uns zumindest beibringen, wie wir uns dabei schützen!« Aber die Antwort lautete immer noch: Nein. (Natürlich weiß ich, dass noch nicht alle 16- oder 17-Jährigen Sex haben, und das ist völlig in Ordnung, aber so klang es einfach etwas dramatischer.) In dieser Situation fiel mir zum ersten Mal auf, dass irgendwas falsch lief und dass uns jungen Leuten ein paar wichtige Informationen vorenthalten wurden. Und obwohl ich erst Jahre später anfing Aufklärungsvideos auf YouTube hochzuladen, glaube ich, dass das eine Art Schlüsselerlebnis für mich war.

Mein erstes YouTube-Video lud ich im April 2011 hoch und neun Monate später mein erstes Aufklärungsvideo. Zu der Zeit hatte ich ein wunderbares Publikum von ein paar Hundert Leuten, und mir fiel auf, dass es sich dabei größtenteils um junge Frauen handelte. Ich hatte das Bedürfnis, mich nützlich zu machen, Ratschläge zu geben, ihnen irgendwie weiterzuhelfen. Und das kann ich wohl am besten, indem ich über Sex rede. Vielen Leuten ist es unangenehm, darüber zu reden, mir aber aus irgendeinem Grund nicht, deshalb bot es sich geradezu an, damit anzufangen. Mittlerweile, sechs Jahre später, habe ich über 50 Videos veröffentlicht, in denen ich über Sex und Beziehungen spreche, und jetzt schreibe ich sogar ein Buch darüber!

Ich möchte, dass du aus diesem Buch etwas lernst. Ich möchte, dass dieses Buch sich anfühlt wie der Rat einer guten Freundin oder eines guten Freundes. Ich möchte, dass dieses Buch dir zeigt, dass du normal bist, dass es dich stärker macht und dich dazu bringt, dich in deinem Körper wohlzufühlen. Ich möchte, dass dieses Buch dich unterstützt, dir Trost spendet und dass es dir die Möglichkeit gibt, ganz du selbst zu sein. Vielleicht ist das alles ein bisschen viel verlangt, deshalb verstehst du hoffentlich, dass du selbst auch einen klitzekleinen Teil dazu beitragen musst.

Bis vor Kurzem war Sexualkundeunterricht noch nicht Teil des landesweiten Lehrplans hier in England. Dass die Regierung das mittlerweile geändert hat, ist die Erfüllung eines Traums. Jetzt fehlt nur noch, dass ich mitbestimmen darf, was genau auf diesem Lehrplan stehen soll, und vielleicht sogar selbst etwas davon unterrichten kann …

Im Ernst, mitzubestimmen wäre der Hammer! Und bis es so weit ist, hast du ja dieses Buch. Hier findest du Informationen, Ratschläge und Hilfe zu allen Themen von Pubertät bis Porno, von Konsens bis Körperwahrnehmung, von Masturbation bis Menstruation, von Pansexualität bis Pille, von Verlust der Jungfräulichkeit bis venerische Krankheiten (der lateinische Fachbegriff für sexuell übertragbare Krankheiten. Sorry, ich wollte so gerne die Alliteration beibehalten). Außerdem findest du hier einige persönliche Geschichten, die ich bisher noch nie online veröffentlicht habe, ein paar Lebensweisheiten und Anekdoten meiner Freund*innen plus die eine oder andere Expertenmeinung.

Offiziell ist das Buch für alle über 14 gedacht. Solltest du aber jünger sein und dich trotzdem dafür bereit fühlen, werde ich dir bestimmt nicht verbieten es zu lesen. Ich hoffe, es ist für jede*n was dabei, angefangen bei Teenagern, die versuchen aus dem ganzen Kram schlau zu werden und neue Erfahrungen machen, über junge Erwachsene, die auch noch versuchen aus dem ganzen Kram schlau zu werden und neue Erfahrungen machen, bis hin zu den Eltern, die immer noch versuchen … du verstehst schon! Wir können alle noch was dazulernen und erleben immer wieder Neues. Aber mal im Ernst: Ich hoffe, dass du dieses Buch hilfreich und informativ und vielleicht sogar unterhaltsam findest, egal ob du jetzt 15 oder 25 bist.

Bevor wir loslegen, sollte ich noch kurz darauf hinweisen, dass du dieses Buch nicht von vorne bis hinten durchlesen musst. Es ist keine zusammenhängende Geschichte und es gibt keine komplexe Handlung. Du kannst es einfach in der Reihenfolge lesen, die dir gefällt.

Vielleicht denkst du: »Ach, heute ist ein Tag für gesunde Beziehungen.« Und dann liest du einfach das Kapitel dazu. Oder: »Heute hätte ich Lust auf ein bisschen Porno.« Dann liest du eben den Teil. Okay, das klingt jetzt etwas seltsam, oder?

Wie auch immer, was ich damit sagen will, ist: Es liegt ganz allein bei dir, wie du dieses Buch angehen möchtest: von vorne nach hinten, von hinten nach vorne, von oben nach unten (häh?!), nur die Kapitel, die dich interessieren – du kannst es dir aussuchen.
Ich habe ganz schön viel gelernt, während ich dieses Buch geschrieben habe (ich möchte nicht zu viel verraten, aber da gibt es so eine Sache mit einem Frosch und menschlichem Urin …), und ich hoffe, du lernst auch das eine oder andere. Außerdem hoffe ich, dass du einfach Spaß daran hast. Manchmal geht es um heftige Themen … und ja, manchmal müssen wir auch ernsthaft über Sex und Beziehungen reden. Aber der Spaß und die Lust am Sex stehen genauso im Vordergrund, außer vielleicht (Spoiler-Alarm!) in dem Kapitel über Trennungen. Wie du feststellen wirst, hatte ich mit dem Kapitel etwas zu kämpfen.

Eine Sache muss ich an dieser Stelle noch loswerden: Wenn du ein Eltern- oder Großelternteil von mir oder sonst irgendwie mit mir verwandt bist – vielen lieben Dank, dass du mich unterstützt und dieses Buch gekauft hast, aber bitte schlag es sofort wieder zu! Sonst könnten Weihnachten und Passah ziemlich schräg werden.

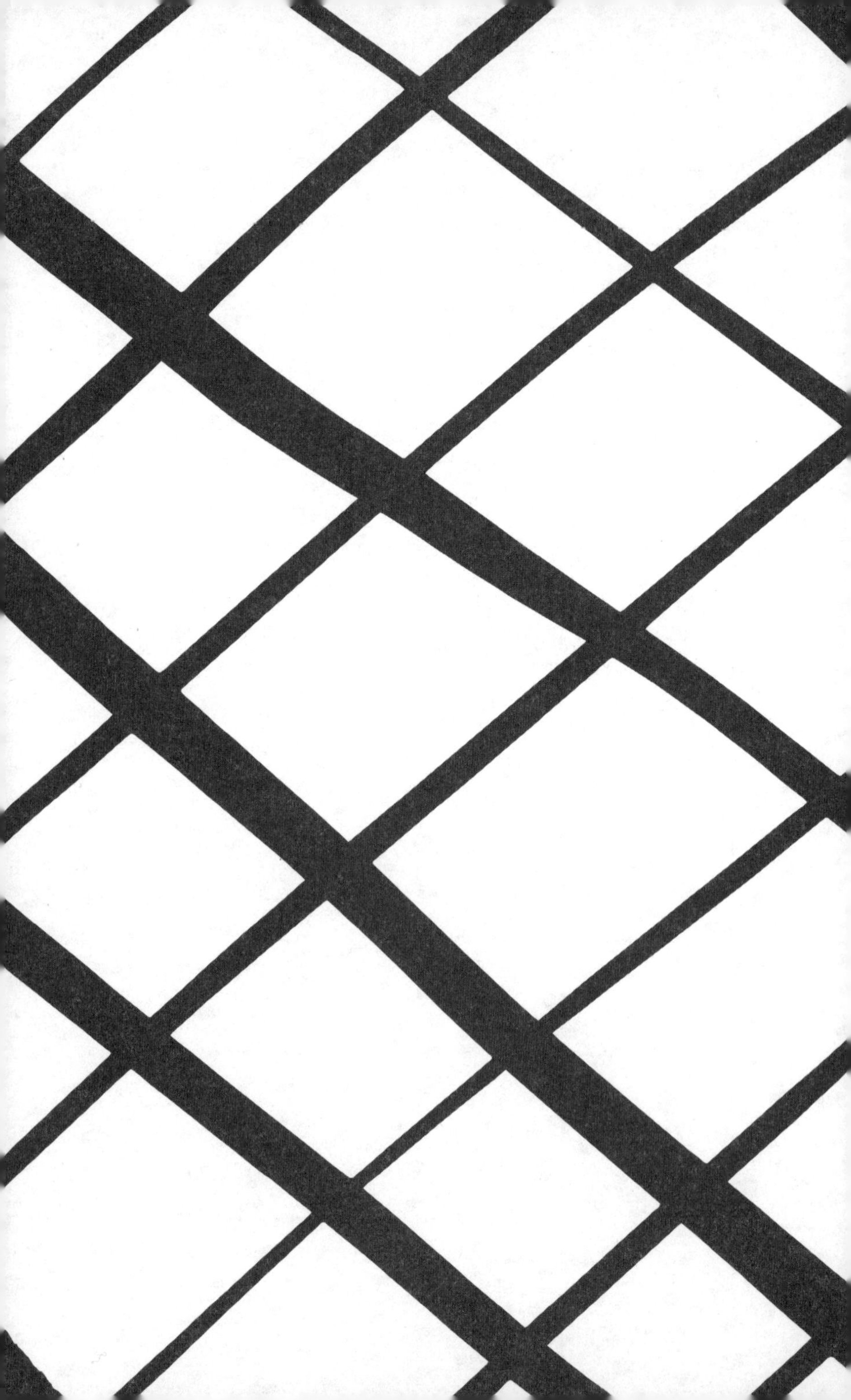

Kapitel 1

Gesunde Beziehungen

Was macht eine gesunde Beziehung aus?

Ich fange mit diesem Thema an, denn wenn du nur eins aus diesem Buch mitnehmen sollst, dann das: Du verdienst gesunde Beziehungen. Du hast sogar ein Recht darauf. Egal ob es sich um flüchtige Affären oder die Beziehung zu festen Partner*innen handelt, ob zu deiner Familie, zu Freund*innen, Kolleg*innen, Bekannten oder, am allerwichtigsten, zu dir selbst. Eine gesunde Beziehung ist die Basis für jede starke und harmonische Bindung. Ob du jemanden nun schon seit fünf Jahren oder erst seit fünf Minuten kennst – es ist unheimlich wichtig, dass sich alle Beteiligten wohlfühlen und jeder weiß, was Sache ist. Hier die wesentlichen Bestandteile einer gesunden Beziehung:

Vertrauen

Eine Beziehung ohne Vertrauen ist tödlich. Du musst deinem Partner oder deiner Partnerin vertrauen und er oder sie muss dir vertrauen. Beziehungen haben manchmal etwas Beängstigendes, weil man ja jemandem sein (metaphorisches) Herz schenkt und darauf vertraut, dass dieser Jemand es nicht schlecht behandelt. Wenn du deinem Partner bzw. deiner Partnerin nicht vertraust, solltest du dich fragen, warum nicht. Und dann solltest du mit ihm oder ihr darüber reden. Eifersucht und Paranoia sind Gift für jede gesunde Beziehung. Wenn ihr einander vertraut, bist du nicht ständig unsicher, wachsam oder eifersüchtig. Okay, am Anfang einer Beziehung geht es einem vielleicht schon mal so. Und das ist auch in Ordnung, weil man da noch in dieser Phase steckt, in der man nicht so richtig weiß, woran man ist. Aber sobald das Ganze ein bisschen länger geht und ihr euch eurer Sache schon etwas sicherer seid, sollte auch die Beziehung genau das sein – sicher. Vertrauen in einer Beziehung heißt, dass man einander die Wahrheit sagt und dem oder der anderen glaubt, dass man Versprechen einhält, sich aufeinander verlassen kann und sich geborgen fühlt, sowohl körperlich als auch emotional. Dazu gehört auch, dass du dir keine Sorgen zu machen brauchst, was dein*e Partner*in so treibt, wenn du nicht dabei bist, und dass du die Finger von seinem bzw. ihrem Handy und den persönlichen Nachrichten lässt. Jemandem nachzuspionieren ist echt uncool. Aber du solltest auch nicht erwarten, dass du jemandem sofort voll und ganz vertrauen kannst. Vertrauen baut man in einer Beziehung gemeinsam auf. Man muss es sich erst verdienen.

Respect (just a little bit, just a little bit)

Aretha Franklin wusste genau, worauf es ankommt. Ehrlich gesagt ist Respekt für mich eins dieser Worte, die ich sehr oft benutze, ohne jemals richtig nachgedacht zu haben, was sie wirklich bedeuten. Hier kommt deshalb die Definition aus dem Wörterbuch: »auf Anerkennung, Bewunderung beruhende Achtung«. So wie ich das sehe, geht es also darum anzuerkennen, wie cool die andere Person eigentlich ist. Ich glaube nicht an so etwas wie eine »bessere Hälfte«. Jede*r ist für sich doch schon ein Ganzes, und um in einer Beziehung zu leben, muss man nicht zu einer Einheit verschmelzen, sondern zu einem Team werden. Deine Partner*innen zu respektieren heißt, dass du ihre Unabhängigkeit akzeptierst und zu schätzen weißt. Respektiere ihren Glauben, ihre Werte, ihre Ziele im Leben, ihre Jobs, ihre Hobbys, ihre Freund*innen und ihre Familie. Und da reicht es nicht, Respekt nur zu empfinden, du musst ihn auch zeigen. Ob das nun bedeutet, dass du diesen Menschen den Freiraum lässt, ihr eigenes Ding durchzuziehen, sie auf ihrem Lebensweg aktiv unterstützt oder einfach nur nicht versuchst sie zu ändern – erweise ihnen einfach ein bisschen R-E-S-P-E-C-T!

Kommunikation

Kommen wir zu meinem Lieblingsthema. Kann man überhaupt von einem Lieblingsthema sprechen, wenn alle drei superwichtig sind? Keine Ahnung! Aber eins weiß ich ganz genau: Ich rede gern und teile meine Gedanken auch gern mit anderen. Am Zuhören arbeite ich noch – versprochen! Möglicherweise ist Kommunikation auch das schwierigste Thema, weil es darum geht, sich zu öffnen, sich verletzbar zu machen und jemandem die Macht zu geben, dich zu vernichten.

Okay, vielleicht ist »vernichten« ein bisschen übertrieben, aber sich jemandem anzuvertrauen kann ganz schön beängstigend sein, vor allem wenn man etwas zum ersten Mal anspricht. Wenn ihr euch aber vertraut und respektvoll miteinander umgeht, fällt das Reden um einiges leichter und kann sogar richtig befreiend wirken. Sprecht darüber, wie ihr euch eure Beziehung vorstellt, was ihr wollt, was ihr erwartet, was ihr dazu beitragen könnt. Sprecht über Regeln und Grenzen – und über Eifersucht (eine gewisse Portion Eifersucht schadet nicht, solange man sie zugibt und den anderen darauf anspricht, zum Beispiel mit »Hey, das hat mich ein bisschen eifersüchtig gemacht«). Das kommt dir doch sicher bekannt vor: Ständig grübelst du, weil dich etwas in deiner Beziehung stört. Schon wenn du nur daran denkst, bekommst du schlechte Laune und es wird einfach nicht besser, sondern immer schlimmer. Atme ein paarmal tief durch und rede darüber, wie du dich fühlst. Ich weiß, das ist leichter gesagt als getan, aber ich habe es noch nie bereut, jemandem zu erzählen, was mich gerade beschäftigt.

Auch bei einem flüchtigen Abenteuer sind Vertrauen, Respekt und Kommunikation wichtig. Rede offen darüber, was du dir versprichst oder erhoffst, und respektiere die Grenzen deines Partners oder deiner Partnerin. Auch eine lockere Affäre sollte sich gut anfühlen, und nur weil es keine feste Beziehung ist, musst du nicht weniger erwarten oder vielleicht sogar akzeptieren, dass du schlecht behandelt wirst. Jeder Mensch ist einzigartig und damit auch jede Beziehung. Dabei gibt es ganz verschiedene Arten der Kommunikation und auch das Maß an Vertrauen und Respekt, die Grenzen, die Absprachen und die Regeln unterscheiden sich. Eine gesunde Beziehung bedeutet, sich wohlzufühlen und zu wissen, woran man ist.

Jeder möchte doch Teil eines Traumpaars sein, oder? Nein? Gilt das etwa nur für mich? Ich möchte mit meinem Partner ein absolutes Power-Duo sein und eine so perfekte Beziehung führen, dass andere Menschen genau so etwas auch haben wollen. Das sind wahrscheinlich viel zu hohe Erwartungen, aber mal abgesehen von meinem Größenwahn: Um ein Traumpaar oder einfach nur ein großartiges normales Pärchen zu sein, muss man eine gesunde Beziehung führen. Ihr werdet niemals in der Lage sein, die Weltherrschaft an euch zu reißen – ich meine natürlich eine glückliche und stabile Beziehung zu führen –, wenn euch das Vertrauen, der Respekt und die Kommunikation fehlen.

Weniger gesunde Beziehungen

Am anderen Ende der Skala stehen Partnerschaften, die von Gewalt geprägt sind. Der Vollständigkeit halber müssen wir uns auch mit solchen Beziehungen befassen. Zunächst einmal: Solltest du die Person sein, die misshandelt wird – es ist nicht deine Schuld! Für Gewalt gibt es keine Entschuldigung. Jemanden zu misshandeln – ob körperlich oder seelisch – ist nicht in Ordnung. Niemals! Laut einer Umfrage der *National Society for the Prevention of Cruelty to Children* (NSPCC), bei der 1.500 Teenager aus Großbritannien befragt wurden, haben 25 Prozent der Mädchen und 18 Prozent der Jungs bereits körperliche Gewalt in einer Partnerschaft erfahren. Zudem waren 75 Prozent der Mädchen sowie 50 Prozent der Jungs emotionaler Gewalt durch ihren Partner ausgesetzt. Wenn wir Glück haben, bringt man uns bei, was gesunde Beziehungen ausmacht, aber wir lernen nur selten, wie ungesunde Beziehungen aussehen und wie wir Signale von seelischer und/oder körperlicher Gewalt frühzeitig erkennen. Viele kleinere Vorfälle scheinen im ersten Moment keine große Sache zu sein, können aber außer Kontrolle geraten und größeren Schaden anrichten. Deswegen ist es wichtig zu wissen, welches Verhalten in einer Beziehung angemessen ist und welches nicht, wie man die Anzeichen erkennt und was man tun sollte, wenn man selbst oder jemand, den man kennt, von dem Partner oder der Partnerin misshandelt wird. Das Erste, woran man dabei denkt, ist das extreme Ende der Skala: häusliche Gewalt im Sinne von körperlicher Gewalt. Und ja … auch um die geht es, aber Gewalt muss nicht immer mit Körperverletzung zusammenhängen. Auch seelische, sexuelle und finanzielle Gewalt fallen unter den Oberbegriff »häusliche Gewalt«, genau wie verbale Attacken, Kontrollausübung und manipulatives Verhalten.

Hier ein paar Beispiele für Anzeichen von häuslicher Gewalt:

Beschimpfungen

besitzergreifendes Verhalten

dein Handy/deine E-Mails werden durchsucht

krankhafte Eifersucht oder Unsicherheit

Wutanfälle

du wirst zu etwas gedrängt, das du nicht machen möchtest

dein*e Partner*in isoliert dich von deinen Freund*innen und deiner Familie

du hast Angst

dein*e Partner*in putzt dich runter und vermittelt dir ein geringes Selbstwertgefühl

dir wird körperlicher oder seelischer Schmerz zugefügt

dein*e Partner*in drängt oder zwingt dich zu sexuellen Aktivitäten

Warum es eine Form von seelischer Gewalt ist, im Handy seines Partners bzw. seiner Partnerin herumzuschnüffeln

Letztes Jahr habe ich ein Video zu seelischer Gewalt in Partnerschaften aufgenommen und ins Netz gestellt und viele Kommentare von Leuten erhalten, die sich darüber gewundert haben, dass es auch eine Form von Gewalt sein soll, das Handy des Partners oder der Partnerin zu durchsuchen. Schauen wir uns das also genauer an.

Das Ganze hat etwas mit Vertrauen zu tun, und wie schon gesagt: Vertrauen ist in jeder gesunden Beziehung extrem wichtig. Deine Nachrichten und E-Mails gehen nur dich etwas an. Nur weil du mit jemandem zusammen bist, heißt das nicht, dass du kein Recht mehr auf Privatsphäre hast. Du bist immer noch du selbst und auch in Beziehungen ist Privatsphäre vollkommen okay. Sie ist sogar sehr wichtig. Ein Handy ohne Erlaubnis zu durchsuchen ist ganz klares Kontrollverhalten und deutet auf mangelndes Vertrauen hin. Heutzutage läuft vieles über unser Handy, es ist also mehr als nur ein technisches Gerät. Es ist ein Fenster, das Einblick in das Leben eines Menschen gewährt. Schaut man sich ungefragt ein fremdes Handy an, kann das die Betroffenen verunsichern oder ihnen ein Gefühl der Machtlosigkeit geben – ein Gefühl, als ob sie ständig überwacht und beobachtet würden. Und so sollte man sich in einer Beziehung nicht fühlen. Wenn es dir in den Fingern juckt, im Handy deines Partners bzw. deiner Partnerin herumzuschnüffeln, frag dich, warum. Ist es bloß Neugier oder machst du dir Sorgen über sein bzw. ihr Verhalten? Was auch immer dahintersteckt, lass es sein!

Rede stattdessen lieber offen über das, was dich bedrückt. Wenn du das Handy checkst und nichts findest, wirst du furchtbare Schuldgefühle haben, weil du ihm bzw. ihr nicht vertraut hast. Und wenn du doch etwas findest, musst du sowieso zugeben, dass du heimlich das Handy durchsucht hast. Es ist immer am besten, einfach darüber zu sprechen. Wenn du umgekehrt den Verdacht hast oder dir sogar sicher bist, dass dein Partner oder deine Partnerin dein Handy überprüft, dann sag klipp und klar, dass das aufhören muss. Sprecht über die Beweggründe. Falls es damit erledigt ist: super! Falls nicht, sollten bei dir die Alarmglocken schrillen. Wenn jemand deine Privatsphäre nicht respektiert, ständig eifersüchtig oder unsicher reagiert und immer wissen will, was du machst und mit wem du sprichst, dann könnte das ein erstes Anzeichen von seelischer Gewalt sein.

Was du tun solltest, wenn du in einer Partnerschaft eine Form von Gewalt erlebst

Vergiss nicht: Es ist nicht deine Schuld! Es ist schrecklich, in einer solchen Situation zu stecken, vor allem wenn die Gewalt von jemandem ausgeht, der dir nahesteht und dem du eigentlich etwas bedeutest. Vielleicht hast du sogar Angst davor, diesen Menschen zu verlieren. Eine solche Situation ist ätzend! Da gibt es auch nichts schönzureden. Aber sobald dir klar wird, dass du dem Ganzen ein Ende setzen musst, ist der erste Schritt getan. Sprich mit jemandem, dem du vertraust – mit einem Freund oder einer Freundin, mit jemandem aus deiner Familie, wende dich an eine Beratungsstelle oder sogar an die Polizei. Ganz egal wie allein du dich damit fühlst, es gibt immer Menschen, die sich um dich kümmern, die dir zuhören und dich, so gut es geht, unterstützen. Auch im Internet gibt es viele Beratungsstellen, und im Anhang dieses Buchs findest du noch mehr Informationen darüber, was man machen und mit wem man sprechen kann.

*Was, wenn Freund*innen von dir in einer Partnerschaft eine Form von Gewalt erleben?*

Das ist eine wirklich schwierige Situation. Denn falls die Gewalt unter anderem darin besteht, dass deine Freund*innen von allen Bekannten und Verwandten abgeschottet werden, nehmen sie den Partner oder die Partnerin womöglich in Schutz und wollen überhaupt nicht mit dir darüber reden. Und das kann echt hart sein! Trotzdem solltest du deine Freund*innen wissen lassen, dass du immer für sie da bist und jederzeit bereit bist zuzuhören. Ermutige sie dazu, sich bei jemandem Rat zu holen, der Erfahrung mit Opfern von Gewalt hat und der weiß, was zu tun ist und wie man am besten helfen kann.

Holly Bourne *über gesunde Beziehungen*

Zuallererst muss ich etwas beichten: Ich liebe romantische Filme. Ich bin verrückt danach. Am Ende von Wie ein einziger *Tag habe ich so sehr geheult, dass ich allergisch auf meine eigenen Tränen reagiert habe. Ich kann* Pretty Woman *komplett auswendig mitsprechen (»Ein blöder Fehler. Blöd! Idiotisch!«). Und die* Biss-Reihe *hat mich gerettet, als ich mich in einer sehr dunklen Phase meines Lebens befand, weil ich als Geschworene im Gericht saß. Doch dann fing ich an als Beziehungsberaterin bei einer gemeinnützigen Jugendorganisation zu arbeiten. Ich wurde ausgebildet Anzeichen für Gewalt in Beziehungen zu erkennen und musste feststellen, dass viele Szenarien, die in Beziehungen als Alarmsignale gelten, in Filmen idealisiert dargestellt werden. Je genauer ich die romantischen »Gesten« in diesen Filmen unter die Lupe nahm, desto mehr fiel mir auf: Wenn mir eine davon bei der Arbeit unterkommen würde, wäre ich schon längst dabei, ein Formular zur Meldung von Verdacht auf Misshandlung auszufüllen. Ich schätze, eines der Hauptprobleme ist, dass Schauspieler in romantischen Filmen normalerweise wirklich gut aussehen. Oder dass Ryan Gosling mitspielt. Der wirklich richtig gut aussieht. Das lenkt einen irgendwie von den ganzen problematischen Signalen ab. Deshalb könnte es helfen, wenn du dir im Kopf folgende Frage stellst: Wäre das hier immer noch sexy, wenn es Wurmschwanz aus* Harry Potter *tun würde?!*
Hier kommt eine Liste SEHR BESORGNISERREGENDER Motive, die in Liebesfilmen immer wieder vorkommen:

DER KUSS WIDER WILLEN

Die Szene spielt sich meist irgendwie so ab: Mädchen stürmt wütend davon. Junge hält sie auf, zieht sie zurück und küsst sie energisch. Sie wehrt sich noch einen Moment lang … und sinkt dann willenlos in seine Arme.

Was ist so falsch daran?

Um es kurz zu machen: Vergewaltigungskultur. Hier wird mit dem Mythos gespielt, dass Frauen ihren Widerstand nur vortäuschen und sich zieren, um das Ganze spannender zu machen, aber insgeheim wollen sie »es doch auch«. In Wahrheit und vor dem Gesetz zählt ein solcher Kuss als sexuelle Belästigung. Hier kann man nicht von gegenseitigem Einvernehmen ausgehen. Es ist unmöglich, die sexuellen Signale einer Person zu deuten, wenn sie gerade wutschnaubend den Raum verlässt.

Der Wurmschwanz-Test:
Du bist gerade dabei, Wurmschwanz so richtig fertigzumachen, weil er Lily und James verraten hat, und dann HÄLT ER DICH EINFACH FEST UND KÜSST DICH, BIS DU AUFHÖRST DICH ZU WEHREN.

DAS EINFACH-NUR-VOR-DEINEM-HAUS-RUMHÄNGEN
Ob in der Anfangsphase, in der um die Frau geworben wird, oder in der Phase, in der der Protagonist ziemlichen Mist gebaut hat und sie zurückwill – der Typ hängt sehr viel draußen vor ihrem Haus rum. Oder sieht ihr beim Schlafen zu. Oder verfolgt sie überallhin.

Was ist so falsch daran?
*Ähm ... dass es sich hierbei um Stalking handelt? Echtes Stalking? Stalking ist eine der furchterregendsten und folgenreichsten Straftaten. Außerdem wird es oft missverstanden. Viele denken, dass nur berühmte Leute gestalkt werden und dass Stalker immer irgendwelche Freaks sind, die mit hochgezogener Kapuze in Vorgärten herumlungern. Aber Stalker sind in den allermeisten Fällen Ex-Partner*innen, die allzu leicht wirklich gewalttätig werden können.*

Der Wurmschwanz-Test:
Du wachst auf und Wurmschwanz steht sabbernd am Fußende deines Bettes und sagt: »Ich sehe gern zu, wenn du schläfst.«

»OHNE DICH HAT DAS LEBEN KEINEN SINN MEHR«
*Oh – ist es nicht romantisch, wenn jemand so lange vor dir an einem Riesenrad baumelt, bis du einwilligst mit ihm auszugehen? Oder wenn das Leben ohne dich so unerträglich ist, dass dein*e Partner*in sich von einem Vampirclan hinrichten lassen will? Anzudrohen sich selbst zu verletzen oder sich umzubringen ist der perfekte Liebesbeweis, oder? Oooooder?*

Was ist so falsch daran?

Hier handelt es sich um ein riesiges blinkendes Warnsignal für Misshandlung in Beziehungen. Es ist Manipulation, es ist Nötigung und man sollte nie jemanden dazu bringen, aus Schuldgefühl mit einem auszugehen/zusammenzubleiben. Die Worte »Ich kann ohne dich nicht leben« sind nicht Romeo-mäßig romantisch, sondern eine große Alarmglocke, die dir zeigen sollte: Es ist Zeit, die Sache zu beenden.

Der Wurmschwanz-Test:

Wurmschwanz hackt sich eine Hand ab, um seine Liebe für den dunklen Lord unter Beweis zu stellen. #JustSaying

DIE SELBSTAUFGABE

In fast allen Liebesfilmen gibt es kurz vor Schluss das Riesendrama. Die Liebenden werden durch irgendein Missverständnis auseinandergerissen, um später auf spektakuläre Art wieder zueinanderzufinden. Während sie getrennt sind, kriegt die weibliche Hauptrolle meistens ihr Leben so richtig auf die Reihe. Sie bekommt ihren Traumjob oder zieht in eine andere Stadt oder ... Irgendein Traum von ihr, der nichts mit Liebe zu tun hat, wird wahr. Nur, damit sie am Ende von ihrem vermeintlichen Liebsten durch irgendeinen Flughafen verfolgt wird und er sie zurückhält, sodass sie ihre Träume zwar begraben, dafür aber eine Beziehung führen kann.

Was ist so falsch daran?

In einer gesunden Beziehung gönnt man sich doch gegenseitig Erfolg! Du solltest nicht eifersüchtig auf die Ziele deines Partners bzw. deiner Partnerin sein oder dich dadurch verunsichert fühlen. Es sollte uns Sorgen machen, dass so viele männliche Hauptdarsteller kein Problem damit haben, wenn ihre Seelenverwandten alles andere aufgeben, nur um mit ihnen zusammen zu sein.

Der Wurmschwanz-Test:

Wurmschwanz hat dich gerade durch den Flughafen verfolgt, um dich davon abzuhalten, in ein Flugzeug zu steigen und deinen neuen Traumjob anzutreten. Würdest du besagten Traumjob für den sexy Typen mit der magischen Metallhand aufgeben?

»DU BIST NICHT WIE ANDERE MÄDCHEN«

Dieses Mädchen ist was ganz Besonderes. Dem Protagonisten fällt auf, wie sehr sie sich von anderen Mädchen unterscheidet. Er erzählt ihr, dass sie was Besseres ist als ihre Freundinnen, besser als alle anderen. Ist das nicht nett von ihm? Ist das nicht ein schönes Kompliment? Liebe bedeutet doch schließlich, das Besondere in jemandem zu sehen, oder?

Was ist so falsch daran?

*Dass dieser oft gebrauchte Satz eine Beleidigung gegen alle Mädchen auf der ganzen Welt darstellt, lassen wir hier mal kurz beiseite. Ernsthaft, krass, oder? Abgesehen davon kann dieser Satz aber auch ein Anzeichen für eine ungesunde Beziehung sein. Die Misshandelnden sorgen dafür, dass sich ihre Opfer für etwas ganz Besonderes halten, und machen im Gegenzug oft Freund*innen und Familie schlecht. »Die sind nicht gut für dich« oder »Du bist so viel besser als sie«. Dieses vermeintliche Kompliment kann bewirken, dass leicht zu beeinflussende Menschen den Rückhalt ihres sozialen Netzwerks verlieren. Sei immer misstrauisch, wenn jemand einen Keil zwischen dich und die Menschen treiben möchte, die du liebst.*

Der Wurmschwanz-Test:

Wurmschwanz und seine Kumpane LIEBEN Zauberer, die in ihren Augen besonderer sind als andere. So sehr, dass sie sie Reinblüter nennen. Wenn Wurmschwanz zu dir sagt »Du bist nicht wie andere Hexen«, dann hast du wahrscheinlich noch fünf Minuten, bevor dir das dunkle Mal auf den Arm tätowiert wird.

Holly Bourne ist die Autorin von »This is not a love story« und »Mein total spontanes Makeover und was dann geschah«. In ihrem neuen Buch »It Only Happens in the Movies« untersucht sie problematische Darstellungen in romantischen Filmen und wie sie Teenager und deren Beziehungen beeinflussen.

Es gibt kein Patent=
rezept fürs Single=
leben

Das Leben als Single

Online habe ich schon mehrfach erwähnt, dass ich seit mehr als fünf Jahren Single bin. Sechs Jahre, wenn dieses Buch hier erscheint und ich bis dahin keinen Freund gefunden habe, aber wer zählt das schon? Meine letzte feste Beziehung ging bis 2011, als ich 19 Jahre alt war. Nachdem wir anderthalb Jahre zusammen waren, ging ich nach Frankreich, sodass wir eine Fernbeziehung führen mussten. Um es kurz zu machen: Ich habe mich entliebt und wir haben Schluss gemacht. Das war's. Über Facebook habe ich herausgefunden, dass er mittlerweile verheiratet ist. Soziale Netzwerke spielen echt eine komische Rolle in der modernen Dating-Welt. Man kann so viel über eine Person herausfinden, bevor man sie wirklich kennenlernt, und man wird ständig an Menschen erinnert, die man eigentlich lieber komplett aus dem Gedächtnis streichen würde. Neulich hat jemand geheiratet, mit dem ich vor circa vier Jahren mal was hatte, und ich habe mich gefragt, über wie viele Hochzeiten von Ex-Romanzen mich Facebook in Zukunft wohl noch informieren wird. Ich bin jetzt 25, die Zahl wird also exponentiell größer, bis es so ab 35 mit den Scheidungen losgeht (Sorry, wenn das jetzt zu unromantisch klingt. Eigentlich würde ich mich auch als hoffnungslose Romantikerin bezeichnen, aber ich bin eben auch Realistin und trage meinen Zynismus wie eine Rüstung).

Man könnte mich als ziemlich wählerisch bezeichnen und irgendwie scheinen die US-Amerikaner es mir angetan zu haben. Auch wenn ich im Prinzip ständig auf irgendjemanden stehe, so habe ich mich doch in der ganzen Zeit nur in drei Leute so richtig verliebt. Zwei davon kamen aus den USA. Obwohl ich weiß, dass es funktionieren kann – immerhin gibt es Leute, bei denen es klappt –, hatte ich beide Male kein Glück mit Fernbeziehungen. Und mir wurde beide Male das Herz gebrochen. Ich war am Boden zerstört. Für meine Freund*innen war das eine seltsame Erfahrung. Sie hatten mich vorher noch nie wegen eines Typen so verzweifelt erlebt und wussten einfach nicht, was sie mit mir anfangen sollten. Aber hey – das kann uns alle mal treffen. Bleibt noch der Dritte. Was es mit dem auf sich hatte, wirst du gleich erfahren.

Es gibt kein Patentrezept fürs Singleleben. Du kannst so viele Leute küssen, wie du willst, du kannst dich auf jedem Dating-Portal und bei jeder Dating-App anmelden, die es gibt. Du kannst dich monatelang nach einer Person verzehren. Du kannst das alles auch einfach ignorieren und dich ganz auf deine Familie, deine Freund*innen oder deine Karriere konzentrieren. Du kannst tun und lassen, was du willst. Wenn ich Single bin, sagen meine Freund*innen gern, dass sie sich indirekt durch mich ausleben (das gibt dir vielleicht eine Vorstellung von meinem Liebesleben). Versteh mich nicht falsch, es gibt auch Zeiten in meinem Leben, in denen es gerade überhaupt niemanden gibt, auf den ich stehe. Aber die dauern meistens nicht sehr lange. Meine Freund*innen machen gerne Witze darüber, dass sie sich Notizen machen müssen, um noch durchzublicken, auf wen ich gerade stehe oder wen ich gerade date. Ich genieße einfach das ganze Drama und die Aufregung, wenn immer wieder was Neues passiert, auch wenn das manchmal ziemlich anstrengend sein kann. Dafür habe ich eine Menge lustiger Anekdoten auf Lager:

1

Ich habe mich mal in der Küche eines Typen versteckt, als seine Eltern morgens vorbeikamen, um ein paar Sachen abzuholen. Ich kam mir ein bisschen vor wie eine Spionin, das war ziemlich cool.

2

Mit einem anderen Typen hatte ich das unangenehmste Date der Geschichte. Und währenddessen habe ich mich die ganze Zeit gefragt, was genau eigentlich so furchtbar ist. Erst hinterher, als ich mich mit einer Freundin darüber unterhielt, fiel mir auf, dass er den ganzen Abend typische Pick-up-Artist-Tricks angewendet hatte. Ekelhaft.

3

Ein Jahr nach unserem Abschluss habe ich auf der Hochzeit einer gemeinsamen Freundin mit einem Freund aus der Uni geschlafen. Das totale Klischee.

4

Zwei meiner besten Freundinnen habe ich kennengelernt, weil wir in unterschiedlichen Situationen was mit demselben Typen am Laufen hatten.

5

Ich bin mal vor einem Typen weggerannt, der mich die ganze Zeit angebaggert hat, obwohl ich ihm vorher klargemacht hatte, dass ich nichts von ihm will. Er rannte mir hinterher, ich lief in einen Dönerladen (drei Uhr morgens in Brighton) und traf auf ein Mädel, das meine Videos gesehen hatte (Oshen, du Fabelhafte!), und auf ein paar ihrer Freundinnen. Sie stellten sich zu mir und beschützten mich, während ich ihm lautstark an den Kopf warf, was für ein perverses Arschloch er doch sei.

6

Ich habe mit jemandem geschlafen, der am 14. Februar Geburtstag hat und der ein herzförmiges Muttermal auf seinem Penis hat.

Und das sind bloß einige der jugendfreieren Geschichten (gut, mit Ausnahme der letzten vielleicht).

In meinem fünfjährigen Singledasein bin ich so was wie eine Expertin auf dem Gebiet geworden und will euch nun an meinen Erkenntnissen teilhaben lassen. Wir alle haben genug Filme gesehen, in denen das Singleleben nur als eine Phase zwischen zwei Beziehungen dargestellt wird. Denn eigentlich gilt die Beziehung als Idealzustand. Glaubt man diesen Filmen, sind die (hoffentlich kurzen) Singlephasen voll von Tränen, Partys, One-Night-Stands mit irgendwelchen Fremden und vielen tragischen Dates auf der verzweifelten Suche nach einem Partner oder einer Partnerin. Darin finde ich mich irgendwie überhaupt nicht wieder (na gut, manchmal vielleicht). Einige Menschen haben Angst davor, Single zu sein, andere glauben, es könnte die beste Zeit ihres Lebens werden. In Wirklichkeit sieht das Singleleben so aus (für mich jedenfalls):

Du hast keine automatische Abendbegleitung

Bist du irgendwo auf eine Party oder zum Essen eingeladen und Partner*innen sind willkommen, dann musst du alleine hingehen. Gibt es ein Theaterstück oder Konzert, eine Comedyshow, Kunstausstellung, irgendetwas, wo du auf jeden Fall hinwillst, hast du nicht automatisch eine Begleitung, die auf jeden Fall dabei ist, sondern musst erst mal fragen, wer von deinen Freund*innen mitkommen möchte. Das ist ein bisschen anstrengend und kann ganz schön nerven, vor allem wenn du so bist wie ich und am liebsten überall hingehen würdest. Der Vorteil ist, dass du dir aussuchen kannst, wen du mitnimmst, nämlich diejenigen, die selbst am meisten Spaß daran haben und sich genauso darauf freuen wie du.

Falls du verschwindest – wie lange würde es dauern, bis es irgendjemandem auffiele?

Okay, das ist jetzt vielleicht ein bisschen makaber, aber darüber denke ich tatsächlich oft nach. Mit den meisten meiner Freund*innen habe ich wöchentlich Kontakt, aber nicht täglich. Und als ich frisch nach London gezogen war, wohnte ich mit elf anderen Leuten in einem Loft und niemand hat je gemerkt, wenn ich für ein paar Tage nicht da war. Mittlerweile lebe ich nur noch mit zwei Leuten zusammen und glaube, dass viel eher jemand bemerken würde, wenn ich verloren ginge. Hat man aber eine Beziehung und jeden Tag Kontakt zu einer Person, dann muss man sich über so was erst gar keine Gedanken machen.

Du bist niemandem Rechenschaft schuldig

Das ist der Vorteil davon, dass es eine Woche dauern könnte, bevor jemandem auffällt, dass du verschwunden bist. Und außerdem eine der besten Seiten am Singledasein. Ich habe mich so sehr daran gewöhnt, dass es mir extrem schwerfallen würde, es aufzugeben. Wenn du Single bist und nicht bei deinen Eltern wohnst, musst du niemandem erzählen, was du den ganzen Tag so tust. Das trifft vielleicht auf mich noch stärker zu, weil ich Freiberuflerin und deswegen auch keinem oder keiner Vorgesetzten Rechenschaft schuldig bin. Ich kann an einem Mittwochmorgen ins Kino gehen, ohne dass es irgendjemand je erfährt oder sauer auf mich ist, weil ich den Film alleine gesehen habe.

Ein Pärchen kommt selten allein

Im einen Moment hast du das Gefühl, dass alle deine vergebenen Freund*innen mit ihren Partner*innen Schluss machen, und ein paar Monate später kommen alle deine Singlefreund*innen zur gleichen Zeit mit irgendjemandem zusammen. Ist das immer so? Lässt sich das wissenschaftlich begründen? Keine Ahnung, meiner Erfahrung nach läuft es jedenfalls genau so.

Manchmal brauchst du einfach Streicheleinheiten

Vergiss sexuelle Frustration – da lässt sich Abhilfe schaffen. Hauptsächlich leide ich tatsächlich an Kuschelentzug. Ich habe vier Kissen im Bett, mein Kopf liegt aber nur auf einem. Die anderen benutze ich, um meine Arme und Beine darum zu schlingen. Oft erzähle ich, das sei gut für den Rücken (ist es auch), aber eigentlich brauche ich manchmal einfach dringend eine Umarmung. Zum Glück habe ich viele Freund*innen, die mit mir kuscheln oder mir auch mal über den Kopf streicheln. Aber wenn wir ehrlich sind, fühlt es sich einfach anders an, wenn es von dieser einen ganz speziellen Person kommt.

Manchmal fühlst du dich einfach verdammt einsam

Ja, ich bin eine starke, unabhängige Frau, ich habe Spaß daran, Single zu sein, und ich bin es freiwillig. Ich gehe mit Leuten aus, ich habe Lust auf sie, ich schlafe mit ihnen und in den meisten Fällen funkt es einfach nicht richtig, daher der Singlestatus. Meistens finde ich diesen Lebensstil großartig und habe überhaupt nicht das Gefühl, mir würde etwas fehlen. Aber dann gibt es wiederum Tage, an denen einfach alles schiefläuft und ich mich nach einer Beziehung sehne, weil ich mich so alleine fühle. Es hat überhaupt keinen Sinn, das zu leugnen und so zu tun, als wäre Singlesein die ganze Zeit supertoll. Das ist es nämlich nicht. Manchmal (wenn auch selten) hätte ich einfach gerne einen festen Freund. Und wenn schon!

*Familie und Freund*innen bedeuten dir alles*

Das soll jetzt nicht abschreckend klingen, das ist eigentlich etwas Tolles! Beziehungen kosten ziemlich viel Zeit und Kraft und davon bleibt als Single viel mehr für deine Familie und Freund*innen übrig. Für mich persönlich füllen diese Menschen die Leere, die ohne Partner vielleicht entstehen würde. Das Gefühl, irgendwo hinzugehören, allen Zuspruch, all die Liebe, Nähe, Vertrautheit und die Streicheleinheiten, die ich von einem Partner bekommen würde, bekomme ich durch sie.

Wie du siehst, gibt es also am Singledasein sowohl Gutes als auch Schlechtes, aber das gilt genauso für Beziehungen. Hör auf dich selbst, darauf, was du brauchst und was gut für dich ist. Ob du mit jemandem Schluss machst, weil du mehr Zeit für dich brauchst oder dich in die erstbeste Beziehung flüchtest, weil du es satthast, alleine zu sein – denk darüber nach, warum du diese Dinge willst und ob es gute Beweggründe sind. Jede*r hat zu unterschiedlichen Zeiten im Leben unterschiedliche Bedürfnisse, also mach dich nicht fertig, nur weil du seit einer Weile keine*n Partner*in hattest (mit dir ist alles in Ordnung!). Single zu sein heißt nicht, dass du es nicht verdienst, geliebt zu werden. Die Leute sollen dir erst mal zeigen, dass sie es verdienen, von dir geliebt zu werden. So sehe ich das. Du machst dein Ding. Leb dein Leben so, wie du möchtest, und auf deinem Weg wirst du Menschen treffen, die es genauso machen. Ich bin davon überzeugt, dass es gut ist, eine Zeit seines Lebens Single zu sein. Das ist die Zeit, in der du dich nur um dich kümmern musst, und das ist viel wert, besonders, wenn man jung ist. Keine Hypotheken, keine Kinder. Ist doch wahr! Du kannst herausfinden, was du willst, und zur Abwechslung mal ein bisschen egoistisch sein. Da ist nichts Falsches dran (solange du damit keine anderen Personen verletzt!). Als ich 20 wurde, habe ich das darauffolgende Jahrzehnt zu meinem hedonistischen erklärt. Das heißt nicht, dass man nicht noch nach Genuss streben kann, wenn man älter ist, aber ich habe mir geschworen, in meinen Zwanzigern das Leben so richtig zu genießen. Und damit meine ich nicht nur Sex; ich meine essen, sich gehen lassen, sich verwöhnen, reisen, sich um den eigenen Körper und das eigene Wohlbefinden kümmern … Als Single kannst du einfach nur an dich denken. Das ist nicht zu unterschätzen.

Auch wenn es klingt wie das übelste Klischee: Mir hat das Singledasein ermöglicht herauszufinden, wer ich wirklich bin. Was mich antreibt, warum ich mich in welcher Situation wie verhalte, welche Art Partner am besten für mich wäre und welche Ansichten und Werte mir am wichtigsten sind. Mir macht es nichts aus, viel Zeit mit mir selbst zu verbringen, ich komme gut mit mir klar. Ich habe entdeckt, dass ich mich selbst mag, ja sogar liebe, und ich möchte mich gut behandeln, mir Gutes tun und mit mir selbst ausgehen. Hey, ich würde sogar die Sue Sylvester machen und mich selbst heiraten, wenn ich könnte. Ich bin die beste Lebensgefährtin, die ich mir wünschen kann.

Verknallt sein

Verknallt zu sein ist ätzend. Und gleichzeitig das Allertollste! Manchmal mag dein Schwarm dich sogar auch. Das ist das schönste Gefühl auf der Welt! Und manchmal nicht – das ist dann scheiße und tut weh. Aber so lernst du, dass Zurückweisung nicht das Ende der Welt bedeutet. Wir werden alle irgendwann zurückgewiesen. Je eher wir damit unsere Erfahrungen machen und je eher wir lernen, dass wir sie überleben, desto leichter fällt es uns später, auf Leute, von denen wir etwas wollen, zuzugehen, sie nach einem Date zu fragen und den ersten Schritt zu machen. Glaub mir, wenn es dann mal funktioniert, macht es sämtliche Zurückweisungen wieder wett!

In der Schulzeit entwickelten meine Freundinnen und ich – hauptsächlich durch das Buch *Frontalknutschen* inspiriert – unsere eigene Knutschskala. Darüber zu reden, was wir vorhatten, fiel uns noch etwas schwer, unreif, wie wir waren. Also benutzten wir dafür keine Worte, sondern einen Zahlencode. Meine Freundin Lucy erfand außerdem eine Verknalltheitsskala mit einfachen, »hundertprozentig zutreffenden« Beschreibungen dafür, wie sehr man jemanden mag. Knutsch- oder Verknalltheitsskalen sind natürlich nicht ernst gemeint. Es gibt keine vorgeschriebene Reihenfolge, in der du Dinge angehen sollst, und du kannst einige Schritte auslassen, trotzdem sind sie zum Totlachen und Lucys Skala hat schon sehr oft zu meiner unendlichen Erheiterung beigetragen (wobei man sie erst richtig genießen kann, wenn man etwas älter und mit der Schule fertig ist). Ich weiß nicht genau, warum Lucy so großen Wert auf Klamotten und die Frisur legt, aber ich schätze, die sagen eben auch etwas über die Person aus.

Hinweis: Natürlich ist das hier völlig bescheuert und eure Angebeteten müssen sich auf keinen Fall auf dieser Skala einordnen lassen. Ich finde sie nur furchtbar lustig und liebe es, mit Leuten über ihre Knutsch- und Verknalltheitsskalen zu reden!

Level 1

Ich würde dich in einem Klub küssen

Nett anzuschauen
Wenn ich betrunken wäre …
Klamotten, die keinen Augenkrebs verursachen

Level 2

Manchmal muss ich an dich denken

Mehr als zwei Gemeinsamkeiten
Coole Frisur
Halbwegs attraktiv
Kein Vollidiot

Level 3

Wir sollten mal was unternehmen

Date-Potenzial
Die Vorstellung, dich nackt zu sehen, verursacht mir keinen Brechreiz
Keine modischen Fehltritte
Wir können uns tatsächlich unterhalten
In deiner Nähe bin ich ein bisschen verlegen

Level 4

Meine Freundinnen haben dich auf Facebook gestalkt

Ich hätte gerne einvernehmlichen Sex mit dir
Für deine Schwächen finde ich ganz leicht Ausreden
Meine Muschi kribbelt, wenn ich dich sehe
Du bist sympathisch, gut drauf und witzig

Level 5

Feuer meiner Lenden

Ich will dich. Mehr als einmal
Ich nehme dich mit zu Freunden und Partys
Du gehst mir nicht mehr aus dem Kopf
Ich wünschte, du wärst jetzt bei mir

Level 6

Vielleicht kann ich nicht ohne dich

Ich möchte immer wieder mit dir schlafen und dir dabei ganz nah sein
Du dürftest meine Eltern kennenlernen
Ist das noch gesund?

Trennungen

Aus irgendeinem Grund war ein Kapitel über Trennungen in diesem Buch ursprünglich nicht vorgesehen. Aber jetzt muss ich darüber schreiben, denn – dreimal darfst du raten – ich wurde gerade frisch verlassen. Und mit gerade meine ich gerade. Vor zwölf Stunden, wenn man es genau nimmt. Um drei Uhr nachts bin ich aufgewacht, weil ich eine Nachricht von dem Typen bekommen habe, mit dem ich seit zwei Monaten was hatte und den ich wirklich mochte. Wir hatten beide nichts mit anderen und waren kurz davor, so richtig zusammenzukommen. Und jetzt hat er diesen Roman von einer Nachricht geschrieben, in der er mir ziemlich schwammig mitteilt, dass er mich nicht verletzen und die Sache deshalb lieber beenden will. Ich war am Boden zerstört und konnte nicht mehr einschlafen, deshalb habe ich ein paar meiner Freund*innen angeschrieben – ein paar davon aus den USA, die waren wenigstens wach – und mich für den Rest der Nacht im Bett herumgewälzt.
Heute Morgen musste ich ziemlich viel weinen und habe versucht ihn zu erreichen, aber er ignoriert mich. Mein Mitbewohner und meine Mitbewohnerin sind ausgerechnet dieses Wochenende beide nicht da, also habe ich meine Freundinnen einbestellt und versuche mich abzulenken. Ich leite meine ganze Energie in dieses Buch. Ehrlich gesagt war ich jetzt so lange Single, dass ich gar nicht erwartet hatte während der Arbeit an diesem Buch eine Beziehung zu führen. Ich kam mir sogar ein bisschen heuchlerisch vor, den Teil übers Singledasein zu schreiben, weil ich gerade jemanden hatte und mich nicht mehr so richtig wie ein Single gefühlt habe. Aber hey – das Singleleben ist wohl noch nicht fertig mit mir. Schätzungsweise befinde ich mich gerade im zweiten Stadium der Trauer: Wut. Ich entschuldige mich schon mal im Voraus, falls dieses Kapitel etwas verbittert klingt, aber immerhin ist es echt. Weißt du was – vielleicht entschuldige ich mich doch nicht. Los geht's!

Wie man mit einer Trennung umgeht (das hier ist größtenteils für mich selbst, ich sollte meinen eigenen Rat befolgen)

Eine Trennung zu durchleben ist scheiße, egal ob du Schluss machst oder mit dir Schluss gemacht wird. Einfach nur scheiße. Trotzdem bedeutet sie nicht das Ende der Welt, besonders wenn du noch jung und nicht rechtlich (durch Heirat, Hypotheken) oder durch Kinder gebunden bist. Das ist definitiv ein Vorteil. Wenn die Trennung nicht deine Idee war und du noch immer völlig vernarrt in deine*n Ex bist, tut es trotzdem einfach nur höllisch weh. Glaub mir, ich weiß, wovon ich spreche, mir geht es gerade richtig schlecht. Du solltest alles tun, damit es dir besser geht. Lenk dich ab oder lass all die Gefühle zu. Die ersten Stunden nach der Nachricht habe ich keine Träne vergossen und mich gefragt, warum nicht. Aber irgendwann überkam es mich plötzlich doch und ich konnte gar nicht mehr aufhören. Es hat sich ziemlich gut angefühlt.

Egal ob du weinen, schreien oder ein Buch schreiben willst – mach einfach das, wonach dir ist. Sprich mit deiner Familie, mit Freund*innen, mit irgendjemandem, der oder dem du deine Gefühle anvertrauen möchtest. Diese Leute lieben dich (im Gegensatz zu der Person, die gerade dein Herz gebrochen hat), sie werden für dich da sein und dich unterstützen. Lad deine Freund*innen ein, veranstaltet eine Pyjamaparty oder andere lustige Dinge. Wenn es dir so geht wie mir, dann sollte man dich nach einer Trennung nicht alleine lassen. Zu verletzlich, zu zerbrechlich. Sei möglichst immer in Reichweite einer Umarmung und einer Person, mit der du reden oder lachen kannst.

Hast du erst mal dein soziales Sicherheitsnetz aktiviert, wirst du dich als Nächstes fragen, wie du mit deinem oder deiner Ex umgehen sollst. Ich würde ein Gespräch empfehlen, am besten persönlich, denn über Nachrichten oder das Telefon kommt vieles nicht richtig rüber. Sucht euch einen neutralen Ort und sprecht euch aus. Rede dir alles von der Seele, was du loswerden musst, gib aber der anderen Person auch die Möglichkeit, ihren Standpunkt klarzumachen. Die besten Trennungen sind die, bei denen man ehrlich miteinander redet und einen sauberen Schlussstrich zieht. Sie tun längerfristig gesehen weniger weh. Du solltest nur nicht erwarten, dass dein Gegenüber seine oder ihre Meinung ändert – dann wirst du nur umso mehr enttäuscht. Führ ein solches Gespräch nur, wenn du das Gefühl hast, es zu brauchen. Bei diesem Gespräch solltet ihr euch nicht anbrüllen (weinen ist okay), sondern möglichst ruhig darüber reden, warum es aus ist, damit du es verstehen und damit abschließen kannst. Falls die Trennung deine Entscheidung ist, sei dir darüber im Klaren, dass es sehr wichtig ist, mit der anderen Person darüber zu sprechen. Hast du Zweifel? Bist du unsicher? Dann rede darüber. Mach das nicht alleine mit dir aus. Es ist nicht fair, ohne Vorwarnung, aus heiterem Himmel, Schluss zu machen (mag sein, dass ich hier etwas emotional reagiere).

Über jemanden hinwegkommen

Das hier gilt für Trennungen, aber genauso gut für Situationen, in denen du aus irgendeinem Grund einen Schwarm aus dem Kopf kriegen musst (weil er oder sie in einem anderen Land wohnt, nicht auf dich steht, schon jemand anderen hat). Hier kommt meine kinderleichte, bombensichere Regel dafür, wie man über jemanden hinwegkommt:

BRICH JEGLICHEN KONTAKT AB!

Triff dich nicht mit der Person, sprich nicht mit ihr, schreib ihr nicht, ruf nicht an. Blockier sie in sozialen Netzwerken und guck dir auf keinen Fall ihre Profile an. Du brauchst einen klaren Cut, um wirklich über jemanden hinwegzukommen. Dauernd an ihn oder sie erinnert zu werden macht es nur schwerer. Das heißt nicht, dass ihr in der Zukunft nicht vielleicht Freund*innen werden könnt, wenn ihr das möchtet, aber für den Anfang ist es das Beste, Abstand zu gewinnen. So abgedroschen, wie es auch klingt: Die Zeit heilt alle Wunden. Wenn ich mit diesem Buch fertig bin, geht es mir vielleicht schon wieder gut. Ich halte euch auf dem Laufenden.

War die Trennung deine Idee, dann solltest du die Wünsche der anderen Person respektieren. Braucht sie Abstand, gib ihn ihr. Möchte sie reden, sei für sie da. Du musst natürlich zusehen, dass es dir selbst gut geht, trotzdem: Mach es ihr so leicht wie möglich, ohne zu viele Kompromisse einzugehen und solange für dich alles in Ordnung ist.

In der Trennungsphase gibt es noch so ein Klischee, und dass ich gerade verlassen wurde, hat mich wieder einmal erkennen lassen, wie viel Wahres doch darin steckt. Solange man nicht eine dieser Personen ist, die mit 16 ihren »Seelenverwandten« treffen und dann für immer zusammenbleiben, führen wir alle Beziehungen, die zu Ende gehen. Vielleicht hast du irgendwann eine dieser wirklich langen Beziehungen, die so lange halten, bis dass der Tod euch scheidet, aber vorher wirst du wahrscheinlich eine ganze Menge Beziehungen haben, die nicht funktionieren. Die meisten Beziehungen sind nur vorübergehend, aber weißt du, was wirklich von Dauer ist? Freundschaft. Es ist jetzt drei Tage her, dass man mit mir Schluss gemacht hat – per iMessage! –, und ohne meine Freund*innen hätte ich dieses Wochenende vermutlich nicht überstanden. Diese Menschen sind immer für mich da – ob ich jetzt kichernd und aufgeregt erzähle, wen ich Neues getroffen habe, oder mich ausheule, weil mir das Herz gebrochen wurde. Freund*innen sind so wichtig, weil sie dich immer lieb haben, auch und gerade in Notsituationen.

Trennungen sind schwer und manchmal fängt man danach wieder was mit einem oder einer Ex an, um sich trösten zu lassen. Das ist nicht gesund. Mach das nicht. Dafür sind deine Freund*innen da, also halt sie dir warm!

1

Der oder die Richtige

Da wir gerade von Seelenverwandten sprachen – ich möchte etwas zu dieser Vorstellung sagen, dass wir »den Richtigen« oder »die Richtige« finden müssen, denn ich glaube nicht daran. Neulich habe ich eine meiner Uni-Freundinnen in ihrer Heimatstadt besucht und ihre Eltern kennengelernt. Sie waren beide in den Zwanzigern, als sie sich kennenlernten. Nach drei Dates haben sie sich verlobt, sechs Monate später geheiratet und sie sind immer noch zusammen. Entschuldigung, wie bitte?!? Ich habe sie darüber ausgefragt, warum sie geheiratet haben, statt einfach noch eine Weile miteinander zu gehen, und sie antworteten: »Wir haben es einfach gewusst.« Als 25-Jährige, die ziemlich viele Erfahrungen gesammelt hat, wüsste ich gerne, wie sich das anfühlt, wenn man »es weiß«. Das haben auch meine Freundinnen immer gesagt, wenn ich nicht sicher war, ob ich einen Orgasmus hatte – »Wenn du einen hast, dann weißt du es«. Als hoffnungslose Romantikerin, süchtig nach Hollywood-Happy-Ends, kann ich es gar nicht erwarten, völlig überrollt zu werden, eine stürmische Romanze zu haben und danach glücklich zu leben bis an mein Lebensende. Aber als jemand, der außerdem schon alle möglichen Erfahrungen mit Liebe, Dates und Trennungen gesammelt hat, sehe ich ein, dass das ziemlich unrealistisch ist (außer bei den Eltern meiner Freundin, natürlich). Liebe ist etwas Wunderbares, aber es gibt nicht für jede*n den oder die »Richtige*n« da draußen. Du bist keine halbe Person und musst nicht auf deine »bessere Hälfte« warten, die vorbeikommt, um dich zu vervollkommnen. Du bist bereits vollständig, du selbst, und das hast du ganz alleine geschafft. Herzlichen Glückwunsch! Vielleicht hattest du ja schon viele Beziehungen, die nicht funktioniert haben, aber das ist in Ordnung. Nur weil deine Verflossenen nicht die »Richtigen« waren, heißt das nicht, dass die Beziehung mit ihnen keine wertvolle Erfahrung war. Ich persönlich habe mir vorgenommen, mich nicht mehr mit der Suche nach dem »Richtigen« aufzuhalten und das Leben einfach zu genießen.

Fremdgehen

Warum Menschen fremdgehen

Vermutlich hat jeder eine unterschiedliche Auffassung davon, was »fremdgehen« ist, und genau deshalb musst du mit deinem Partner bzw. deiner Partnerin darüber reden. Wo zieht ihr eure Grenzen? Ist Fremdküssen in Ordnung? Flirten? Was ist mit Sexting? Massagen? Ist es okay, Pornos zu gucken? Was, wenn du immer noch auf Dating-Websites angemeldet bist?

Viele Menschen finden, dass es keine Entschuldigung fürs Fremdgehen gibt. Das hilft uns aber nicht zu verstehen, warum Leute es tun. Es gibt viele Gründe dafür: Langeweile, Angst vor zu festen Bindungen und zu viel Nähe, Sehnsucht nach Intimität, der Wunsch, sich lebendig zu fühlen, der Reiz des Verbotenen, ein Streben nach Unabhängigkeit ... In solchen Situationen kann man den Seitensprung verhindern, indem man offen kommuniziert. Fremdgehen ist ein Zeichen dafür, dass sich etwas ändern muss, ob das nun bedeutet, die Beziehung zu beenden oder innerhalb der Beziehung etwas zu verändern.

Warum es nicht in Ordnung ist

Deine*n Partner*in zu betrügen ist mit das Schlimmste, was du in einer Beziehung tun kannst. Und trotzdem tun es so viele Menschen und verursachen so viel Leid. Und das ist scheiße. Fremdgehen ist scheiße. Wenn man es genau nimmt, bedeutet Fremdgehen Lügen, Verrat und völlige Respektlosigkeit dem Partner bzw. der Partnerin gegenüber. Egal wie groß die Versuchung ist, wie einsam du dich in deiner Beziehung fühlst, wie scharf du auf andere Leute bist, wie schlecht deine Beziehung auch sein mag – fremdgehen ist nie die Lösung. Fremdgehen löst die Probleme nicht, sondern verursacht neue. Oft ist es ein Zeichen dafür, dass irgendwas in der Beziehung schiefläuft, und wenn das der Fall ist, solltest du offen darüber reden. Egal aus welchem Grund du es tust und was deine Entschuldigung ist – fremdgehen ist nie in Ordnung.

*Was, wenn dein*e Partner*in fremdgeht?*

Wenn du betrogen wurdest, musst du (während für dich außerdem wahrscheinlich gerade eine Welt zusammenbricht) entscheiden, was zu tun ist. Manche Leute würden dir direkt sagen: Mach sofort Schluss! Für andere ist es nicht ganz so einfach. Sie würden dir raten: Versuch irgendwie darüber hinwegzukommen und wieder Vertrauen aufzubauen. Es gibt keine richtige oder falsche Reaktion auf Fremdgehen und jedes Paar ist anders. Niemand kann dir sagen, was in dieser Situation zu tun ist, aber du solltest dir ein paar Fragen stellen: Möchtest du diese Beziehung aufrechterhalten? Glaubst du, du kannst deinem Partner oder deiner Partnerin jemals wieder vertrauen? Kommst du darüber hinweg? Als gute Freundin würde ich dir natürlich sagen, dass du so schnell wie möglich einen Schlussstrich ziehen solltest und dass du jetzt wenigstens weißt, woran du bist. Such dir Rat bei deinen Freund*innen – aber letztendlich liegt die Entscheidung natürlich bei dir.

*Was tun, wenn du deine*n Partner*in betrogen hast?*

Die meisten Menschen sagen, sie würden es wissen wollen, wenn ihr*e Partner*in sie betrügt. Die meisten Menschen sagen aber auch, dass sie lügen würden, wenn sie fremdgingen. Mein Rat: Lüg nicht. Dein*e Partner*in verdient die Wahrheit; wenn er oder sie dir irgendetwas bedeutet, dann solltest du ehrlich sein und erzählen, was passiert ist. Im Prinzip ist es das Richtige. Gesunde Beziehungen bauen nicht auf Lügen, Betrug und Geheimnissen auf – so dramatisch das auch klingt, wahr ist es trotzdem. Steh für deine Fehler gerade, das ist der erste Schritt, sie wiedergutzumachen.

Um ehrlich zu sein, habe ich nie jemanden betrogen (obwohl ich versucht war es zu tun) und wurde auch noch nie betrogen (soweit ich weiß), weshalb ich keine eigenen Erfahrungen mit dem Wie, Warum und Was-Nun habe. Vertrau einfach deinem Bauchgefühl, sprich mit deinem Partner bzw. deiner Partnerin, mit deinen Freund*innen, deiner Familie, und wenn es irgendwie geht – geh nicht fremd.

Alternativen zur Monogamie

I Nur weil eine Beziehung nicht monogam ist (man also nicht nur eine*n Partner*in hat), heißt es nicht, dass sie nicht gesund sein kann. Viele Menschen führen offene Beziehungen oder leben polyamor (haben mehr als eine*n Partner*in). Das ist nicht das Gleiche wie fremdgehen. Entgegen einem gängigen Irrglauben kann man auch in einer offenen Beziehung fremdgehen. Jedes Pärchen ist anders, und wenn du eine offene Beziehung führen möchtest, sprich unbedingt über deine Wünsche, Erwartungen und Grenzen. Natürlich ist das nicht für jeden was, aber bei manchen Leuten funktioniert es wunderbar.

Das heißt aber auf keinen Fall, dass du eine offene Beziehung eingehen musst, wenn du das nicht willst. Du solltest nie das Gefühl haben, etwas tun zu müssen, womit du dich nicht wohlfühlst. Willigst du ein eine offene Beziehung zu führen, obwohl du das eigentlich gar nicht möchtest oder dich damit unwohl fühlst, wird es früher oder später zum Problem.

In unserer Gesellschaft ist Monogamie die Norm, andere Formen des Zusammenlebens sind aber ebenso legitim, wenn es das ist, was für euch funktioniert. Ich habe mich schon oft gefragt, ob ich in der Lage wäre, eine offene Beziehung zu führen. Und obwohl das in der Theorie ziemlich cool klingt, glaube ich, dass ich damit in der Realität nicht klarkäme. Geschmäcker sind verschieden, würde ich sagen. Hauptsache, man verurteilt andere nicht für ihre Entscheidungen.

S.F. über Polyamorie

*Vor etwas mehr als drei Jahren habe ich mich entschieden polyamor zu leben. Zuvor hatte ich einige monogame Beziehungen, aber in jeder von ihnen nagten Zweifel an mir. Ich fragte mich, ob das wohl wirklich mein Ding ist. Ich liebte alle meine Partner*innen sehr, hatte aber ständig damit zu kämpfen, dass ich auch anderen Menschen nah sein wollte. Ich hatte schon von Polyamorie und ihren verschiedenen Ausprägungen gehört – lockere Beziehungen, offene Beziehungen, Menschen, die sich auf mehrere Personen gleichzeitig einlassen – und nach einer viel zu langen Zeit, in der ich mich fragte, was das für mich bedeuten und was andere von mir denken würden, wenn ich mich selbst so bezeichnete, beschloss ich es zu versuchen.*

Seitdem war ich mit ungefähr 25 Leuten zusammen. Mit einigen von ihnen klappte es einfach nicht so richtig, andere haben sich für »geschlossenere« Beziehungen entschieden, aber mit wieder anderen hatte ich gleich zu Anfang etwas und es läuft bis heute. Wir führen sehr glückliche, stabile Beziehungen, es handelt sich einfach nur um polyamore Beziehungen. Ich glaube, der Schlüssel zur Polyamorie ist Offenheit. Sag von Anfang an direkt, was du willst. Einige meiner Beziehungen waren eher lockere Affären. In anderen Beziehungen standen wir uns genauso nahe und haben uns genauso häufig gesehen, wie es in meinen vorherigen monogamen Beziehungen der Fall war. Wieder andere waren im Grunde nur Freundschaften mit gewissen Vorzügen. Das Wichtigste aber ist: Allen lag und liegt absolute gegenseitige Ehrlichkeit zugrunde.

Ich persönlich bin nicht nur polyamor, sondern auch pansexuell, was bedeutet, dass ich mich zu Menschen *aller Geschlechter hingezogen fühle. Das ist aber nicht immer der Fall. Ich kenne Leute aller möglichen Geschlechter, die polyamor leben. Manchmal sind für mich auch mehrere Personen eine Einheit. Ich war mal mit einem Pärchen und einmal sogar mit einem Trio zusammen, aber einige Polyamore sind lieber immer nur mit einer Person zusammen. All das wird unter Polyamorie zusammengefasst, was schlicht bedeutet, wissentlich und in gegenseitigem Einvernehmen Beziehungen mit mehreren Leuten gleichzeitig einzugehen und deine Partner*innen dasselbe tun zu lassen.*

*Wenn ich Leuten erzähle, dass ich polyamor bin, bekomme ich sehr viele unterschiedliche Reaktionen. Eine derer, die ich am wenigsten mag, ist: »Das könnte ich nicht. Dafür liebe ich meine*n Partner*in viel zu sehr.« Ich sehe ein, dass ihre Sexualität sich von meiner unterscheidet. Trotzdem möchte ich betonen, dass ich meine polyamoren Partner*innen nicht weniger liebe, nur weil ich mit mehr als einer Person zusammen bin. Ich mag ja auch meine platonischen Freund*innen nicht weniger, weil ich mehrere davon habe. Und die Liebe einer Mutter zu ihren Kindern wird auch nicht deshalb weniger, weil sie mehr als eins hat. Das glaube ich zumindest.*

Ich werde auch oft gefragt, ob ich sehr eifersüchtig bin. Überhaupt nicht. Vielleicht gehört das einfach zu mir, zu meiner Sexualität. Eine Person, die ich liebe, ist mit einer anderen Person zusammen, die sie liebt, und beide haben eine tolle Zeit zusammen? Ist doch super! Bekomme ich oft Ablehnung zu spüren? Die meisten Leute, denen ich davon erzähle, gehen ziemlich gut damit um, auch wenn sie es manchmal einfach nicht verstehen. Andererseits gibt es auch eine Menge Leute, denen ich nicht davon erzähle. Meine Familienmitglieder würden es definitiv nicht *verstehen, sie sind ziemlich konservativ. Kolleg*innen bei der Arbeit erzähle ich auch nichts davon. Vermutlich könnten sie es nachvollziehen, wenn ich homosexuell wäre und eine gleichgeschlechtliche Partnerin hätte. Aber mit mehreren gleichzeitig zusammen sein? Ich schätze, das wäre ihnen dann doch zu krass.*

*Momentan fühle ich mich mit der Polyamorie sehr wohl. Meine Partner*innen sind toll und ich bin so frei, mich sexuell auszuprobieren, wie ich es in meinen monogamen Beziehungen nie sein konnte. Ich würde mir nur wünschen, dass Polyamorie bekannter wäre, die Leute sie besser verstehen würden und ich offener darüber sprechen könnte.*

Kapitel 2

Das erste Mal

Wie ich meine Unschuld verlor

Eines Abends, als ich bei meinen Eltern in Manchester zu Besuch war und wir zusammen essen gegangen sind, passierte Folgendes:

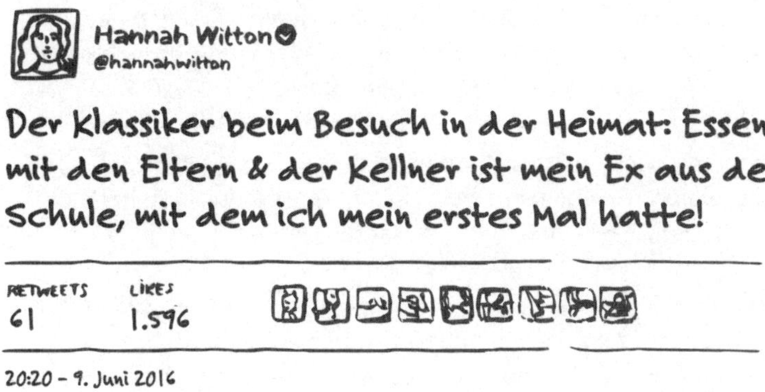

Ich bin kein besonders nostalgischer Mensch, aber wenn es mich packt, dann richtig. Nach unserem Abschluss sind meine Freunde und ich noch einmal zu Besuch an der Uni gewesen. Wir sind ausgegangen und auf der Tanzfläche einer Silent Disco habe ich bei dem Lied »Let it Go« aus *Frozen* voll angefangen zu heulen. Es war halt ein emotionales Wochenende!

Besonders oft denke ich nicht an mein erstes Mal zurück. Um ganz ehrlich zu sein, war es nichts Weltbewegendes. Wir waren 16, über sechs Monate zusammen, hatten schon das eine oder andere Mal über Sex gesprochen, »alles andere« bereits ausprobiert und wollten nur noch den richtigen Zeitpunkt abpassen. Für mich hieß das, bis nach den Abschlussprüfungen damit zu warten, weil ich einfach voll die Streberin war und mich von Sex nicht ablenken lassen wollte. Mal ernsthaft: Lacht, so viel ihr wollt. Ich stehe total hinter der Entscheidung meines 16-jährigen Ichs. Sie wusste, was das Beste für sie war – ganz schön clever. Und für meinen Freund war das absolut okay. Fast wäre ich am Tag unserer Abschlussfeier entjungfert worden. Ich mein's ernst. Jeder weiß, dass das Beste an Abschlussfeiern die Party danach ist. Leider fiel sie für meine Freund*innen und mich auf einen Wochentag und niemand hatte sturmfrei. Also haben wir uns in unseren schicken Kleidern, High Heels und Anzügen draußen auf einen Rasen gesetzt und was getrunken (und ja, das bedeutete auch, dass wir uns zum Pinkeln draußen irgendwo hinhocken mussten). Wir haben dann alle zusammen im Haus von meinem Freund George übernachtet, und da seine Schwester nicht zu Hause war, hatten mein Freund und ich ihr Zimmer für uns. Sie ist lesbisch und ich erinnere mich noch gut an die sexy Frauenposter, die überall um uns herum an der Wand hingen, während wir rumgemacht und uns gegenseitig ausgezogen haben. Als es dann aber so weit war, konnte ich es einfach nicht. Wenn du dein erstes Mal am Abend deiner Schulabschlussfeier hattest, dann herzlichen Glückwunsch! –, aber mir war das einfach zu klischeehaft und fühlte sich irgendwie nicht richtig an. Wir hatten also keinen Sex an besagtem Abend.

Als es dann so weit war, lief es völlig undramatisch ab und das passte auch viel besser zu uns. Die Prüfungen waren vorbei und ich war mit Chris, einem meiner Freunde, verabredet. Vorher habe ich aber noch kurz bei meinem Freund vorbeigeschaut, um Hallo zu sagen und ein bisschen zu quatschen. Das haben wir auch gemacht, hatten dann aber noch Sex. Am helllichten Tag, auf einer Matratze auf dem Boden, umgeben von Farbtöpfen und Pinseln, in einem halb fertig renovierten Zimmer. Ich erinnere mich sogar noch an die Unterwäsche, die ich getragen habe (rot-weiß gestreifte Boxershorts von Primark, wenn du es genau wissen willst). Es tat nicht weh. Es war nur ungewohnt. Ein neues und fremdes Gefühl, dieser »Sex«, von dem alle behauptet haben, er sei so unglaublich und magisch und verändere das Leben. Aber es gab kein Feuerwerk – gibt es nie (es sei denn, man hat Sex in der Bonfire Night). Meinem Freund Chris habe ich es danach nicht erzählt, aber ich habe mich die ganze Zeit gefragt: »Merkt er es? Sieht man es mir an?« Ich habe diese plötzliche Veränderung von Jungfrau zu

»keine Jungfrau mehr« erwartet, von Mädchen zu Frau, von unschuldig zu erfahren. Aber sie ist nicht eingetreten. Ich fühlte mich kein bisschen anders. Allerdings hat meine Mum es gemerkt. Erst kurz vorher hatte sie mir noch einen Vortrag über Sex gehalten und wir beide stehen uns sehr nahe. Sie wusste also, dass es passieren würde, nur nicht genau wann. Exakt einen Tag nach meinem ersten Mal hat sie sich in der Küche zu mir umgedreht und gefragt: »Jetzt bist du also eine richtige Frau, hm?« Das war mir so was von peinlich!

Auch wenn es nicht die typisch romantische Story mit Rosenblättern, einem Schaumbad oder Kerzen war – ich habe mein erstes Mal nie bereut.

Wir haben eine tolle Beziehung geführt und mochten uns sehr. Wir hatten alles: Vertrauen, Respekt und die richtige Kommunikation. Und ich bin sehr dankbar dafür, weil ich weiß, dass nicht jeder eine so positive Erfahrung gemacht hat und sich so gern daran erinnert. Ich finde es auch toll, dass er und ich noch acht Jahre später gemeinsam etwas unternehmen und vernünftige Gespräche führen können, ohne dass es auf irgendeine Art merkwürdig ist.

Habt keinen Sex, denn ihr werdet schwanger und geht zugrunde!
Oder auch: Schluss mit den Gerüchten!

Im Laufe der Jahre erfahren wir eine Menge über Sex und das erste Mal von unserer Familie, unseren Freund*innen, unseren Lehrer*innen und den Medien. Wenn es dann so weit ist, gehen uns allerlei Sorgen und Erwartungen durch den Kopf. In der Schule hieß es zum Thema Sex nur: »Habt erst Sex, wenn ihr dazu bereit seid« und »Das erste Mal tut weh«. Letztens habe ich darüber nachgedacht, wie schwachsinnig es ist, jungen Mädchen Angst vor Sex einzujagen, bevor sie überhaupt sexuell aktiv werden. Es sind viele Fehlinformationen im Umlauf. Würden wir einfach offen und ehrlich über Sex reden, könnten Ängste und Peinlichkeiten überwunden werden. Ich möchte ein paar Gerüchte rund um das Thema Sex und das erste Mal entlarven, damit wir alle besser informiert und selbstbewusst statt ängstlich sind.

Was ist eigentlich »richtiger« Sex?

Ich möchte damit anfangen, dass uns beigebracht wird, wir würden unsere Jungfräulichkeit beim ersten Geschlechtsverkehr – also dem Eindringen des Penis in die Scheide – verlieren. Laut dieser Definition gibt es allerdings sehr viele LGBTQ+Menschen, die ihre Unschuld nie verloren haben und auch keinen »richtigen« Sex praktizieren. Und das ist einfach völlig falsch! Es gibt so viele unterschiedliche Formen von Sex, aber die gesellschaftlich vorherrschende Auffassung schließt die Erfahrungen vieler Menschen aus. Zu Sex zählen auch gegenseitige Befriedigung mit der Hand, Oralsex, Analverkehr und der Einsatz von Sexspielzeugen anstelle von Penissen … Beim Sex gibt es kein Richtig oder Falsch, solange die Beteiligten alt genug und mit allem einverstanden sind. Du selbst definierst, ob du schon Sex hattest oder nicht, sonst niemand.

Tut es weh?

Diese Frage höre ich oft von jüngeren Mädchen, die zum ersten Mal Geschlechtsverkehr haben wollen, und die Antwort darauf lautet: nicht unbedingt. Sex kann wehtun, aber dein erstes Mal muss nicht zwangsläufig schmerzhaft sein. Wenn du entspannt und erregt bist, wird deine Scheide von selbst feucht. So entsteht keine unangenehme Reibung. Es ist aber auch nicht verkehrt, zusätzlich Gleitmittel zu benutzen. Gleitmittel zu Hause zu haben ist immer praktisch. Gleitmittel ist klasse! Achte nur darauf, dass es wasser- oder silikonbasiert ist und kein Öl enthält. Ich wünschte, ich hätte das gewusst, bevor mein Freund und ich Vaseline (auf Ölbasis) als Gleitmittel benutzt haben, das Kondom davon gerissen ist und ich die Pille danach nehmen musste. Das war vielleicht ein Spaß!

Tipps von mir, wie man Schmerzen beim Sex vermeidet:

Gleitmittel

Es langsam angehen lassen

Langes Vorspiel

Entspann dich, atme durch
und hab Spaß

Denk dran:
Du kannst jederzeit aufhören

Übernimm die Kontrolle, zum Beispiel
indem du oben liegst

Sex kann wehtun, egal ob es das erste oder hundertste Mal ist. Wenn es überwiegend schmerzhaft für dich ist, solltest du mit deinem Arzt bzw. deiner Ärztin darüber reden. Schmerzen können viele Ursachen haben. Einige sind ernster und andere nicht, aber die meisten können behandelt werden. Es schadet nie, sich untersuchen zu lassen! Sich um den Intimbereich zu kümmern und sexuell gesund zu sein ist genauso wichtig wie allgemein gesund zu sein.

Blute ich dabei?

Früher wurde erwartet (an bestimmten Orten der Welt auch heute noch), dass eine Frau bis zur Hochzeit Jungfrau bleibt. Blutete sie beim Sex in der Hochzeitsnacht, so galt das als Beweis für ihre Unschuld. In der heutigen Zeit hört sich das für uns total absurd an. Du solltest wissen, dass es keinen »Beweis« dafür gibt, ob man noch Jungfrau ist oder nicht – weder die Menge an Blut noch die Größe der Scheide verrät es dir. Die Leute denken, Frauen bluten beim ersten Geschlechtsverkehr, weil das Jungfernhäutchen durchstoßen wird. Ich erinnere mich, dass ich das Jungfernhäutchen jahrelang für eine Art Membran gehalten habe, die sich wie ein Bettlaken über die Scheide spannt und beim ersten Geschlechtsverkehr »reißt«.

Biologisch gesehen ist das aber nicht der Fall und ich habe keine Ahnung, warum das nicht schon in der Schule vermittelt wird. Letztes Jahr wollte eine über 20 Jahre alte Freundin mit ihrem Freund schlafen, bevor es aber so weit war, kam sie zu mir, weil sie sich Sorgen um ihr Jungfernhäutchen gemacht und sich gefragt hat, ob es wehtut, wenn es reißt. Ich sag dir jetzt mal was über das Jungfernhäutchen: Es spannt sich nur teilweise über den Scheideneingang und ist sehr dehnbar. Dein Jungfernhäutchen dehnt sich, wenn zum Beispiel ein Finger oder ein Penis eindringt, aber auch, wenn du einen Tampon einführst oder Sport treibst. Das klingt nun nicht mehr ganz so schrecklich, oder? Als ich das erfahren habe – Jahre nachdem ich mein erstes Mal hatte –, war ich wie vor den Kopf gestoßen. Trotz allem gilt auch hier: Wenn du beim Sex öfter blutest, solltest du dich von deinem Arzt bzw. deiner Ärztin untersuchen lassen.

Verliebe ich mich dann?

Von allen Sexklischees mag ich dieses am wenigsten, vor allem weil es ärgerlicherweise zum Teil auf wissenschaftlichen Erkenntnissen beruht. Wir würden Sex nicht auch als »Liebe machen« bezeichnen, wenn es rein gar nichts mit Liebe zu tun hätte. Wenn du mit jemandem Sex hast, wirst du dich nicht automatisch in denjenigen oder diejenige verlieben – es funktioniert ja nicht wie ein Liebestrank oder so –, aber oft fühlt man sich der anderen Person danach näher. Beim Sex und beim Orgasmus werden viele Hormone ausgeschüttet, und eines davon, Oxytocin, ist für dieses Gefühl verantwortlich. Deswegen nennen wir es auch das »Kuschelhormon«. Die Ausschüttung von Oxytocin löst Gefühle der Zuneigung und Verbundenheit in uns aus, weswegen wir uns nach dem Sex geliebt fühlen und Lust auf Kuscheln haben. Keine Sorge, du bist nicht verrückt! Das sind nur die Gehirnbotenstoffe, die ihren Job machen.

Muss ich dafür verliebt sein?

Natürlich kann es sein, dass du nach dem Sex im Turteltauben-Modus bist, aber du musst nicht verliebt sein, um Sex zu haben. Manche Menschen ziehen es vor zu warten, bis sie in einer dauerhaften Liebesbeziehung sind, bevor sie ihr erstes Mal haben. Das macht aber nicht jede*r und das ist auch in Ordnung. Ich persönlich glaube, die Wahrscheinlichkeit, dass das erste Mal schön wird, ist höher, wenn du eine Beziehung mit jemandem führst, den du wirklich magst. Das heißt aber nicht, dass das eine besser ist als das andere. Jeder macht seine eigenen sexuellen Erfahrungen. Vielleicht bist du bei deinem ersten Mal verliebt, vielleicht auch nicht – was aber bei allen Sexualpartner*innen viel wichtiger ist: Vertrauen, Respekt und Kommunikation.

Was, wenn ich zu früh komme?

Keine Panik. Das ist vollkommen normal und passiert öfter, als die Leute es zugeben wollen. Es sollte dir nicht peinlich sein. Ist zwar leichter gesagt als getan, wenn es wirklich passiert, aber es ist wirklich nichts, für das du dich schämen müsstest. Sex soll nicht zur Belastungsprobe werden, wie es in so manchen Pornos vorgemacht wird. Wenn du stolzer Besitzer eines Penis bist, wirst du beim ersten Mal vermutlich sehr früh einen Samenerguss haben, das ist aber nicht schlimm. Und wenn du mit einer Person schläfst, die relativ früh kommt, ist es ihr wahrscheinlich so schon peinlich genug. Mach es nicht schlimmer, indem du über deine*n Partner*in lachst, sondern sag einfach, dass es okay ist – denn das ist es! Sollte es häufiger passieren und zum Problem werden, gibt es Mittel und Wege, es zu verhindern. Am besten ist aber immer, gemeinsam darüber zu reden.

Was, wenn ich gar nicht komme?

Auch das ist vollkommen normal! Selbst wenn Pornos uns das Gegenteil weismachen wollen, haben nur ungefähr 30 Prozent der Frauen einen Orgasmus beim Geschlechtsverkehr, wenn sie nicht nachhelfen (mehr dazu später …).

Was, wenn ich keinen hochkriege?

Auch hier: Vollkommen normal! Das erste Mal Sex zu haben ist eine aufregende Erfahrung und diese Emotionen können eine Erektion erschweren. Versuch dich zu entspannen und lass dir Zeit. Es gibt keinen Grund, sich zu beeilen. Lass dir so viel Zeit wie nötig, schiebe es aber bitte nicht auf die Kondome, denn die schützen vor einer ungewollten Schwangerschaft und vor sexuell übertragbaren Krankheiten. Es gibt andere Möglichkeiten, mit Erektionsstörungen fertigzuwerden, anstatt dich selbst durch ungeschützten Sex einem Risiko auszusetzen.

*Was, wenn ich schlecht im Bett bin und mein*e Partner*in deswegen mit mir Schluss macht?*

Ganz ehrlich? Dann hast du es mit einem echt fiesen Menschen zu tun. Aber versuch nicht darüber nachzudenken, ob du »schlecht« im Bett bist oder nicht. Es ist dein erstes Mal und niemand erwartet von dir perfekt zu sein. Allgemein vertrete ich den Standpunkt, dass man beim Sex nicht »gut« oder »schlecht« ist, sondern dass es immer etwas mit der zwischenmenschlichen Beziehung und der Bindung zu tun hat und ob die Sexualpartner*innen gut zusammenpassen. Und auch wenn der Sex beim ersten Mal nicht so toll ist, solltest du dir keine Sorgen machen. Mit der Zeit wird es besser. Außerdem gehören immer zwei dazu. Und sollte dein*e Partner*in nach dem Sex doch mit dir Schluss machen, dann ist das furchtbar, sagt aber wesentlich mehr über die andere Person aus als über dich.

Ich bin [...] Jahre alt. Ist es komisch, dass ich noch keinen Sex hatte?

Nein, nein, nein. Vielleicht kommt es dir vor, als hätten alle deine Freund*innen und alle, die du kennst, schon Sex gehabt, aber das stimmt nicht. Manche Menschen lügen halt einfach, und diejenigen, die noch keinen Sex hatten, sagen wahrscheinlich gar nichts, so wie du. Es spielt keine Rolle, in welchem Alter du dein erstes Mal hast – ob es passiert, sobald du in deinem Land sexualmündig bist, oder erst viel später. Du bist als Mensch nicht weniger wert, nur weil du noch keinen Sex hattest. Hab Geduld und mach dich deswegen nicht fertig! Vielleicht scheint es, als wäre es das Wichtigste auf der ganzen Welt, aber das ist es nicht. (Verdammt, Hannah, warum schreibst du dann ein ganzes Buch darüber?!) Von 2010 bis 2012 hat die British *National Survey of Sexual Attitudes and Lifestyles* (kurz: Natsal) mehr als 15.000 Männer und Frauen im Alter zwischen 16 und 74 befragt. Sie fanden heraus, dass nur ungefähr 30 Prozent der Menschen zwischen 16 und 24 schon Sex gehabt hatten, bevor sie 16 waren. Es gibt also viel mehr Menschen, die darüber reden, als Menschen, die es tatsächlich getan haben!

Ich erinnere mich, dass ich in meiner Schulzeit auch von dem Thema besessen war. Wann ich entjungfert werden würde und von wem, wer von meinen Freunden es bereits getan hatte und wer nicht, und wer es schon mit mehr als einer Person getrieben hat. Das ist alles nur viel Lärm um nichts. Letztendlich ist es deine Sache (und die deines Partners oder deiner Partnerin), wann und wie du zum ersten Mal Sex haben willst. Jungfrau zu sein ist weder eine Tugend noch eine Schande. Du kannst selbst bestimmen, was es dir bedeutet, ob es dir nun superwichtig oder vollkommen egal ist. Dein Körper gehört ganz allein dir. Du entscheidest, was du damit machst. Du solltest dich vor niemandem dafür schämen müssen, wann und wie du deine Unschuld verlierst. Ganz egal welches Geschlecht du hast oder wohin du dich sexuell orientierst – du allein weißt, was das Beste für dich ist.

Mach das deinem Partner bzw. deiner Partnerin klar und akzeptiere auch seine oder ihre Meinung.

Kapitel 3

Vier Generationen geballtes Sexwissen der Wittons

»Ich glaube, Mary Doyle hat mich aufgeklärt«

In diesem Abschnitt möchte ich dir nicht nur erzählen, was ich mir zukünftig für den Aufklärungsunterricht in der Schule wünschen würde, und mich nicht nur an meine eigene sexuelle Aufklärung erinnern. Mich interessieren auch die Erfahrungen älterer Generationen. Deswegen habe ich mich erst mit meiner Mutter (53), dann mit meiner Oma (74) und zum Schluss sogar mit meiner Uroma (102) zusammengesetzt, um mit ihnen über ihre sexuelle Aufklärung zu reden.

Legende

Mum = meine Mutter

Nudy = meine Oma

Grandma = meine Uroma

Standad = mein Opa, Nudys Mann

Boo = mein Uropa, Uromas verstorbener Mann

Nudy wurde von einem älteren Mädchen, das im Haus gegenüber wohnte, über Sex aufgeklärt. »Ich erinnere mich, dass ich irgendwann morgens bei Grandma und Boo im Bett gesessen habe, und sie bereiteten sich gerade darauf vor, mir etwas über Sex zu erzählen, da habe ich gesagt: ›Ach, macht euch keine Sorgen, das weiß ich schon von Mary!‹«

Als ich Grandma fragte, wie sie aufgeklärt wurde, hat sie gesagt, sie hätte nie mit ihren Eltern darüber gesprochen, sondern alles von Boo gelernt. Daraufhin fragte ich, woher Boo das alles wusste, und sie antwortete: »In seiner Familie gab es damals ein Hausmädchen, und als er 16 war, hat sie ihn mit hinunter in den Keller genommen und es ihm beigebracht.« Oh. Mein. Gott. Ich konnte nicht glauben, was ich da hörte. Wahnsinn! Das Gespräch mit meiner Grandma verlief etwas langsam und schleppend, weil, na ja, sie ist alt und kann sich nicht mehr an alles erinnern. Aber die schönste Aussage von ihr betraf Boo. Sie sagte, sie hätten sich auf den ersten Blick ineinander verliebt. »Er hat Klavier gespielt und ich habe mich verliebt. Damals ging er noch mit einem anderen Mädchen aus, aber er hat sie meinetwegen verlassen. Und auch ich habe meinen damaligen Freund verlassen.« Skandalös! Sie erzählte, wie viel Erfahrung Boo schon gehabt hatte und dass seine Schublade neben dem Bett immer bis oben hin voll mit Kondomen war. Dann wurde Grandma auf einmal ganz still (sie braucht immer etwas Zeit zum Nachdenken) und drehte sich dann mit einem Lächeln auf den Lippen zu mir um. Sie sah auf einmal gar nicht mehr aus wie 102, eher wie 25, und sagte schlicht: »Es war schön.«

Wo wir schon mal bei Grandmas und Boos Kondomvorrat sind: Nudy hat sich daran erinnert, dass sie mit 14 unbedingt einen jüngeren Bruder haben wollte. Sie und ihre Schwester Ann entdeckten damals den geheimen Vorrat, holten eine Nadel und stachen Löcher in die Kondome. Das scheint aber nicht funktioniert zu haben, denn einen jüngeren Bruder gibt es nicht.

Sexualkundeunterricht gab es an Nudys Schule nicht, also hat sie alles von ihren Freundinnen und ihren Eltern erfahren. Manchmal können die Verwandten damit allerdings nicht besonders gut umgehen. Als Nudy zum ersten Mal ihre Tage bekam, war sie gerade zu Besuch bei ihrer Tante Marian in London. Der war das so peinlich, dass sie ihrem Mann nichts sagen wollte und nach Ausreden suchte. Zum Beispiel erzählte sie ihm, Nudy hätte Bauchschmerzen.

Was ich vorher nicht wusste, war, wie die Binden früher ausgesehen haben. »Damenbinden hatten Knöpfe und waren ziemlich groß. Zwar kamen sie in die Unterhose, aber man hat sie an einen Bindengürtel geknöpft und die Schlaufen wurden darüber befestigt, damit es hielt.« Was bitte ist ein Bindengürtel? Knöpfe? Schlaufen? Das klingt ganz schön kompliziert. Ich bin sehr dankbar dafür, wie unsere heutigen »Hightech-Binden« funktionieren. Nudy und meine Mum wussten damals, dass sie ihre Periode bekommen würden, aber Grandma hatte nicht so viel Glück. Sie hatte keine Ahnung, was da vor sich ging, und fragte deswegen ihren Bruder. »Ich bin zu meinem Bruder gegangen … ich habe geblutet und ihn gefragt: ›Warum blute ich?‹« Offenbar wusste ihr Bruder aber auch nicht Bescheid.

Mum meinte, sie sei zwar in der Schule aufgeklärt worden, aber erst so spät, dass sie längst die Pille nahm und auch schon sexuell aktiv war. Wobei Sex ihr vorher so einige Rätsel aufgegeben hatte. Als sie an einem Wochenende mit ihrer Jugendgruppe unterwegs war, beobachtete sie ein Pärchen beim Sex. »Ich kann mich nur daran erinnern, wie der Schlafsack sich hob und wieder senkte … und ich wusste einfach nicht, was das sollte.« Meine Mum fand dann aber heraus, was es damit auf sich hatte. Bezüglich Sex hat sie meiner Schwester und mir hauptsächlich eins ans Herz gelegt: »Wenn es euch peinlich ist, vor eurem Partner einen fahren zu lassen, seid ihr noch nicht bereit für Sex.« Danke, Mum. Wobei, wenn ich so darüber nachdenke, ist der Ratschlag gar nicht so übel.

Ich habe alle drei gefragt, ob bei ihrer Sexualaufklärung jemals die Rede von LGBTQ+-Menschen war, und meine Grandma hat es eigentlich ganz gut auf den Punkt gebracht: »Nein! Darüber wusste ich überhaupt nichts. Um Himmels willen!« Nicht mal meine Mum, die in den Sechzigern und Siebzigern aufgewachsen ist, wusste etwas davon, bis sie im Alter von 15 Jahren auf einem Punk-Gig war und dort gesehen hat, wie zwei Mädels rumknutschten. »Mir fiel die Kinnlade runter … Ich hätte nie gedacht … Ich hatte auch nichts Schlimmes darüber gehört, musst du wissen. Mir war einfach nicht bewusst, dass es so was gibt.« Allerdings sagte sie, dass die Leute in der Schule oft mit der

Beleidigung »Homo« um sich warfen. Ihr war zwar klar, dass es eine abfällige Bemerkung sein musste, aber sie hat nicht genau verstanden, was es bedeutete. Auch in meinem Sexualkundeunterricht kam das Thema LGBTQ+ nicht vor. Ich wusste, dass es Homosexuelle gab und dass es normal und in Ordnung war, aber wir haben nichts Spezielles gelernt, das den jungen LGBTQ+-Menschen in unserer Klasse weitergeholfen hätte. Auch über die Bedeutung von Transgender wurden wir nicht aufgeklärt. An meiner Schule gab es ein Mädchen, das transsexuell war, uns fehlte zu der Zeit aber das Vokabular und das Wissen, es uns anders zu erklären als: »Sie war ein Junge und jetzt ist sie ein Mädchen.« Bis heute fehlen in Sexual- und Beziehungskunde für junge Leute oft genauere Informationen über LGBTQ+.

Meine Lieblingsgeschichte aus den vielen Interviews ist die, wo Nudy herausfand, dass sie mit meiner Mutter schwanger war. Nudy und Standad haben im Oktober 1962 geheiratet, kurz nach der Kubakrise. Vermutlich, weil sie dachten, sie könnten jeden Moment sterben. Ach so, und natürlich auch, weil sie sich liebten. Ich habe schon vermutet und Nudy hat mir bestätigt, dass die beiden bereits vor ihrer Hochzeit miteinander geschlafen hatten. Diese Rebellen! Die Antibabypille kam 1961 auf den Markt, also fragte ich Nudy, ob sie sie genommen hat, aber offenbar haben sie die Pille nur Frauen verschrieben, die bereits Kinder hatten. Als die beiden zum Familienplanungszentrum gingen, mussten sie belegen, dass sie auch wirklich heiraten würden. Nudy hat daraufhin ein Diaphragma bekommen. »Blödes Teil«, hat sie nur dazu gesagt. Am Tag ihrer Hochzeit hat sie leider ihre Periode bekommen. Was für ein Albtraum das sein muss – vor allem in einem weißen Kleid! Einen Monat später ist Nudys Periode dann ausgeblieben und sie hat sich Sorgen gemacht, weil die beiden nicht viel Geld hatten und Nudy erst 19 war. NEUNZEHN. (Als Nudy so alt war wie ich jetzt, war sie verheiratet und hatte zwei Kinder.)

Also ging sie noch einmal ins Familienplanungszentrum und jetzt kommt etwas, das mich sehr überrascht hat: Es gab keine einfachen Schwangerschaftstests wie bei uns heute. Um herauszufinden, ob man schwanger war, musste erst irgendetwas in einen Frosch gespritzt werden.

Ich habe das mal recherchiert und Folgendes herausgefunden …

> ***Im frühen 20. Jahrhundert wurde in der medizinischen Forschung ein Hormon namens humanes Choriongonadotropin identifiziert, kurz hCG, das nur bei schwangeren Frauen vorkam. Um die Existenz von hCG nachzuweisen, spritzte man etwas von dem Urin der Frau in eine infantile weibliche Maus, einen Frosch oder ein Kaninchen: War hCG in der Urinprobe enthalten, war das Tier kurze Zeit später paarungsbereit. Der Test ist auch bekannt unter dem Namen Aschheim-Zondek-Test und ist zu 98 Prozent zuverlässig.***
>
> *nach Marc Lallanilla in seinem Artikel »A Brief History of Pregnancy Tests«*

Und heutzutage müssen wir nur auf ein Stäbchen pinkeln. Das nenn ich mal moderne Medizin! Da das Zentrum, zu dem Nudy ging, gerade keine Frösche auf Vorrat hatte, mussten sie auf andere, weniger zuverlässige Methoden zurückgreifen. Eine Krankenschwester hat sie untersucht und ihr gesagt, sie sei schwanger, weil sie »aktive Brustwarzen« habe. Meine Großeltern haben also aufgehört zu verhüten, weil sie dachten, Nudy wäre schwanger, und dann – ihr könnt es euch wahrscheinlich schon denken – wurde sie wirklich schwanger.

Falls du und deine Familie kein Problem damit habt, würde ich dir sehr ans Herz legen, mit ihnen über ihre Aufklärung zu reden. Vor allem mit deinen Großeltern. Die Storys sind einfach der Hammer! Das wirft auch noch mal ein ganz anderes Licht auf die bisherigen Errungenschaften, sowohl in der Medizin als auch in der Gesellschaft.

Kapitel 4

LGBTQ+

Ich bin eine heterosexuelle Cisfrau, das heißt, ich fühle mich zum anderen Geschlecht hingezogen und das Geschlecht, mit dem ich geboren wurde, stimmt mit meiner Geschlechtsidentität überein. Was Sexualität, Romantik, meinen Körper, meine Familie, meine Freund*innen – kurz, mein Sozialleben – betrifft, gibt es also vieles, über das ich mir keine Gedanken machen muss. Aufgrund dieses Privilegs und weil ich über zu wenig persönliche Erfahrung im Bereich LGBTQ+ verfüge, habe ich ein paar Freund*innen eingeladen ihre eigene Geschichte zu erzählen. Lass uns aber zunächst klären, was sich hinter dieser Abkürzung aus dem Englischen, LGBTQ+, eigentlich verbirgt:

L Lesbian, englisch für lesbisch

G Gay, englisch für schwul

B Bisexual, englisch für bisexuell

T Transgender

Q Queer: in sexueller, romantischer und/oder geschlechtlicher Hinsicht abweichend von den gesellschaftlichen Konventionen; wird häufig als Überbegriff verwendet
Questioning, englisch für fragend: Menschen, die (noch) keine passende Bezeichnung für sich gefunden haben

\+ noch so viel mehr!

Es gibt sehr viele verschiedene Meinungen in der LGBT-Community darüber, ob man das Q und das + mit aufnehmen sollte. Ebenso gibt es Überlegungen, noch andere Buchstaben hinzuzufügen (zum Beispiel A für Asexuell, I für Inter*personen und noch ein weiteres A für Ally, also heterosexuelle Verbündete oder Unterstützer*innen). Einige Menschen benutzen mittlerweile die Abkürzung GSM für Gender Sexuality Minority, aber LGBT scheint – zumindest zurzeit – am weitesten verbreitet zu sein und wird am besten verstanden.

Ich erinnere mich daran, dass mir in der Schule erzählt wurde, dass es Homosexualität gibt und dass das in Ordnung ist. Woran ich mich nicht erinnern kann, ist, dass irgendjemand in meiner Stufe ein Coming-out gehabt hätte. Das ist jetzt zehn Jahre her und ich hoffe, dass sich mittlerweile mehr Jugendliche in ihrem schulischen Umfeld sicher und wohl genug fühlen, um wirklich sie selbst sein zu können. Es gibt allerdings deutliche Defizite, wenn es um Aufklärung an Schulen geht, und das gilt umso mehr für Aufklärung, die sich nicht mit heterosexuellen Beziehungen beschäftigt.

Nur die Existenz Homosexueller anzuerkennen reicht nicht. Es bleibt noch so viel mehr zu tun. Es wird einem zum Beispiel in der Schule kaum beigebracht, dass es einen Unterschied zwischen dem biologischen Geschlecht und dem sozialen Geschlecht gibt, welches wiederum nicht mit deiner sexuellen Orientierung und deinem Sexual- oder Beziehungsverhalten gleichzusetzen ist.

Biologisches Geschlecht

Dein biologisches Geschlecht kann in der Regel durch drei Faktoren bestimmt werden – deine Genitalien (Penis/Vagina), Hormone (Testosteron/Östrogen) und Chromosomen (XY/XX). Bei der Geburt wird einem Neugeborenen ein Geschlecht zugewiesen, entweder »männlich« oder »weiblich«. Es gibt aber nicht nur zwei Geschlechter. Einige Menschen (circa eine auf 2000 Geburten) sind intergeschlechtlich. Dieser Begriff beschreibt Menschen, deren Genitalien, Fortpflanzungsorgane, Hormone oder Chromosomen nicht notwendigerweise vollständig »männlich« oder »weiblich« sind. Jemand könnte zum Beispiel einen Penis, aber zwei X-Chromosomen (weiblich) haben, eine Vagina und XY-Chromosomen (männlich) oder nicht eindeutig zuordenbare Geschlechtsmerkmale. Es gibt viele Variationen, aber nicht alle davon kann man tatsächlich sehen. Einige Inter*personen wissen nicht einmal, dass sie inter* sind, bis sie in die Pubertät kommen, und einige werden es vielleicht nie erfahren.

Selbst wenn es nicht häufig vorkommt, ist es dennoch wichtig zu verstehen, dass das Geschlecht auch rein biologisch gesehen nicht immer klar in »männlich« und »weiblich« einzuteilen ist.

Das soziale Geschlecht

Das soziale Geschlecht bzw. Gender kann sich vom biologischen Geschlecht unterscheiden. Hier geht es darum, womit du dich identifizierst und wie du dich fühlst. Es gibt verschiedene Wege, sich mit seinem sozialen Geschlecht zu identifizieren.

Cisgender = deine Geschlechtsidentität stimmt mit dem Geschlecht überein, das dir bei der Geburt zugewiesen wurde.

Transgender = deine Geschlechtsidentität stimmt nicht mit dem Geschlecht überein, welches dir bei der Geburt zugewiesen wurde. Wenn du also zum Beispiel als Junge geboren wurdest, dich aber weiblich fühlst. »Trans*« zu sein ist oft mit einer Geschlechtsangleichung verbunden, die aber für jeden unterschiedlich aussehen kann. Es kann darum gehen, einen anderen Namen anzunehmen, andere Pronomen zu verwenden, sich anders anzuziehen, Hormone zu nehmen oder sich operieren zu lassen.

Nichtbinär = du siehst dich weder als männlich noch als weiblich an. »Weiblich« und »männlich« sind die beiden extremen Enden des binären Geschlechtsspektrums, aber es gibt eine ganze Menge Geschlechter, Geschlechterrollen und Geschlechtsidentitäten dazwischen, wie zum Beispiel genderqueer, genderfluid usw.

Die Geschlechtsidentität unterscheidet sich außerdem vom Geschlechtsausdruck (im Englischen gender expression). Es gibt viele Symbole und Ausdrucksmöglichkeiten in der Gesellschaft, die anderen

Leuten signalisieren, welches Geschlecht du hast. Das kann deine Kleidung sein oder wie du dich schminkst oder die Haare trägst. Die Geschlechtsidentität ist etwas in deinem Inneren, der Geschlechtsausdruck macht sich äußerlich bemerkbar und die beiden müssen nicht übereinstimmen. Du kannst ein Junge sein, der Make-up trägt, ein Mädchen mit kurzen Haaren, du kannst einen androgynen Style haben oder tagesformabhängig zwischen männlich und weiblich wechseln.

Der Geschlechtsausdruck ist der einfachste Weg, das Geschlecht einer Person zu bestimmen, wenn du sie das erste Mal triffst. Bist du unsicher, frag nach, als was sich die Person selbst bezeichnet und welche Pronomen sie verwendet. Wenn du mal einen Fehler machst, mach kein großes Ding daraus. Entschuldige und verbessere dich einfach.

Gender umfasst ein ganzes Spektrum und ist nicht so einfach wie Vagina = Frau und Penis = Mann. Als was sich jemand selbst bezeichnet, kann davon abweichen, welche Geschlechtsmerkmale er oder sie hat. Und inwiefern oder ob überhaupt er bzw. sie sich verändern möchte, geht niemanden sonst etwas an.

Juno Dawson *darüber wie es ist, transgender zu sein*

Auch wenn mir bewusst ist, dass »Gender« zu 100 Prozent ausgedachter Schwachsinn ist, fühlte ich mich doch immer eher zu Kleidung, Make-up und Frisuren hingezogen, die dem weiblichen Geschlecht zugeordnet werden. Das fing schon im Kindesalter bei Spielsachen an. Auch alle meine Vorbilder waren weiblich. Ich konnte mich nur schwer damit abfinden, als Junge zu leben. Als ich klein war, gab es im Prinzip keinerlei Verständnis für die Transgender-Thematik. Sie war auch in den Medien kaum verbreitet und das, was gezeigt wurde, war durchgängig negativ besetzt. Ich dachte damals, dass die meisten Homosexuellen einfach zum anderen Geschlecht gehören wollten.

Später, als ich andere Transmenschen traf, wurde mir klar, dass es noch so viel mehr Möglichkeiten gibt als nur zwei. Für mich ist der Fall klar: Ich fühle mich wie das Opfer eines Verwaltungsfehlers – würde im Universum immer alles fair zugehen, dann wäre ich mit weiblichen Chromosomen und Geschlechtsorganen zur Welt gekommen. Technisch gesehen bin ich transsexuell – ich verändere nicht nur mein soziales, sondern auch mein biologisches Geschlecht mithilfe von Hormontherapie.

Bevor ich damit anfing, hatte ich allerdings mein soziales Geschlecht längst verändert. Meine Klamotten und meine Frisur, mein Pass, mein Name und meine Bankkonten waren alle schon weiblich, bevor ich auch nur eine Östrogentablette geschluckt hatte.[1]

1 In Deutschland muss eine Transperson durch zwei unabhängige Gutachter nachweisen, bereits drei Jahre im anderen Geschlecht gelebt zu haben und dass sich die Identifizierung mit dem anderen Geschlecht aller Wahrschein-

Wir haben alle die Freiheit zu experimentieren und mit den traditionellen Konzepten von Männlichkeit und Weiblichkeit zu spielen. Wenn wir strikt daran festhalten, was Mädchen und Jungs tun »sollten«, ändern sich die Geschlechterstereotype nie – und von veralteten Erwartungen an die Geschlechter hat keiner etwas.

Trans zu sein ist nicht leicht. Selbst wenn wir als Gemeinschaft schon viel erreicht haben, gibt es noch immer viele unheimlich engstirnige Menschen. Transphobie erlebt man täglich. Nicht zwingend in Form von Gewalt oder verbalen Attacken, aber in Form einer Welt, in der es noch keinen Platz für uns gibt. Würden alle gegen die Zweiteilung der Geschlechter rebellieren, wäre das der erste Schritt, um uns Transmenschen das Leben zu erleichtern.*

Juno Dawson (@junodawson) ist Schriftstellerin und lebt in Brighton. Sie hat eine Schwäche für »Doctor Who« und Horrorfilme und ist eine Koryphäe auf dem Gebiet der Popmusik. Sie engagiert sich außerdem bei der Organisation Stonewall als Vorbild für Schüler*innen. 2015 kündigte Juno an, die Geschlechtsangleichung zu vollziehen und als Frau zu leben.

lichkeit nach nicht mehr ändern wird, bevor sie ihren Personenstand ändern lassen kann. Das ist oft mit erheblicher psychischer Belastung und bürokratischen Hürden verbunden. (Anmerkung der deutschen Übersetzerinnen)

Riley Dennis *über Transgender und Dating*

Für Cisgender-Menschen sind, wäre es superseltsam, der anderen Person beim ersten Treffen direkt mitzuteilen, welche Geschlechtsteile man besitzt. Stell es dir kurz vor: »Hi, ich bin Riley und ich habe einen Penis.« Für Transmenschen gilt aber, dass wir im Prinzip genau das tun müssen, wenn wir jemanden daten wollen. Der kleine Hinweis »Ich bin trans*« auf unseren Dating-Profilen ist dazu da, Cismenschen zu erklären, dass wir eventuell nicht die Geschlechtsteile haben, die sie erwarten. Ich selbst – und wahrscheinlich sehr viele andere Transmenschen – würde das lieber nicht tun müssen. Aber es ist eine Art Selbstschutz. Transmenschen werden regelmäßig sowohl verbal als auch körperlich dafür angegriffen, dass wir Cismenschen »an der Nase herumführen«, so wie sie es ausdrücken. Die allermeisten von uns versuchen von Anfang an ehrlich zu sein: Ja, ich bin trans*. Wenn meine Geschlechtsteile dich stören, nichts für ungut, aber – ciao. Dating als Transperson kann ziemlich bizarr und verwirrend sein. In den meisten Fällen, in denen ich von Fremden nach meinen Geschlechtsteilen gefragt werde (das kommt bei Transmenschen ziemlich häufig vor), will ich eigentlich nicht darüber reden. Das geht niemanden außer mich selbst und die Leute, mit denen ich Sex habe, etwas an. Dennoch ist es sinnvoll (wenn auch extrem peinlich und noch nicht völlig gesellschaftlich akzeptiert), mit den Leuten, mit denen ich eventuell schlafen werde, über Genitalien zu reden. Ich verstehe das, ihr wollt wissen, womit ihr es zu tun habt.

Transmenschen müssen sich auch ständig Gedanken machen, ob sie jetzt als Frau oder Mann »durchgehen« – also ob die Mehrheit der Menschen um sie herum sie als cis wahrnimmt. Ich hasse das, aber wir kommen offenbar nicht darum herum. Cismenschen sind geradezu besessen davon, ob wir jetzt cis »aussehen« oder nicht. Ich möchte kurz klarstellen: Transmenschen haben kein festgelegtes Aussehen, genauso wenig wie Cismenschen. Einige Transmenschen sehen cis aus, manche trans* – und bei manchen kommt es auf den Betrachter oder die Betrachterin an. Ich bin eine nichtbinäre Transfrau und andere Menschen sagen oft, dass ich noch sehr männlich oder sehr trans* aussehe. Damit unterscheidet sich meine Rolle von der anderer Transleute. Transfrauen, die im Alltag als Cisfrauen durchgehen, müssen sich oft erst als trans* outen. Wir Transfrauen, die nicht als Cisfrauen durchgehen, müssen dagegen oft beweisen, dass wir »Frau genug« sind. Ständig müssen wir Make-up tragen und uns übertrieben weiblich verhalten, weil wir so »männlich aussehen«. Sobald ich ungeschminkt bin und eine Jogginghose trage, fragen sich die Leute, ob ich wirklich trans* bin. Transmänner haben oft ähnliche Schwierigkeiten, nur umgekehrt. Und von Leuten, die nichtbinär sind, wird erwartet, dass sie zu jeder Zeit androgyn aussehen.

In der Dating-Welt trans* zu sein verkompliziert die Sache, da wir unsere sexuelle Orientierung oft von den Geschlechtsteilen derjenigen Geschlechter abhängig machen, zu denen wir uns hingezogen fühlen. Aber Sex ist nicht immer so, wie wir ihn uns vorstellen. Homosexueller Sex kann auch Penis in Scheide bedeuten. Hetero-Sex kann auch zwischen zwei Menschen stattfinden, die beide eine Scheide haben. Das kann für eine Menge Leute verstörend sein, die ihre sexuelle Identität danach ausrichten, von welchen Geschlechtsmerkmalen sie sich angezogen fühlen. Ich möchte nicht klingen, als wäre Dating für Transmenschen unmöglich. Viele von uns finden wundervolle Partner*innen und es gibt viele glückliche Transmenschen da draußen. Aber ich freue mich immer noch auf den Tag, an dem wir uns ein bisschen weniger für Geschlechtsteile interessieren und ein bisschen mehr dafür, jemanden zu finden, den oder die wir wirklich mögen.

Riley J. Dennis (@RileyJayDennis) ist YouTuberin, Aktivistin und hält öffentlich Reden. Sie bezeichnet sich als nichtbinär lesbisch und setzt sich für eine möglichst weit gefasste Definition von Feminismus ein.

***Roly** darüber, wie es ist, genderfluid zu sein*

Eine der verwirrendsten und zugleich befreiendsten Erfahrungen, die ich je gemacht habe, war die Erkenntnis, genderfluid zu sein.

Ich bin wahnsinnig glücklich damit, der zu sein, der ich bin, aber das war nicht immer so. Meine Geschlechtsidentität von meinem Geschlechtsausdruck zu trennen war für mich von Anfang an schwierig. Nehmen wir hinzu, dass ich gleichzeitig versucht habe meine Sexualität zu akzeptieren, und wir können mit Sicherheit sagen, dass ich ein ziemlich verkorkster Teenie war. Egal was ich tue, ich sehe aus wie ein Mann und mir wurde oft gesagt, ich sei einfach ein sehr femininer schwuler Junge, und das habe überhaupt nichts mit Gender zu tun. Außerdem wuchs ich in einer Gegend auf, in der es möglicherweise geduldet wird, schwul zu sein – in der du aber für die Überschreitung von Geschlechtergrenzen auf offener Straße beleidigt wirst.

Ich wünschte wirklich, die Schulen wären damals mit dem Thema Gender oder Genderfluidität offener umgegangen. Uns wurde nur beigebracht, dass es heterosexuelle Cisbeziehungen gibt. Nichts anderes. In der Schulzeit wurde ich außerdem heftig gemobbt. Fast jeden Tag wurde ich verprügelt oder beleidigt. Das brachte mich dazu, meine Gefühle zu verdrängen und alles zu tun, um so wie die anderen zu sein. Ich habe sehr lange gebraucht, um mich als schwul zu outen, aber selbst danach gab es immer noch etwas in mir, das hinauswollte. Als ich dann mit meinen YouTube-Freund*innen nach London zog, begann ich mit Frauenkleidern und Make-up zu experimentieren. Es war ein komisches Gefühl, mit Leuten zu tun zu haben, die mich dafür in keiner Weise verurteilten, und eine extrem aufschlussreiche Erfahrung. Ich war so daran gewöhnt, dass man mir sagt, was ich anziehen darf und was nicht, dass ich fast vergessen hatte, wie es sich anfühlt, wirklich glücklich zu sein. Ich versuchte herauszufinden, womit ich mich selbst identifizierte, weil meine Gefühle sich von einem Tag auf den anderen zu ändern schienen. Ich recherchierte also verschiedene Geschlechter online und stieß schließlich auf genderfluid. BAM! Es war wie ein Feuerwerk in meinem Kopf: Ja! Das bin ich, so fühle ich mich! Rückblickend war wegzuziehen das Beste, was mir passieren konnte. Mir war gar nicht klar, wie unglücklich ich in Devon gewesen war und wie sehr mich das eingeschränkt hatte. Die Freiheit zu haben, zu sein, wer ich sein möchte, ist ein großartiges Gefühl, und dass ich meine Handlungen nicht mehr von meinem Geschlecht bestimmen lassen muss, hat mir eine völlig neue Welt eröffnet.

Es wäre toll, wenn mehr Menschen wüssten, dass man nicht irgendwie speziell aussehen muss, wenn man sich als nichtbinär bezeichnet. Egal was passiert, lass deine Identität nicht von anderen definieren. Ich bin stolz, für das + in LGBTQ+ zu stehen, und werde immer ein Sprachrohr für diejenigen sein, die ihr Geschlecht nicht verstehen.

Also ja, genderfluid zu sein ist eine der verwirrendsten Erfahrungen, die ich je gemacht habe, aber ich würde sie um nichts in der Welt missen wollen.

Roly (@RolyUnGashaa) ist ein Londoner genderfluider YouTuber und Aktivist. Er hat ein leidenschaftliches Interesse an allen LGBTQ+-Themen und hilft durch seinen Kanal anderen dabei, ihre Identität zu akzeptieren.

Sexuelle Orientierung oder Sexualität

Die sexuelle Orientierung bezieht sich darauf, zu wem du dich sexuell hingezogen fühlst, wer dich antörnt und mit wem du dir sexuelle Handlungen vorstellen kannst.
Hier kommen ein paar Grundbegriffe:

heterosexuell
= du fühlst dich zum entgegengesetzten Geschlecht (Gender) hingezogen.
homosexuell
= du fühlst dich zum gleichen Geschlecht (Gender) hingezogen.
bisexuell
= du fühlst dich zu zwei Geschlechtern (Gender) hingezogen.
pansexuell
= du fühlst dich zu allen Geschlechtern (Gender) hingezogen.

Welche dieser sexuellen Orientierungen auch immer deiner entspricht: Sie ist vollkommen normal. Zu wem du dich hingezogen fühlst, ist schließlich keine Entscheidung. Es ist ein Teil von dir. Liebe ist Liebe. Genau wie beim Geschlecht ist Sexualität ein Spektrum. Am einfachsten lässt sich das anhand der Kinsey-Skala erklären. Alfred Kinsey war ein Pionier auf dem Gebiet der Sexualforschung, der Mitte des 20. Jahrhunderts ausgiebig die menschliche Sexualität erforschte. Die Kinsey-Skala geht von 0 bis 6: 0 ist 100 Prozent heterosexuell, 6 ist 100 Prozent homosexuell und 1 bis 5 sind verschieden starke Ausprägungen von sexueller Fluidität oder Bisexualität. Ich schätze, ich bin ungefähr eine 1 auf der Kinsey-Skala, und bezeichne mich manchmal als »heteroflexibel«.

Bei Sexualität geht es nicht nur darum, zu wem du dich hingezogen fühlst, sondern auch um das Ausmaß deines sexuellen Verlangens. Von anderen Menschen sexuell erregt zu werden gilt als die Norm, aber was ist mit denjenigen, die sich zu niemandem sexuell hingezogen fühlen?

Diese Menschen nennt man asexuell, das bedeutet, dass man keinerlei sexuelle Anziehung verspürt. Zu niemandem. Aber auch die sexuelle Orientierung und die romantische Orientierung sind wieder zwei verschiedene Dinge. Oft stimmen sie überein, aber nicht immer. Asexuelle Menschen können durchaus romantische Gefühle erleben. Ebenso gibt es aromantische Menschen, die sich nicht auf romantische Art von anderen angezogen fühlen. Genau wie alles andere umfasst auch Asexualität ein ganzes Spektrum.

Rowan Ellis *über Dating-Schwierigkeiten als queere Frau*

In der LGBTQ+-Community sagt man, als queerer Mensch zu daten ist ungefähr so, als würde man einen Job suchen: Es klappt entweder nur online oder über Vitamin B. Als queere Frau kann ich bestätigen, dass man sich in einer seltsamen Situation befindet. Bist du hetero, dann ist es egal, ob du mit deinem Hund spazieren gehst, bei Starbucks einen Kaffee holst oder in ein Raumschiff steigst – es wird dort Leute geben, von denen du automatisch annimmst, dass sie auch hetero sind. Es geht nur darum, herauszufinden, ob sie a) Single sind und b) auf dich stehen. Und obwohl du vielleicht die bittere Pille der Zurückweisung schlucken musst, wenn du den ersten Schritt machst, wird es für dich wohl kaum gefährlich. Bist du queer, dann sieht die Sache ein kleines bisschen anders aus.
Werfen wir zuerst einen Blick auf die Zahlen. Statistisch gesehen gibt es weniger von uns. Es ist also schwieriger, überhaupt jemanden zu finden, mit der oder dem man ausgehen kann, ganz zu schweigen von einer Person, die du wirklich magst und die dich auch mag. An vielen Orten gibt es genügend queere Menschen, aber dann doch nicht genug, um wirklich aufzufallen. Im Gegensatz zu anderen gesellschaftlichen Randgruppen haben viele aus der LGBTQ+-Community die Superkraft der Unsichtbarkeit. Wir entscheiden, wen wir wissen lassen, was sich hinter unserer Clark-Kent-Brille verbirgt – und wann. Andererseits bringt dies für uns auch das Problem des Coming-outs mit sich. Vielleicht gehst du auf Nummer sicher und hältst dich an LGBTQ+-freundliche Orte, weil es dort genau das ist – sicher. Das Problem ist: Meistens sind das irgendwelche Bars oder Klubs in größeren Städten, zu denen du erst ab 18 Zutritt hast und wo viel Alkohol getrunken wird. Wenn du hier dein Date für den Abschlussball treffen willst: Viel Glück! Die Verbreitung von Dating-Apps leitet vermeintlich die große Wende für queere Frauen ein. Apps für lesbische Frauen sind allerdings oft voll von (heterosexuellen)

Männern, die nach Dreiern mit ihren Freundinnen suchen. Buh! Die sexuelle Kommerzialisierung und Objektivierung queerer Frauen (zum Beispiel die Tatsache, dass lesbische Pornos offenbar fast ausschließlich für heterosexuelle Männer produziert werden) schwappt in diese Räume über, die eigentlich uns gehören sollten. Zu guter Letzt outest du dich online, wenn du Profile bei Dating-Apps und -Websites anlegst. Obwohl es sich anfühlen mag, als befändest du dich in einer sicheren Blase, in der du Bauchkribbeln kriegst, wenn du einem süßen Mädchen schreibst – diese Profile können von jedem gesehen werden. Es ist furchtbar, aber allein das kann schon potenziell gefährlich sein. Nachdem zum Beispiel dieses Gesetz gegen homosexuelle Propaganda in Russland verabschiedet worden war, mussten wir zusehen, wie Online-Profile dafür missbraucht wurden, schwule Männer zu ködern, um ihnen Gewalt anzutun und sie zu demütigen. 2016, bei den Olympischen Spielen in Rio, überzeugte ein »Journalist« queere männliche Athleten davon, sich mit ihm über Grindr zu treffen, und outete sie danach online. Der Journalist wirkte negativ überrascht, dass schwule Männer diese App benutzen, und war sich offenbar nicht im Klaren darüber, dass Bedarf an einer solchen App besteht.

Letztlich entspringen unsere Freund- und Liebschaften oft gemeinsamen Bekanntenkreisen. Man kennt jemanden, der oder die jemanden kennt … Private Facebook-Gruppen, in denen es um die gemeinsame Identität geht, gedeihen, denn hier finden junge LGBTQ+-Menschen einen Raum, in dem sie sich kennenlernen können, der nicht übersexualisiert und frei von Alkohol ist. Wir alle, unabhängig von Geschlecht und sexueller Orientierung, sollten verstehen, wie wichtig queere Treffpunkte, queere Apps und Websites sind, und sie unterstützen.

Rowan Ellis (@HeyRowanEllis) betreibt einen YouTube-Kanal, auf dem sie Medien und Popkultur durch eine feministische und queere Linse kritisch betrachtet. Sie ist Mitbegründerin der FemTube-Bewegung, die YouTuberinnen unterstützt, und leitet den #femtubechat, der alle zwei Wochen stattfindet.

Alayna Fender *darüber, wie es ist, bisexuell zu sein*

Auf der Suche nach meiner sexuellen Orientierung kam ich an mehrere Ufer (haha). Als eine Frau, die sich von Männern, Frauen und allem dazwischen angezogen fühlt, bezeichne ich mich selbst als bisexuell. Es gibt allerdings noch ein paar andere Kategorien, in die ich mich einordnen könnte. Der Definition nach bin ich pansexuell. Außerdem gehöre ich zur Queer-Community. Die Bezeichnung, die ich selbst am häufigsten wähle, ist »bi«, da ich sie als die am wenigsten komplizierte und für andere am einfachsten zu verstehende betrachte. Das »bi« in bisexuell bedeutet jedoch »zwei«, also geht es streng genommen um die Anziehung durch zwei Geschlechter. Meistens geht man dabei von »männlich« und »weiblich« aus. Die Bezeichnung pansexuell, die eine Anziehung zwischen mehr Geschlechtern als einfach nur »männlich« und »weiblich« beinhaltet, trifft daher theoretisch viel besser auf mich zu.

Warum bezeichne ich mich also als bi? Weil meine persönliche Definition von Bisexualität beinhaltet, sich sowohl zum eigenen als auch zu anderen Geschlechtern hingezogen zu fühlen. Verwendet man diese Definition, passt die Bezeichnung bisexuell eigentlich ziemlich gut zu mir.

Ich habe ewig gebraucht, um herauszufinden, dass ich nicht hetero bin. Ich stand während der Schulzeit auf einige Jungs. Aber ohne es zu merken, passierte mir das Gleiche mit Mädchen. Ich hatte damals dieses Bild von Kristen Stewart an meiner Wand. Ich wusste gar nicht, wer sie war, ich hatte bloß ihr Foto in einer Zeitschrift gesehen, es ausgeschnitten und aufgehängt. Wenn Freundinnen zu Besuch kamen, zeigte ich ihnen das Bild und sagte: »Ist sie nicht schön? Sie ist die schönste Frau, die ich je gesehen habe!« Ich war überzeugt, dass alle Mädchen genauso dachten. Sie antworteten dann so was wie: »Ja, sie sieht ganz gut aus«, aber ich blieb hartnäckig: »Nein, sie ist wunderschön!« Dabei kapierte ich nicht, dass ich einfach auf Kristen Stewart stand und meine Freundinnen eben nicht. Als ich etwas älter war, hatte ich dann feste Freunde. Mein erster Kuss war mit einem Jungen. Das war natürlich alles sehr aufregend. Ich erzählte meinen Freundinnen davon und wir kicherten und diskutierten jede Einzelheit. Da war nichts Ungewöhnliches dran, nichts kam mir komisch vor.

In der Highschool hatte ich dann mein erstes romantisches Erlebnis mit einem Mädchen. Ich erzählte damals meiner besten Freundin davon und sie wurde furchtbar wütend auf mich. Ich erinnere mich daran, dass sie ziemlich angewidert war und ich ihr versprechen musste, so was nie wieder zu tun. Es war grausam. Meine erste Erfahrung mit diesem Widerspruch, der im Leben bisexueller Menschen existiert. Ich küsse einen Jungen und alle sind völlig aus dem Häuschen. Ich küsse ein Mädchen und ich bin eklig und mache das natürlich nur, um die Aufmerksamkeit der Jungs auf mich zu ziehen. Aus meiner heutigen Perspektive ergibt das alles Sinn, aber damals habe ich es nicht verstanden. Ich dachte, dass meine Gefühle für Mädchen nicht zählten, weil nur Gefühle für Jungs zulässig waren. Meine Erfahrungen mit Mädchen hielt ich für falsch und sündhaft, weil nur heterosexuelle Erfahrungen erlaubt waren. Ich dachte auch, alle Mädchen hätten die gleichen Gefühle anderen Mädchen gegenüber, genau wie ich, und würden nur nichts in die Richtung unternehmen.

Dank YouTube und der dortigen Fülle an Informationen und Gruppen lernte ich den Begriff »bisexuell« kennen und da machte es »klick«. Mir wurde endlich klar, dass ich weder lesbisch noch hetero sein musste – ich konnte einfach etwas dazwischen sein.

Alayna Fender (@MissFenderr) ist LGBTQ+-YouTuberin und Katzenliebhaberin aus Kanada. Für ihre Kanäle MissFenderr und MissAlaynaa dreht sie Videos in verschiedenen Schlafzimmern und trägt dabei verschiedene Katzenshirts.

Amelia Morris *darüber, wie es ist, asexuell zu sein*

Wenn jemand asexuell ist, heißt das, er oder sie empfindet keinerlei sexuelle Anziehung. Das klingt zunächst einfach. Es kann aber ziemlich kompliziert sein, herauszufinden, was genau sexuelle Anziehung eigentlich ist, besonders wenn du sie eben nicht empfindest. Grundsätzlich reden wir von sexueller Anziehung, wenn wir den Drang oder Wunsch verspüren, mit jemandem sexuell intim zu werden. Für viele Menschen wird dieser Drang durch die äußere Erscheinung einer anderen Person ausgelöst. Er kann aber auch durch Handlungen, die Stimme oder andere Eigenschaften hervorgerufen werden.

Wie Asexuelle Sex erleben, ist natürlich nicht immer gleich, aber sie alle verbindet, dass sie diese körperliche Anziehung nicht empfinden, die ich gerade beschrieben habe. Ich sage nicht, dass asexuelle Menschen keinen Sex oder keine Beziehungen haben wollen – Asexualität wird oft so definiert –, aber das stimmt einfach nicht. Asexuell zu sein ist nicht das Gleiche wie keusch oder sexuell enthaltsam zu leben. Bei Enthaltsamkeit geht es darum, auf Sex zu verzichten, nicht darum, keine sexuelle Anziehung zu verspüren. Aus einer Reihe von Gründen können Asexuelle sich dazu entscheiden, doch Sex zu haben.

Zunächst einmal haben sie vielleicht einfach gerne Sex. Sex kann Spaß machen, auch wenn man sich nicht sexuell zu seinem Partner oder seiner Partnerin (oder mehreren Partner*innen) hingezogen fühlt. Einige Asexuelle mögen die emotionale Nähe, die Sex mit sich bringen kann. Dafür braucht es nicht unbedingt sexuelle Anziehung. Manchmal haben Asexuelle auch Sex, weil ihre nicht-asexuellen Partner*innen gerne mit ihnen schlafen möchten. Solange das nicht aus Zwang oder Schuldgefühlen geschieht, ist das eine vollkommen nachvollziehbare Entscheidung. Wenn du nicht genau weißt, ob du asexuell bist, mach dir zunächst die folgenden Dinge klar: Sexuelle, romantische und ästhetische Anziehung können getrennt voneinander auftreten. Die meisten Menschen sind sich einig, dass man mit jemandem schlafen kann, auch wenn man keine Beziehung mit dieser Person eingehen würde. Das gibt es auch umgekehrt – du kannst dich auf romantische Art von jemandem angezogen fühlen (das heißt, du wünschst dir, einer anderen Person emotional nahe zu sein oder eine Beziehung mit ihr einzugehen), ohne mit dieser Person schlafen zu wollen.

Hast du dich schon mal zu Bildern oder Skulpturen hingezogen gefühlt, nur weil sie schön waren? Das nennt sich ästhetische Anziehung. Die kann man auch gegenüber echten Menschen fühlen. Das kann ziemlich verwirrend sein, sodass du vielleicht glaubst, du könntest nicht asexuell sein, weil du gutes Aussehen zu schätzen weißt. Aber du kannst ja finden, dass jemand wirklich gut aussieht, ohne dass du mit ihm oder ihr schlafen möchtest. Asexualität ist vergleichsweise selten. Aber Tag für Tag wird die Community ein bisschen sichtbarer und deshalb wird Asexualität auch ernster genommen. Wenn dir deine Asexualität das Leben schwer macht, denk immer dran: Du bist nicht »kaputt«, es ist nicht so, dass etwas mit dir nicht stimmt.

Du bist ein Ass!

Amelia Morris (@AmeliaAce_) ist aktives Mitglied der asexuellen Community und vloggt auf ihrem Kanal AmeliaAce zum Thema Asexualität.

Ash Hardell *über Identität*

Ein mysteriöses Thema, über das ich sehr viel nachdenke und das ich sowohl im wahren Leben als auch auf meinem YouTube-Kanal schon lange zu ergründen versuche, ist »Identität«. Es ist wahnsinnig komplex und es gibt eine unendliche Anzahl an Kategorien, in die du dich einordnen kannst. Einige der Bezeichnungen, die ich für mich selbst gewählt habe, sind queer, bi, pansexuell, Frau, Schwester, Tochter, Schülerin des Lebens, Aktivistin, Optimistin, Reisende, hoffnungslose Romantikerin und YouTuberin. Ein Aspekt, der mich an Identität so sehr fasziniert, ist, dass sie nicht in Stein gemeißelt ist. Während wir lernen, wachsen und uns verändern, tut unsere Identität es uns nach. Und darüber möchte ich hier sprechen: wie wir uns auf unserer Reise durchs Leben mit einer sich ständig wandelnden Identität zurechtfinden und Stück für Stück mehr von ihr entdecken. Wenn du dich also jemals mit der jahrhundertealten Frage »WER BIN ICH?« herumgeschlagen hast, lehn dich zurück und entspann dich, ich habe nämlich ein paar Tipps für dich.

Zuerst musst du verstehen, dass nur du die Macht über deine eigene Identität hast. Auf unserem Lebensweg treffen wir auf eine schier endlose Zahl verschiedener Bezeichnungen und das kann sowohl erschreckend als auch aufregend sein. Manchmal kann es ein Segen sein, in Schubladen gesteckt zu werden. Zum Beispiel wurde ich in der Oberstufe als »kreativ« bezeichnet. Für mich war das fantastisch, weil ich ständig im Zickzack von Theater zu Film und vom Rhetorikkurs zum Zeichnen flitzte und nie gewusst hatte, wie ich mich nennen sollte. Schauspielerin? Vielleicht eines Tages. Fotografin? Das machten andere besser. Aber sobald mein künstlerisch-wandelbares Ich als »kreativ« galt, kam ich endlich zur Ruhe.

Natürlich sind nicht alle Schubladen solch ein Segen. Manche Bezeichnungen werden einem aufgezwungen.

»Bisexuell« war so eine Bezeichnung für mich, die andere mir gaben, als ich zum ersten Mal erwähnte, dass ich mich zu mehr als einem Geschlecht hingezogen fühle. Mit diesem Wort konnte ich mich nie so richtig anfreunden, aber einige Jahre später stolperte ich über den Begriff »pansexuell« und fand ihn viel passender. Die Bezeichnung »bisexuell« brachte mich allerdings dazu, die LGBTQ+-Community zu entdecken und den Zugang zu ihr zu finden, weshalb ich immer eine Verbindung zu diesem Label haben werde. Letzten Endes suchst du dir aber selbst aus, welche Bezeichnungen passen und welche nicht, und sogar, was diese Wörter für dich bedeuten. Mein »bi« oder »pan« ist vielleicht anders als deins und das ist okay. Es ist auch erlaubt, Definitionen abzuändern, je mehr Lebenserfahrung du sammelst. Es geht schließlich um deine Identität und du hast die Macht darüber.

Mein nächster Tipp, den ich von der fantastischen Dr. Lindsey Doe habe, ist: Bleib neugierig! Eine meiner liebsten Methoden, etwas über meine eigene Identität zu erfahren, ist, etwas über die Identität anderer zu lernen. Als ich in der Highschool war, tat ich das, indem ich einfach überall mitmischte und mit allen zu tun hatte, die da so rumliefen: mit den Sportler*innen, den Tänzer*innen, den Schlauen usw. Am College war es einfach, meine Identität zu erforschen, weil alle um mich herum genau das Gleiche taten. Ich belegte außerdem Seminare zu sozialer Gerechtigkeit und über Frauen, die mir viele Methoden aufzeigten, die Welt mit anderen Augen zu sehen. Nach dem College wurde das allerdings ein bisschen komplizierter. Ich entwickelte eine gewisse Routine, ging zur Arbeit, kam nach Hause und war jeden Tag von denselben Leuten umgeben, die älter und deren Identitäten schon sehr viel gefestigter waren. Im Gegensatz zu ihnen hatte ich aber nicht das Gefühl, mich schon fertig entwickelt zu haben. Obwohl ich einen Abschluss, einen Job und eine eigene Wohnung hatte und für viele damit als »erwachsen« galt, wollte ich noch weiter »wachsen«. Das tat ich auf vielfältige Weise. Ich stürzte mich ins Internet, verschlang TED-Talks und feministische Blogs, wurde selbst zu einer feministischen Bloggerin. Ich half ehrenamtlich bei verschiedenen queeren Organisationen, von denen ich hoffte, dass sie mir etwas zum Thema Diversität beibringen würden, nahm an Workshops und Konferenzen über Gender und Ethnie teil, trat Lesezirkeln bei und ging zur Therapie, um herauszufinden, wie ich bei Verstand bleiben sollte. Ich stellte fest, dass da draußen ein riesiger Berg Wissen auf mich wartete, wenn ich nur den Mut und die Zeit fand, danach zu suchen. Bloß weil das College abgeschlossen war, galt das noch lange nicht für meine Entwicklung.

Mein nächster Tipp: Probieren geht über Studieren. Verschiedene Facetten deiner Identität kommen in unterschiedlichen Situationen zum Vorschein. Probier viel aus! Egal ob du Vereinen beitrittst, neue Hobbys oder Sportarten anfängst, deine tägliche Routine änderst oder verschiedene Geisteshaltungen einnimmst. Wenn du glaubst, eine bestimmte Lebensweise könnte dich interessieren, stürz dich rein, vielleicht erst mal für eine Woche, um sie zu testen. Ich habe versucht Vegetarierin zu sein und hielt das drei Jahre lang durch. Auch wenn es letztlich doch nichts für mich war, hat es mir gezeigt, wie wichtig es ist, eine verantwortungsvolle Verbraucherin zu sein. Dieses Wissen nehme ich jede Woche mit in den Supermarkt.

Eines Tages streunte ich beim Shoppen mal durch die Männerabteilung und fand ein bequemes Oberteil, das mir sehr gefiel, dann einen Style, den ich mochte, und kurz drauf ein Wort für diesen Style: androgyn. Danach lernte ich, dass es sehr viele Begriffe für Menschen gibt, die nicht in klassische Geschlechterschubladen passen. Schnell wurde ich selbst zu einer Verbündeten und zur Aktivistin für alle, denen es auch so ging. Mein YouTube-Kanal wurde zu einer Plattform, die sich für Gleichberechtigung und bessere Wahrnehmung von Minderheiten einsetzt und mittlerweile mehr als 250.000 Mitglieder hat … Und alles nur, weil ich eines Tages etwas Neues ausprobierte und ein Oberteil aus der Männerabteilung anzog.

Ich bin vielleicht keine Expertin in Bezug auf das Thema Identität, aber der beste Rat, den ich dir geben kann, ist: Gib dich nicht mit einem Label zufrieden, wenn du dich damit nicht wohlfühlst. Bleib neugierig und erkunde alle Identitäten, die für dich infrage kommen. Und mach dir keine Sorgen, wenn dir die ganzen Labels und Bezeichnungen über den Kopf zu wachsen drohen. Denk einfach immer dran: Du bist Herr*in über deine Identität. Du suchst dir deine Schublade aus, du bastelst dir deren Definition und ich verspreche dir, es wird eine lustige und spannende Reise.

Ash Hardell (@AshHardell) ist eine 24-jährige queere YouTuberin, die gerne Bier trinkt, ihre Frau küsst und im Internet über das Leben philosophiert.

Das Coming-out

In unserer Gesellschaft gilt es als normal, heterosexuell und cisgender zu sein. Also hetero bis zum Beweis des Gegenteils. Wenn wir einen Mann und eine Frau zusammen sehen und automatisch für ein »Paar« halten und bei zwei Personen des gleichen Geschlechts ebenso automatisch annehmen, sie seien »nur Freund*innen«, heißt das, wir gehen erst mal davon aus, dass jede*r heterosexuell ist. Zusammen mit der geringen Sichtbarkeit und Repräsentation von LGBTQ+-Menschen in den Medien fördert dies etwas, was wir »Heteronormativität« nennen.

Und deshalb brauchen LGBTQ+-Menschen ein Coming-out: um überhaupt sichtbar zu werden. Einige Leute halten das ganze Konzept des Coming-outs an sich für eine heteronormative Idee, einige reden nie über ihr Geschlecht oder ihre Sexualität und leben einfach ihr Leben, andere rufen es von den Dächern. Wieder andere führen ein paar ruhige Gespräche mit guten Freund*innen und der Familie, aber mit keinem Außenstehenden, und ein paar Leute reden in YouTube-Videos darüber! Als Erstes solltest du wissen, dass es allein deine Sache ist, ob du dich überhaupt outen möchtest, und wenn ja, wie. Du solltest nie das Gefühl haben, jemandem deine Sexualität enthüllen zu müssen – du kannst es stolz allen verkünden oder im Stillen stolz auf dich sein, ohne es aller Welt mitzuteilen.

Ein Coming-out ist auch kein einmaliges Ereignis, es ist vielmehr ein Prozess, und du kannst dir so viel Zeit dafür lassen, wie du möchtest.

Normalerweise outest du dich das erste Mal vor dir selbst. Vielleicht hast du es schon immer gewusst, vielleicht hast du es auch länger unterdrückt, aber die erste Person, der du es erzählen und die du um Liebe und Verständnis bitten musst, bist du selbst. Und für einige ist das leichter gesagt als getan. Aber denk immer dran: Egal welches Geschlecht oder welche sexuelle Orientierung du hast – du bist wunderbar und verdienst genauso viel Liebe wie alle anderen.

Beim Coming-out gibt es kein Richtig oder Falsch. Ich kenne Menschen, die einfach damit herausgeplatzt sind, die sich per Textnachricht geoutet haben, die es auf einen Zettel geschrieben und den Raum verlassen haben, während die andere Person ihn gelesen hat, und Menschen, die einfach ihre*n feste*n Freund*in vorgestellt haben. Der richtige Weg für dich ist der, der sich am besten anfühlt. Und wenn du dir Sorgen machst, wie jemand reagiert, kommt hier der beste Rat, den ich dir geben kann: Bevor du es der Person erzählst, vor deren Reaktion du am meisten Angst hast, spann dir ein Sicherheitsnetz. Das können Freund*innen, Familienangehörige oder Menschen im Internet sein, von denen du weißt, dass sie in emotionaler und praktischer Hinsicht für dich da sein werden. Es geht nicht ohne Netz und doppelten Boden, ganz besonders, wenn dein Coming-out vor den Leuten stattfindet, mit denen du zusammenlebst und die für deinen Lebensunterhalt aufkommen. Unterstützung findest du in lokalen LGBTQ+-Jugendgruppen, bei sozialen Einrichtungen, Schulfreund*innen oder vielleicht sogar bei homosexuellen Verwandten. Dein Sicherheitsnetz ist für das Worst-Case-Szenario gedacht. Im Idealfall wirst du es gar nicht brauchen. Deine Freund*innen und Familie sollten dich vorbehaltlos lieben – trotzdem haben einige von ihnen daran vielleicht ganz schön zu knabbern. Gib ihnen Zeit. Sie könnten einfach verwirrt sein oder Angst haben. Obwohl in diesem Moment eigentlich du die Unterstützung brauchst, versuch ihre Fragen zu beantworten und hilf ihnen dabei, dich zu verstehen. Das liegt zwar nicht zwingend in deiner Verantwortung – fühl dich also nicht dazu verpflichtet, wenn du es nicht tun willst –, aber eurer Beziehung wird es guttun.

Im Laufe deines Lebens wirst du vielleicht ein Coming-out nach dem anderen haben. Wenn du deinen Freund*innen oder Kolleg*innen von deinem Partner oder deiner Partnerin erzählst. Wenn jemand Fremdes einfach annimmt, du wärst hetero. Wenn jemand die falschen Pronomen verwendet. Das kann anstrengend sein und ganz schön nerven, aber leider ist das die Welt, in der wir leben. Wenn du dich outest, hoffe ich, dass dich das glücklicher und selbstbewusster macht. Du selbst zu sein und angstfrei und mit Stolz zu zeigen, wer du wirklich bist, ist wahrscheinlich eines der befreiendsten Gefühle überhaupt.

Denk immer dran: Liebe ist Liebe.

Was bedeutet dir die LGBTQ+-Community?

Auf meinem YouTube-Kanal lade ich viele Videos zu Sex und Beziehungen hoch. Das ist ein Thema, für das mein Publikum und ich uns leidenschaftlich einsetzen. Und viele meiner Zuschauer sind LGBTQ+. Ich habe meinen Twitter-Followern die Frage gestellt »Was bedeutet dir die LGBTQ+-Community?« und über 100 Antworten bekommen (danke schön!). Hier sind ein paar meiner Favoriten:

@lukeisnotshady
Ein sicherer Ort, ohne Angst, verurteilt oder schikaniert zu werden.

Anonym
Sie bedeutet, dass es einen Ort gibt, an den ich gehöre, dass es Leute gibt, die mich mögen, und dass ich mich nicht ausgeschlossen fühle.

@guccibdawg
Ein Ort der Geborgenheit, an dem du ganz du selbst und sicher sein kannst, dass man dich akzeptiert und unterstützt.

@magic_blue_box
Andere Leute zu treffen, die so sind wie ich (asexuell), sodass ich mich nicht mehr alleine fühle.

@anya_morley
Ein Ort, an dem alle Rückhalt bekommen und lernen, dass es okay ist, nicht hetero zu sein (womit ich selbst große Probleme hatte).

@OfficialMadMan_
Ein Ort, an dem du stolz darauf sein kannst, wer du bist.

@hurricane_ang
Ein geschützter Raum, in dem ich immer akzeptiert werde, auch wenn ich durch soziale Konditionierung selbst Probleme damit habe

@finaljade
Ein Ort, an dem ich ich selbst sein kann, ohne dass ich das Gefühl habe, mich ständig rechtfertigen zu müssen.

@NickehBee
Ein sicherer Ort. Hier kann ich ganz ich selbst sein und Menschen mit ähnlichen Erfahrungen verstehen mich und begegnen mir mit Liebe.

@lesbiansurbu
Sie bedeutet alles,
eine Familie.

@Breezio
Eine Gruppe warmherziger Gleichgesinnter, die für Akzeptanz eintreten und die Welt zu einem strahlenderen, fabelhafteren Ort machen.

@Siobhanisboring
Sie steht für Sicherheit und Unterstützung. Dafür, sich umschauen zu können und Menschen zu sehen, die sind wie ich. Für Glück und Hoffnung.

@Malene_Simonsen
Akzeptanz und Freund*innen. Hier habe ich einige der allertollsten Menschen getroffen und konnte sein, wer ich bin.

@hayleyharp
Für mich ist sie ein Ort, an dem Vielfalt gefeiert wird und wo ich wirklich ich selbst sein kann.

@wildfordodie
Ein Ort, an dem ich lernen und ein schlauerer Mensch werden kann!

@simplyimiread
Die Gemeinschaft gibt mir Vertrauen in die Richtigkeit dessen, was ich bin, und den Stolz, Teil einer solch konstruktiven Kraft zu sein.

@bigworldsa
Die LGBTQ+-Community ist ein Ort, an den ich mich immer dann flüchte, wenn ich mich verdammt einsam und so anders als der Rest fühle.

@trucesteph
Ein Ort, an dem ich Hilfe suche, egal bei welchem Problem.

@kogucik13
Sie gibt mir den Mut, wirklich ich selbst zu sein, und lässt mich wissen, dass ich endlich irgendwo hingehöre, wo ich geliebt werde.

@sophtwareslumpp
Sie bedeutet: Immer, wenn ich eine Regenbogenflagge sehe, wird mir eine Last von der Seele genommen. Sie gibt mir das Gefühl von Sicherheit.

@curious_lenny
Für mich ist sie ein Ort voller Verständnis, aber auch ein Ort des Lernens und der persönlichen Entwicklung.

@frankcastlc
Dich nicht einsam und verloren zu fühlen. Zu wissen, dass du nicht kaputt bist, zu wissen, wer du bist, und dich zu lieben.

@NeveAtkinson22
Die Community hat mir durch ihre Präsenz in den sozialen Medien wirklich dabei geholfen, eine viel offenere Person zu werden.

@helenalv15
Für mich ist die Community eine Familie. Nicht alle von uns haben verständnisvolle Familien, also sind wir stattdessen füreinander da.

@Charli_TAW
Habe durch sie viel über meine Identität gelernt & sie hat mir beim Coming-out geholfen. Sie hat ihre Probleme, aber sie ist wichtig!

@HannahDoldrums
Eine Gruppe von Menschen, die jeden unterstützen, besonders die Leute, für die niemand aus ihrem Umfeld da ist.

@dftbaDarling
Die LGBTQ+-Community ist eine Familie und eine ständige Erinnerung, dass ich nicht alleine bin. Hier finde ich Leute, die mich sehen.

@0Shine_Bright0
Die Leute, die mir erzählt haben, dass mit mir alles in Ordnung ist, auch wenn ich Mädchen und Jungs mag.

Und ich glaube, ***@bigsizz1*** fasst es sehr gut zusammen: Die Community ist Liebe. <3

*Wie du ein*e gute*r Verbündete*r sein kannst*

Ich habe es ja bereits erwähnt, ich bin hetero und cis. Und es gibt einige Privilegien, die damit einhergehen. Hier sind nur ein paar davon:

Ich hatte nie das Gefühl, als würde mit mir etwas nicht stimmen. Denn ich habe schon früh überall Beispiele für Heterosexualität gesehen – meine Eltern, Freund*innen, in den Nachrichten, in Büchern, im Fernsehen, in Filmen usw.

Ich wurde nie für meine sexuelle Orientierung oder mein Geschlecht angegriffen.

Ich musste nie Angst haben, dass meine Eltern mich aufgrund meiner sexuellen Orientierung oder meines Geschlechts vor die Tür setzen würden.

Ich kann ungestört und ohne Angst die Frauentoilette benutzen.

Ich kann in jedes Land dieser Welt einreisen, ohne dass meine sexuelle Orientierung ein Verbrechen darstellt.

Vielleicht tut man sich erst mal schwer damit, festzustellen, dass man als Heterosexuelle*r oder als Cisgender privilegiert ist, weil man nie viel über das eigene Geschlecht oder die eigene sexuelle Orientierung nachgedacht hat. Aber genau darum geht es! Du musstest dir nie viele Gedanken darüber machen und das ist ein enormes Privileg. Lass mich dir erklären, wie wir Hetero-Cis-Leute unseren LGBTQ+-Freund*innen helfen und ihre bestmöglichen Verbündeten und Unterstützer*innen sein können.

1

Mach dir klar, dass du privilegiert bist. Das haben wir gerade schon getan, aber es ist immer gut, Lektionen zu wiederholen. Deine eigenen Privilegien anzuerkennen kann dir dabei helfen, einen anderen Blickwinkel einzunehmen und zu sehen, wie anders eine Situation für LGBTQ+-Menschen ist, und sich in sie einzufühlen. Empathie ist superwichtig, um ein*e gute*r Verbündete*r zu sein.

2

Zuhören. Dieser Schritt ist auch bekannt als »Halt deine Klappe«. Einer der besten Wege, ein*e gute*r Verbündete*r zu sein, ist den Leuten zuzuhören, denen du helfen willst. Lass sie von ihren Erfahrungen berichten, statt einfach anzunehmen, du wüsstest, wie es ist, sie zu sein. Und es ist nicht damit getan, einfach nur zuzuhören: Du musst ihnen auch glauben. Wenn dir zum Beispiel jemand erzählt, dass eine Person sich ihm oder ihr gegenüber schwulen- oder lesbenfeindlich geäußert hat, dann frag nicht: »Bist du sicher, dass es schwulenfeindlich war?« Das ist kein richtiges Zuhören.

3.

Verstärk die Stimmen der anderen. Auch wenn ein Großteil deiner Rolle als Verbündete*r darin besteht, still zu sein und zuzuhören, gibt es doch Zeiten, in denen du etwas an die ganz große Glocke hängen solltest. Einige heterosexuelle Menschen hören eher mir zu als jemandem, der LGBTQ+ ist. Also sollte ich dieses Privileg dazu verwenden, die Stimmen der LGBTQ+-Menschen hörbar zu machen und ihre Geschichten zu verbreiten. Das bedeutet nicht, stellvertretend für sie oder über ihre Köpfe hinweg zu sprechen. Ich habe das hier versucht, indem ich einige meiner LGBTQ+-Freund*innen selbst über ihre Erfahrungen habe schreiben lassen. Und so werden ihre Geschichten hoffentlich von vielen Menschen gelesen.

4

Mach dich schlau. Durch Bücher, Dokus, Nachrichten, Blogs, YouTube-Videos, sogar Tumblr. Du kannst nicht von den LGBTQ+-Leuten, die du kennst, erwarten, dass sie dir jede noch so kleine Frage beantworten. Klar freuen sie sich vielleicht, wenn sie dir behilflich sein und ihr Wissen teilen können, aber sie möchten vielleicht nicht ständig erklären müssen, warum und wie sie benachteiligt werden, und es ist auch nicht ihre Aufgabe, dich aufzuklären. Sei also ein*e gute*r Verbündete*r und mach deine Hausaufgaben.

5 ***Es geht hier nicht um dich.*** Egal wie aufmerksamkeitsgeil du auch sein magst (so wie ich), du hast hier die Nebenrolle. Du bist weder Star noch Hauptdarsteller*in oder Regisseur*in. Du bist hier nur der oder die Praktikant*in und nimmst Anweisungen entgegen, hörst anderen zu und sorgst dafür, dass es allen gut geht und sie genug zu trinken haben.

6 ***Keine Pausen einlegen.*** Glaubst du etwa, die Unterdrückung legt eine Pause ein? Nein. Und den LGBTQ+-Menschen, die unter dieser Unterdrückung leiden, ist ganz sicher keine Pause vergönnt. Wenn du also ein*e gute*r Verbündete*r sein willst, kannst du dich nicht einfach in deine gemütliche und privilegierte Komfortzone zurückziehen, sondern solltest immer für die Menschen da sein, die deine Unterstützung brauchen.

7 ***Lerne dich zu entschuldigen***. Das ist eine sehr nützliche Fähigkeit, wenn es um gesellschaftliche Themen geht, besonders, wenn es Themen sind, die dich nicht direkt betreffen. Vielleicht machst du irgendwann Fehler – sagst oder tust das Falsche –, deshalb solltest du lernen, wie man sich ordentlich entschuldigt. Das beinhaltet, sich die eigenen Fehler einzugestehen, zuzuhören, was dir vorgeworfen wird, daraus zu lernen und zu versprechen, dass es nicht wieder vorkommt. Eigentlich ganz einfach.

LGBTQ+ ist wunderbar, schön, vielfältig und voller Liebe. Du bist normal. Du bist nicht alleine. Über die letzten 100 Jahre hat es viele Fortschritte auf dem Gebiet LGBTQ+ gegeben, doch weltweit ist noch eine Menge zu tun. Dafür findest du tonnenweise Unterstützung da draußen und ich führe am Ende dieses Buches einige Links zu nützlichen Websites auf.

Ich weiß, ich habe es schon tausendmal gesagt, aber ich habe das Gefühl, ich kann euch gar nicht oft genug daran erinnern: Liebe ist Liebe.

Kapitel 5

Konsens

Das Einzige,
was ich in
der Schule
über Konsens
gelernt habe,
war: Nein
heißt nein!

Obwohl das natürlich stimmt, ist das Thema Konsens damit noch längst nicht abgehakt.

Was bedeutet Konsens? Konsens bedeutet gegenseitiges Einvernehmen. Aber wie drückst du das aus? Wie kannst du erkennen, ob jemand einverstanden ist? Geht es um Sex, scheint die Antwort auf der Hand zu liegen: Wenn alle Beteiligten interessiert und in der Lage sind zuzustimmen und außerdem niemand zu irgendetwas gedrängt oder gezwungen wird, könnt ihr loslegen. In der Realität ist es allerdings viel komplizierter, weil wir in einer Gesellschaft leben, in der Sex nach wie vor ein Tabuthema und darüber zu reden vielen Menschen unangenehm ist. Beim Konsens geht es aber vor allem um Kommunikation, wir müssen also lernen über Sex zu reden.

Sex ohne Zustimmung ist kein Sex, sondern sexueller Missbrauch oder Vergewaltigung. Bei Vergewaltigung denken die meisten an extrem brutale, von Fremden begangene Gewalttaten. Dabei ist es viel wahrscheinlicher, dass der Täter oder die Täterin jemand ist, den du kennst (ein*e Partner*in, ein*e Ex-Partner*in, ein*e Freund*in, ein*e Kolleg*in etc.), und oft sind Zwang, Manipulation oder auch Alkohol und Drogen im Spiel. Ich möchte, dass du die Kontrolle über deinen Körper hast und selbst entscheidest, was du damit machst. Ich möchte, dass du ein gutes Gespür für deinen Körper entwickelst und das Selbstbewusstsein hast, auszusprechen, was du willst und was nicht. Das ist sooo wichtig – egal ob du eine dauerhafte Beziehung führst oder mit wechselnden Partner*innen Sex hast. Du solltest immer offene Gespräche führen können und dich mit dem anderen Menschen so wohlfühlen, dass du Nein sagen kannst, wenn du etwas nicht möchtest. Von Freund*innen und auch online habe ich viel von Situationen gehört, in denen sie etwas nicht tun wollten, aber einfach »mitgemacht« haben, weil es einfacher war, als Nein zu sagen. Das macht mich echt traurig.

Warum fällt es uns im Schlafzimmer so schwer, darüber zu reden, was wir wollen und was nicht? Ich weiß nicht, wie es bei dir ist, aber ich persönlich spreche lieber über alles und habe dann vielleicht keinen Sex, anstatt Sex zu haben, ohne genau zu wissen, ob die andere Person es überhaupt möchte. Weißt du, was wirklich heiß ist? Sex mit jemandem zu haben, der dir ganz deutlich zeigt, wie gerne er Sex mit dir hat. Ich sag nur: Oh. Mein. Gott.

Hier ist dein kleines Einmaleins der Zustimmung:

Zustimmung ist ...

ein freiwilliges, eindeutiges Ja
nicht einfach vorauszusetzen
Pflicht

Zustimmung kann ...

mündlich erfolgen
durch Körpersprache erfolgen
zu jedem Zeitpunkt zurückgezogen werden
für einige Dinge gelten und für andere nicht

Nein heißt nein

Wenn jemand »Nein« sagt, dann bedeutet das auch nein. Ein Nein ist keine Herausforderung, jemandem so lange auf die Nerven zu gehen, bis aus dem Nein ein »Ja« wird. Das ist uncool. Tu das nicht! Hör deiner Partnerin bzw. deinem Partner zu, und wenn sie bzw. er es nicht will, dann akzeptier diese Entscheidung und zwing sie oder ihn nicht dazu. Denn das wäre Vergewaltigung.

Was auch nein bedeutet:

Ich habe gerade keine Lust

Heute Abend nicht

Ich bin mir nicht sicher

Ich fühle mich nicht gut

Ich weiß nicht

Schweigen

Das Letzte ist besonders wichtig. Schweigen oder das Fehlen eines Neins bedeutet nicht automatisch ja. Oft spricht man in Gefahrensituationen von der sogenannten Kampf-oder-Flucht-Reaktion, allerdings vergisst man dabei die »Schockstarre«, eine häufige Reaktion auf unangenehme oder beängstigende Erlebnisse, zum Beispiel auf sexuelle Gewalt. Wenn dein*e Partner*in also still, wie erstarrt oder teilnahmslos wirkt, frag nach, ob alles in Ordnung ist.

Ja heißt ja

Anstatt einfach weiterzumachen, wenn du kein Nein hörst, warte ganz gezielt auf das Ja. Zustimmung ist ein freiwillig geäußertes, klares und ausdrückliches »Ja, ich möchte das«.

Wie ein Ja aussehen kann:

Ja, bitte

Das fühlt sich gut an

Das würde mir gefallen

Ich möchte, dass du mich hier berührst

Mach weiter

Genau hier

Lass uns Sex haben

Konsens ist sexy! Und er ist Pflicht! Denk immer dran: Du kannst einigen Dingen zustimmen und anderen nicht, du kannst mal zustimmen und mal nicht, und du kannst deine Meinung ändern. Konsens sollte nie vorausgesetzt werden, auch nicht, wenn du in einer Beziehung bist, ihr es schon einmal getan habt oder wegen der bereits vorhandenen sexuellen Erfahrungen einer Person. Du solltest dir immer ein Einverständnis einholen – jedes Mal und für alles.

Einige Leute meinen, durch das ständige Nachfragen wäre der Sex dann ungefähr so leidenschaftlich wie eine Vertragsverhandlung. Höre ich aber, dass die Leute sich weigern sicherzugehen, ob ihr*e Partner*in es überhaupt will, ist das für mich ein fettes Warnsignal. Dir 100 Prozent sicher zu sein, ob dein*e Partner*in einverstanden ist, ist nicht nur notwendig, sondern dient auch dazu, dass du dich entspannen und die Erfahrung voll und ganz genießen kannst. Zustimmung kann auch durch Körpersprache vermittelt werden. Macht dein*e Partner*in aktiv mit oder lässt er bzw. sie es einfach über sich ergehen? Achte auf die Körpersprache und deute die Signale. Wenn du dir bei irgendetwas unsicher bist, lass es erst mal sein und frag nach.

Wie fragt man, ob jemand einverstanden ist?

Wenn du dir unsicher bist, frag nach. Wenn du dir unsicher bist, frag nach. Wenn du dir unsicher bist, frag nach! Ich kann es nicht oft genug wiederholen. Frag nach, frag nach, frag nach! Kommunikation ist Gold wert!

Gefällt dir das?

Wo soll ich dich berühren?

Wie fühlt sich das an?

Alles okay?

Willst du das?

Sag mir, was du willst.

Soll ich weitermachen?

Ist das so gut?

Wie weit willst du gehen?

Situationen, in denen Konsens nicht möglich ist

Zu allem Überfluss gibt es auch Situationen, in denen ein Ja nicht zählt (aber keine Sorge, eigentlich ist es ganz einfach).

1

Wenn die Person noch im Schutzalter ist, du aber nicht mehr

Dieses Alter ist von Land zu Land unterschiedlich. Informiere dich also vorher. Egal wie reif diese Person wirkt oder wie oft sie sagt, sie sei bereit und würde Sex wollen – sie ist noch im Schutzalter und damit tabu. Vielleicht hältst du die Zahl für willkürlich, weil das Schutzalter in anderen Ländern niedriger ist. Trotzdem ist es das Gesetz. Halte dich also dran.

2

Wenn jemand betrunken oder auf Drogen ist

Ja, wenn man Sex hat, sind durchaus auch mal Alkohol oder Drogen im Spiel, aber wenn jemand vollkommen handlungsunfähig ist, zählt ein Ja nicht. Kann diese Person nicht mehr gerade laufen oder stehen, lallt oder ist zwischendurch wie weggetreten, dann ist sie wehrlos und braucht eher jemanden, der oder die auf sie aufpasst.

3

Wenn ein Abhängigkeitsverhältnis besteht

Das besteht dann, wenn jemand als Autoritätsperson auftritt, zum Beispiel als Lehrer*in, Arzt bzw. Ärztin, Therapeut*in etc. Es kann sich aber auch um Prominente handeln, die du bewunderst. In diesen Situationen ist kein Konsens möglich, weil mit dem Machtgefälle auch Verletzlichkeiten auftreten und die Chance besteht, dass diese Macht ausgenutzt oder missbraucht wird.

Konsens ist unerlässlich, denn Sex ohne Konsens ist kein Sex, sondern Vergewaltigung.

Konsens sollte nicht lästig sein, es sollte Teil unserer Kultur werden, damit jede sexuelle Begegnung in gegenseitigem Einvernehmen stattfindet, schön ist und guttut. Ich finde, wir sollten alle etwas dazu beitragen, ob wir es nun anderen beibringen oder einfach selbst in unserem Sexleben umsetzen.

Alkohol und Sex

Ich weiß … dieses Buch ist eigentlich für Leser*innen ab 14 gedacht und legal Alkohol kaufen darf man in Großbritannien erst mit 18, aber in der westlichen Kultur gehen Sex und Alkohol oft Hand in Hand, deswegen finde ich es wichtig, über dieses Thema zu sprechen. Meinen allerersten One-Night-Stand hatte ich auf einer Hausparty und zum letzten Mal hatte ich Sex, nachdem ich abends feiern war. Ich kann also nicht hier sitzen und so tun, als wäre ich das perfekte Vorbild. Theoretisch ist es aber so, dass man bei jemandem, der in einem schweren Rauschzustand ist, nicht von einer Zustimmung zu sexuellen Handlungen ausgehen darf. Das gilt für Leute, die sich übergeben, nicht mehr aufstehen können, keine vernünftigen Sätze mehr von sich geben oder nicht mehr bei vollem Bewusstsein sind. Menschen in diesem Zustand können sich mit Sex nicht mehr einverstanden erklären, und wenn du mit einer solchen Person schläfst, dann ist das kein Sex, sondern Vergewaltigung. Aber was ist mit dem Zustand zwischen »ein Drink« und »total betrunken«? Wenn du angeheitert bist und gerade mit jemandem flirtest? Oft kommt es irgendwo in dieser Grauzone zu Sex und es ist immer gut zu wissen, wie sich Alkohol auf Körper und Geist und damit auf deine sexuellen Entscheidungen und dein Verhalten auswirkt.

Die meisten nun folgenden Informationen habe ich von *Sexplanations*, einem YouTube-Kanal, in dem es um sexuelle Aufklärung und Beziehungen geht und der von der wundervollen Dr. Lindsey Doe betrieben wird. Danke an Lindsey und *Sexplanations* für die vielen interessanten und informativen Videos – ich konnte eine Menge daraus lernen. Am wichtigsten ist wohl, dass Alkohol sich auf jeden Menschen anders auswirkt. Es kann davon abhängen, welchen Alkohol du trinkst, wie viel du trinkst, wie viel Wasser du vorher oder dabei trinkst und ob du als »Grundlage« genug gegessen hast. Aber auch das Körpergewicht, die Hormone, das Alter, die Einnahme von Medikamenten und die allgemeine körperliche Verfassung spielen eine Rolle. Faustregel: Wenn du ausgehst und etwas trinkst, dann iss vorher auf jeden Fall ordentlich und trink zwischendurch viel Wasser. Du wirst trotzdem Spaß haben, aber du wirst nicht so schnell sturzbetrunken und hast am nächsten Tag vielleicht keinen ganz so schlimmen Kater.

Viele Leute haben Sex, während oder nachdem sie etwas getrunken haben. Es muss auch Vorteile geben. Alkohol baut Hemmungen ab und du kannst dir ein wenig Mut antrinken, was dir wiederum das Selbstbewusstsein verleiht, zu sagen, was du beim Sex willst. Außerdem kannst du mal loslassen und vielleicht bringt Alkohol dich auch dazu, Neues auszuprobieren. Er kann dir dabei helfen, deine sexuellen Vorlieben zu entdecken. Alkohol kann dir dieses wohlig warme, lockere und entspannte Gefühl geben, sodass du dir keine Gedanken mehr machst, was die anderen von dir denken. Alkohol kann auch erregend wirken, vor allem bei biologischen Frauen. Das kann ich aus eigener Erfahrung bestätigen. Öffentliche Einrichtungen, in denen Alkohol konsumiert wird, bieten eine tolle Atmosphäre zum Unterhalten, Kennenlernen und Flirten. Und gegen Rumknutschen ist in Bars und Klubs ja normalerweise auch nichts einzuwenden. Ein Hoch auf den Alkohol!

Und jetzt zu den Nachteilen …

Alkohol ist ein Sedativum, was bedeutet, dass es die Signale, die das Gehirn an den Körper sendet, und somit auch die Körperfunktionen verlangsamt. Viele dieser Funktionen werden beim Sex gebraucht. Alkohol könnte dir also erschweren, eine Erektion oder einen Orgasmus zu bekommen. Durch Alkohol dehydrierst du, was zu Trockenheit in der Scheide führen kann. Oft spricht man davon, sich Menschen »schönsaufen« zu können. Unter Alkoholeinfluss kannst du also einen falschen Eindruck von der Attraktivität anderer Menschen bekommen. Es ist immer besser, du weißt, ob du die Person auch im nüchternen Zustand magst. Sex in betrunkenem Zustand kann Verletzungen verursachen, weil es chaotisch zugeht, du ein bisschen unkoordiniert bist, deine Reflexe langsamer sind und dein Gehirn eventuell keine Schmerzen wahrnimmt. Das ist auch der Grund, warum wir denken, Alkohol würde innerlich wärmen, wenn wir zum Beispiel draußen in der Kälte stehen. Der Körper friert zwar, aber das Gehirn ignoriert das einfach. Nicht so toll … Und was wirklich schlimm ist, wenn Sex und Alkohol aufeinandertreffen: Oft werden Kondome vergessen oder falsch angewendet, sodass sexuell übertragbare Krankheiten verbreitet werden oder es zu einer ungewollten Schwangerschaft kommt. Noch schlimmere Auswirkungen auf deine Gesundheit und deine Sexualität kann der dauerhafte Konsum von Alkohol haben. Und zu guter Letzt kann zu viel Alkohol persönliche Beziehungsprobleme nach sich ziehen, denn oft sind Lügen, Fremdgehen, jede Menge Liebeskummer und ein geringes Selbstwertgefühl die Folgen – und manchmal sogar Gewalt.

Denke immer daran, dass Alkohol keine Einladung zum Sex ist und keine Entschuldigung für sexuelle Nötigung oder Vergewaltigung. Auch wenn du trinkst, bist du immer noch verantwortlich für deine Taten. Und sollte jemand sturzbetrunken sein, dann lass die Finger von ihr oder ihm. Nimm diese Person in Schutz und nutz die Situation nicht aus. Ihr Rausch ist keine Einladung.

Ist es also ratsam, Alkohol zu trinken und dann Sex zu haben? Na ja, das kommt ganz auf die vorher erwähnten Faktoren an, wie Art und Menge des Alkohols, Gewicht, Tagesform etc. Manchmal trinken Menschen und haben Sex, manchmal trinken sie, haben aber erst Sex, wenn sie wieder nüchtern sind. In einer perfekten Welt würde wohl jede sexuelle Erfahrung im nüchternen Zustand stattfinden (es fühlt sich einfach besser an), auch um Pannen und Missverständnisse zu vermeiden. Aber wir leben in einer Kultur, in der alkoholbeeinflusste Sexualerfahrungen ziemlich verbreitet sind.

Es ist nichts dabei, nach ein paar Drinks Sex zu haben, du solltest dir aber über die Wirkung von Alkohol auf deinen Körper und auf deine sexuellen Erfahrungen im Klaren sein.

Rikki Poynter *über Konsens und Gehörlosigkeit*

Ich heiße Rikki Poynter und bin gehörlose YouTuberin, Aktivistin, schreibe Artikel für Nachrichtensender und halte öffentliche Reden. Seit über einem Jahr lebe ich in einer Beziehung mit einem hörenden Mann, und wir haben Sex.

Moment mal, Gehörlose haben Sex?

*Hörende Menschen haben viele seltsame Vorstellungen von Gehörlosen und eine davon betrifft Sex. Eine Frage, die in meinem Video »Sh*t Hearing People Say« auftaucht, war so was in Richtung »Wie haben Gehörlose Sex?«. Manchmal fragen Hörende gar nicht erst, sondern gehen einfach davon aus, dass Gehörlose keinen Sex haben.*

Das stimmt aber nicht. Gehörlose können Sex haben und haben ihn auch. Sprechen wir also über Einverständnis in einer Beziehung zwischen Gehörlosen und Hörenden. Wenn einer von beiden nicht (oder nicht so gut) hört, kann es passieren, dass die Signale nicht eindeutig sind. Auch wenn die gehörlose Person die Lautsprache beherrscht, sich also artikulieren kann, versteht sie nicht alles, was gesagt wird, vor allem nicht im Dunklen (ich bin ganz normal mit Spracherziehung aufgewachsen, spreche also aus persönlicher Erfahrung). Schon bei jugendfreieren Aktivitäten ist Dunkelheit der Feind aller Gehörlosen, weswegen es immer ratsam ist, bei sexuellen Aktivitäten extra vorsichtig zu sein, denn genau da kann es mit der Kommunikation ein bisschen knifflig werden. Gehörlose brauchen Licht, um das Gesprochene zu sehen und auch um es zu hören, wenn ein Resthörvermögen vorhanden ist. Das ist bei mir der Fall, allerdings brauche ich einen Ort, der gut beleuchtet ist, da ich sowohl auf Lippenlesen als auch auf mein Gehör angewiesen bin, um die Laute, so gut es geht, zuordnen zu können.

Aber weißt du was? Ich mag Sex im Dunklen. Ich bin kein großer Fan davon, beim Sex das Licht brennen zu lassen. Warum? So ticke ich eben. Vielleicht liegt es daran, dass das mit dem Sex noch immer ziemlich neu für mich ist. (Mein Freund und ich führen eine Fernbeziehung, deswegen habe ich nicht täglich Sex.)

Wie auch immer, mir gefällt die Vorstellung einfach nicht, dass mein Sexualpartner alle paar Minuten aus dem Bett springt, um sein iPhone, mein iPad oder irgendein anderes elektronisches Gerät anzuschalten und eine Nachricht wie »Bist du sicher?« einzutippen oder um das Licht einzuschalten, damit er mit mir kommunizieren kann. Ja, Einverständnis ist wichtig, wenn ich aber weiß, was ich will, würde mir dieses ständige Hin und Her ganz schnell die Stimmung verderben. Zum Glück können mein Freund und ich das vermeiden, weil er einige Basics der amerikanischen Gebärdensprache beherrscht. Und so tasten wir uns durch unsere Techtelmechtel. Aber was passiert, wenn du nicht gebärden kannst? Hier sind noch ein paar andere Möglichkeiten, zu kommunizieren und klare Zustimmung zu erhalten: Am wichtigsten und offensichtlichsten ist wohl, dass ihr schon im Voraus über eure Grenzen sprechen könnt. Redet darüber, was euch gefällt, was euch nicht gefällt und wobei ihr möglicherweise noch Bedenken habt, was ihr aber unter den richtigen Bedingungen ausprobieren würdet.

Zweitens solltest du ein paar grundlegende Gebärden lernen. Bedenke aber, dass Gebärdensprache, genau wie eine gesprochene Sprache, von Land zu Land unterschiedlich ist. Und obwohl in den Vereinigten Staaten, in Großbritannien und Australien Englisch gesprochen wird, ist die Gebärdensprache nicht die gleiche. Hannah zum Beispiel würde die britische Gebärdensprache lernen, sofern ihr Partner auch Brite ist. Da ich aber in den Vereinigten Staaten lebe, benutze ich die amerikanische Gebärdensprache. Selbst wenn die gehörlose Person die Lautsprache beherrscht, ist es für beide von Vorteil, wenn die hörende Person die grundlegenden Gebärden wie »Ja«, »Nein«, »Ich will das«, »Ich will das nicht« etc. kennt.

*Du kannst deine*n gehörlose*n Partner*in auch ganz einfach fragen, ob er oder sie mit Sex einverstanden ist, indem du ein Kondom hochhältst und auf ein Nicken oder Kopfschütteln wartest. Wenn es dafür zu dunkel ist, kannst du das verpackte Kondom deinem Partner oder deiner Partnerin auch einfach in die Hand drücken und dann auf eine Antwort warten.*

Das war es schon. Hoffentlich wird dir das bei einer möglichen Hörenden-Nichthörenden-Beziehung in Zukunft ein bisschen weiterhelfen.

Rikki Poynter (@rikkipoynter) ist eine 25-jährige YouTuberin und Aktivistin, die ganz nebenbei auch noch gehörlos ist. Mit ihren Videos setzt sie sich für Rechte gehörloser und behinderter Menschen ein sowie dafür, dass Untertitel für Hörgeschädigte im Fernsehen gezeigt werden. In den Videos geht es auch um Soziales, Lifestyle und Popkultur.

Konsens und das Gesetz

Die folgenden Informationen wurden bereitgestellt von *The Schools Consent Project*, einer Gruppe von freiwilligen Anwält*innen und Jurastudent*innen, die Workshops an weiterführenden Schulen in ganz Großbritannien leiten und 11- bis 18-Jährigen alles zum Thema Konsens erklären.

In Großbritannien gilt man ab 16 als sexualmündig. Aber es gibt noch einige andere Altersbegrenzungen, die dir vielleicht nicht bewusst sind:

Unter 13 sind alle sexuellen Aktivitäten illegal. Dabei ist es unerheblich, ob die Zustimmung erteilt wurde oder nicht. Sex mit jemandem, der jünger als 13 Jahre ist, gilt laut Gesetz automatisch als sexueller Missbrauch von Minderjährigen.[1]

Unter 16 sind sexuelle Aktivitäten immer noch illegal. Wenn aber beide Personen zugestimmt und der Altersunterschied nur gering ist, kommt es wahrscheinlich nicht zu einer Strafverfolgung.[2]

Unter 18 sind sexuelle Aktivitäten legal, es sei denn, einer von beiden nutzt eine Vertrauensposition aus (zum Beispiel Lehrer*innen, Betreuer*innen, Ärzt*innen, Geistliche, Sozialarbeiter*innen).

Kate Parker, Anwältin für Strafrecht, weiß alles über Konsens und das Gesetz und was im Gerichtssaal so vor sich geht. Deswegen habe ich sie gebeten ihr Wissen mit uns zu teilen.

---

1 In Deutschland gilt das bei Personen unter 14.

2 Ab 14 sind sexuelle Handlungen in Deutschland generell legal, außer in besonderen Fällen wie z.B. in »Unter 18« beschrieben.

Kate Parker *über Konsens*

Gegenseitiges Einvernehmen ist der Grundstein jedes sexuellen Kontakts, da es eine freiwillige und (hoffentlich) angenehme Erfahrung von einem Verbrechen unterscheidet. Um jemanden für ein sexuelles Verbrechen zu verurteilen – ob sexuelle Nötigung, orale Vergewaltigung, Vergewaltigung durch Geschlechtsverkehr etc. –, müssen die Geschworenen davon überzeugt sein, dass es (a) gegen den Willen der anderen Person geschah und (b) der oder die Angeklagte keinen Grund zu der Annahme hatte, dass das Opfer eingewilligt hat. Beide Seiten müssen im Verfahren berücksichtigt werden, denn schließlich kann niemand Gedanken lesen.

Wenn zwei Menschen sich darüber einig sind, Sex miteinander zu haben, darf es nicht passieren, dass eine Person später der Vergewaltigung bezichtigt wird, nur weil die andere Person plötzlich ihre Meinung ändert und vorgibt, es sei doch nicht in gegenseitigem Einvernehmen geschehen. Deswegen muss ebenso berücksichtigt werden, ob der oder die Angeklagte von der Zustimmung der anderen Person überzeugt war. Bei Sexualdelikten ist die Strafverfolgung folglich in einer seltsamen Lage, denn sie muss die Abwesenheit von etwas beweisen (der Zustimmung). Da die meisten Sexualdelikte hinter verschlossenen Türen stattfinden, gibt es normalerweise keine Überwachungskameras oder objektiven Augenzeugen. Die Strafverfolgung wird sich auf Beweismittel berufen wie auf Verletzungen des Opfers, auf Nachrichten, die sich die beiden unmittelbar vor und nach dem Vorfall geschrieben haben und wann und wo der Vorwurf geäußert wurde. Außerdem achten sie auf alle möglichen Unstimmigkeiten bei der Aussage des Angeklagten. Letztendlich hängt es in diesen Fällen davon ab, welche Version der Ereignisse die Geschworenen für glaubwürdiger halten.
Und was bedeutet »Konsens« nun laut Gesetz?

Das *Sexual Offences Act 2003* (das wichtigste Gesetz zur Regelung von Sexualstraftaten in Großbritannien) beinhaltet keine klare Definition. Es besagt nur, dass Zustimmung erteilt wird, wenn eine Person sich freiwillig für etwas entscheidet und wenn unter den gegebenen Umständen eine freie Entscheidung möglich ist. Wenn die Person zu diesem Zeitpunkt nicht mehr bei Bewusstsein ist oder Angst vor Gewalt haben muss, dann besteht eindeutig keine Möglichkeit zur freien Entscheidung. Gleiches gilt für Personen, die nicht in der Lage sind zuzustimmen, weil sie zum Beispiel in einem starken Rauschzustand sind. Unter diesen Umständen kann nicht von Zustimmung ausgegangen werden. Wichtig ist aber auch, dass Alkohol allein das Einwilligungsvermögen nicht außer Kraft setzt: Natürlich haben auch Menschen im beschwipsten Zustand noch Sex in gegenseitigem Einvernehmen. Wenn jemand aber so betrunken ist, dass er oder sie kaum noch stehen oder reden kann oder völlig weggetreten ist, werden die Geschworenen ernsthaft an der Zurechnungsfähigkeit zweifeln. Es gibt allerdings keinen festgelegten Promillewert, ab dem eine Zustimmung nicht mehr möglich ist. Jeder Mensch wird von Alkohol anders beeinflusst und viele Faktoren (eine Diät, die Größe der Person, Medikamenteneinnahme, Trinkgewohnheiten oder ob man durcheinandergetrunken hat) haben Auswirkungen auf den Rauschzustand und das Urteilsvermögen.

Auf Basis dessen, was du nun über Konsens und das Gesetz weißt, habe ich weiter unten ein paar Szenarien beschrieben. Lies sie dir durch und überleg, ob gegenseitiges Einvernehmen vorliegt oder nicht. Meine eigenen Antworten und Erklärungen findest du jeweils darunter.

Szenario 1
Casey und Liz waren drei Jahre lang zusammen und hatten währenddessen regelmäßig einvernehmlichen Sex. Liz sieht Casey, einige Monate nachdem sie Schluss gemacht haben, an der Bar eines Klubs wieder. Casey trägt einen kurzen Rock. Liz nähert sich Casey von hinten, lässt die

Hand an Caseys Bein nach oben gleiten und schiebt einen Finger unter ihren Slip. Liz versteht nicht, warum Casey sich aufregt und sauer ist.

Antwort
Hierbei handelt es sich nicht um gegenseitiges Einvernehmen. Die sexuelle Handlung wird Casey aufgezwungen und steht im Gegensatz zu einer früheren Handlung, bei der sie die Wahl hatte mitzumachen. Liz ist fälschlicherweise davon ausgegangen, dass eine einmalige Zustimmung zu sexuellen Handlungen für sämtliche sexuellen Handlungen gilt. Man sollte sich immer darüber im Klaren sein, dass Zustimmung – mündlich oder nicht – deutlich erteilt werden muss, und zwar jedes Mal.

Szenario 2
Josh ist Adams Chef. Er ist zehn Jahre älter als Adam und trifft in der Firma die Entscheidung, ob jemand befördert wird oder nicht. Adam will unbedingt in der Firma aufsteigen, da er Alleinversorger für seine Familie ist. Die Gehaltserhöhung bei einer Beförderung hätte bedeutende Auswirkungen auf die Lebensqualität seiner Familie. Nach ein paar Drinks auf einer Betriebsparty wird er von Josh angebaggert. Der deutet an, er könne dafür sorgen, dass Adam demnächst an erster Stelle für eine Beförderung steht, wenn er mit ihm ins Bett ginge. Adam möchte keinen Sex mit Josh, entscheidet sich aber trotzdem dafür.

Antwort
Hier geht es darum, ob Adam eine »freie« Entscheidung treffen kann. Meiner Ansicht nach kann er das, denn er trifft bewusst und mit einem konkreten Ziel vor Augen die Entscheidung, mit Josh zu schlafen. Vielleicht ist es eine schlechte oder schwierige oder geschmacklose Entscheidung (und Joshs Verhalten ist sicherlich unmöglich), aber das Gesetz ist nicht dazu da, solche Entscheidungen im Nachhinein zurechtzurücken – es ist dazu da, Bürger*innen vor den Dingen zu schützen, die ihnen aufgezwungen werden und bei denen sie keine Wahl haben.

Szenario 3

Azi und Dan führen eine Beziehung. Wenn sie Sex haben, gehört es für sie oft zum Vorspiel, so zu tun, als würde Azi sich weigern und müsste sich wehren. Sie läuft dann durchs Zimmer und schreit »Nein«, bevor Dan sie einfängt, sie sich über die Schulter wirft und zum Bett trägt. Eines Abends hat Azi tatsächlich keine Lust auf Sex. Sie sagt mehrmals »Nein«, Dan geht aber davon aus, dass es alles Teil des Vorspiels ist, und hat trotzdem Sex mit ihr.

Antwort

Dieser Fall ist schwierig. Auf den ersten Blick sieht es aus, als hätte Dan Grund zur Annahme, Azi sei einverstanden (und wenn ihr euch erinnert, muss die Strafverfolgung für eine Verurteilung nicht nur beweisen, dass keine Zustimmung vorlag, sondern auch, dass es keinen vernünftigen Grund zu der Annahme gab). Ob Dan allerdings wirklich davon ausgehen konnte, Azi sei mit allem einverstanden, hängt von Azis Verhalten ab. Hat sie zum Beispiel »Nein« gesagt, während sie in einer Ecke gekauert und geweint hat, obwohl sie normalerweise herumrennt, Energie versprüht und lacht, könnten die Geschworenen zu der Überzeugung gelangen, dass es für Dan keinen vernünftigen Grund zu der Annahme gab, Azi sei einverstanden.

Kate Parker (@SCPLondon) ist eine Anwältin für Strafrecht und arbeitet bei 5 Paper Buildings. Sie ist Gründerin und Leiterin des Schools Consent Project, einer Organisation, die Anwält*innen und Jurastudent*innen in Schulen schickt, um den 11- bis 18-Jährigen die rechtliche Definition von Einverständnis beizubringen und sie über die gängigsten Sexualstraftaten aufzuklären.

»Konsens« ist also rechtlich definiert, aber was sagt das Gesetz zu Vergewaltigungen?

In Großbritannien ist die Legaldefinition einer Vergewaltigung, dass ein Mann mit seinem Penis vorsätzlich in jemandes Scheide/Anus/Mund eindringt. Jeder Mensch, egal welchen Geschlechts, kann Opfer einer Vergewaltigung werden, rechtlich gesehen kann eine Frau aber niemanden vergewaltigen. Allerdings machen Frauen sich eines anderen Verbrechens schuldig, und zwar dem des sexuellen Übergriffs durch Penetration, der die gleiche Strafe nach sich ziehen kann wie eine Vergewaltigung: lebenslänglich.[1] Das Gesetz ist so formuliert, weil es das Machtverhältnis bei einer Vergewaltigung berücksichtigt – und das lässt eher Männer als Täter zu.[2]

Diese Definition fand ich eine Zeit lang verwirrend, denn was ist mit Transmenschen? Manche Transmänner haben keinen Penis und manche Transfrauen haben einen, wie geht das Gesetz also mit ihnen um? Ich habe Kate gefragt und natürlich hatte sie auch darauf eine Antwort:

»Eine Vergewaltigung hat immer etwas mit dem Eindringen des Penis (vaginal/anal/oral) zu tun, während ein sexueller Übergriff durch Penetration immer mit dem Eindringen eines Körperteils (außer dem Penis) oder eines Objekts verbunden ist. Unter Abschnitt 79 (3) im »Sexual Offences Act 2003« ist mit dem »Penis« auch ein operativ nachgebildeter Penis gemeint. Zum Beispiel würde ein Transmann, der gegen den Willen einer Person Sex mit ihr hat und einen Strap-on-Dildo benutzt, sich des sexuellen Übergriffs durch Penetration schuldig machen. Ein Transmann, der gegen den Willen einer Person Sex mit ihr hat und seinen operativ nachgebildeten Penis benutzt, würde sich allerdings der Vergewaltigung schuldig machen.«

---

1 In Deutschland kann eine lebenslängliche Freiheitsstrafe nur bei Vergewaltigungen oder sexuellen Übergriffen mit Todesfolge ausgesprochen werden.

2 In Deutschland gibt es diese Unterscheidung nicht. Unter §177 im StGB werden sexuelle Übergriffe, sexuelle Nötigungen und Vergewaltigungen zusammengefasst. Eine geschlechtliche Abgrenzung findet nicht statt; es wird immer die neutrale Form »die Person« benutzt.

Vergewaltigungen: Mythos vs. Wahrheit

Mythos 1
Die meisten Vergewaltigungen passieren nachts in dunklen Gassen und werden von irgendwelchen fremden Leuten begangen. Um Vergewaltigungen aus dem Weg zu gehen, solltest du also nachts nicht alleine rausgehen.

Wahrheit 1
In Wirklichkeit werden nur rund zehn Prozent der Vergewaltigungen von Fremden begangen. Die meisten Vergewaltigungen gehen von jemandem aus, den die Opfer/Überlebenden kennen, und häufig sind es Menschen, denen sie vorher vertraut haben, etwa ein*e Freund*in, Kolleg*in, Familienmitglied, Nachbar*in, Partner*in oder Ex-Partner*in. Es ist viel wahrscheinlicher, dass du zu Hause von einer bekannten Person vergewaltigt wirst anstatt von einer fremden Person in einer dunklen Gasse. Die Angst vor Vergewaltigungen sollten wir nicht ausnutzen, um die Freiheit anderer Menschen einzuschränken bzw. ihnen vorzuschreiben, wie sie sich zu verhalten haben und wann sie wohin gehen dürfen.

Mythos 2
Nur junge, attraktive Frauen, die aufreizende Kleidung tragen und gerne flirten, werden vergewaltigt.

Wahrheit 2
Welche Kleidung jemand trägt, wie er oder sie aussieht oder sich verhält, ist irrelevant – niemand »legt es darauf an«, vergewaltigt zu werden. Es ist ein Akt der Machtausübung und der sexuellen Gewalt. Vergewaltigungen sind unentschuldbar und der Fehler liegt niemals bei den Opfern/Überlebenden. Menschen jeden Alters können

vergewaltigt werden, ungeachtet ihres Auftretens, Hintergrunds, Geschlechts oder ihrer Sexualität, und die Verantwortung trägt allein der Täter bzw. die Täterin.

Mythos 3
Manchmal tun Frauen so, als wären sie schwer zu kriegen, und sagen »Nein«, obwohl sie eigentlich ja meinen.

Wahrheit 3
Wenn jemand zu Sex »Nein« sagt, dann heißt das auch nein. Jede*r hat das Recht, »Nein« zu sagen und seine bzw. ihre Meinung jederzeit wieder zu ändern. Selbst wenn du schon nackt neben jemandem liegst, kannst du noch »Nein« sagen. Sex ist kein Spiel oder Wettbewerb – wir müssen die Wünsche unserer Sexualpartner*innen respektieren und ihnen glauben, wenn sie uns sagen, was sie wollen und was nicht.

Mythos 4
Wenn du schon einmal Sex mit einer Person hattest, musst du dich ihrer Zustimmung nicht noch einmal versichern.

Wahrheit 4
Du musst dich jedes Mal einer Zustimmung versichern, wenn du Sex haben willst, ganz egal ob ihr vorher schon Sex hattet oder nicht. JEDES MAL!

Mythos 5
Alkohol und Drogen können Menschen dazu bringen, jemanden zu vergewaltigen.

Wahrheit 5
Alkohol und Drogen sind niemals die Ursache für Vergewaltigungen oder sexuelle Übergriffe. Nur die Person, von der die Tat ausgeht, ist verantwortlich und nicht die Drogen und/oder der Alkohol. Diese Substanzen verwandeln Menschen nicht in Vergewaltiger*innen oder rechtfertigen sexuelle Gewalt.

Mythos 6
Jemand, der viel Alkohol getrunken oder viele Drogen genommen hat, darf sich nicht beschweren, wenn er/sie vergewaltigt wird.

Wahrheit 6
Niemand, ob nüchtern oder nicht, verdient es, vergewaltigt zu werden. Du kannst nur von einer Zustimmung ausgehen, solange die Person dazu in der Lage ist. Wenn sie nicht mehr bei vollem Bewusstsein oder aufgrund von Alkohol- oder

Drogenkonsum außer Gefecht gesetzt ist, kann sie nicht zustimmen. Und mit jemandem in diesem Zustand Sex zu haben ist Vergewaltigung.

Mythos 7
Es handelt sich nur um eine Vergewaltigung, wenn es zu körperlicher Gewalt und Verletzungen kommt.

Wahrheit 7
Nur weil jemand keine sichtbaren Verletzungen aufweist, heißt es nicht, dass keine Vergewaltigung stattgefunden hat. Vergewaltiger*innen benutzen manchmal Waffen oder drohen ihren Opfern mit Gewalt, um Gegenwehr zu verhindern, oder missbrauchen eine Person, die sich nicht wehren kann. Eine normale Reaktion bei traumatischen Erlebnissen, abgesehen von der Kampf-oder-Flucht-Reaktion, ist die Schockstarre. Einige Vergewaltigungsopfer können aus Schock und Angst nicht mehr sprechen oder sich bewegen.

Mythos 8
Bei Männern gewisser Nationalitäten und Herkunft ist die Wahrscheinlichkeit, dass sie jemanden vergewaltigen, höher als bei anderen.

Wahrheit 8
Es gibt keine typischen Vergewaltiger*innen. Menschen unterschiedlichster Herkunft üben sexuelle Gewalt aus.

Mythos 9
Männer können nichts dagegen tun – wenn sie erst mal erregt sind, müssen sie einfach Sex haben.

Wahrheit 9
Männer können ihren Sexualtrieb leicht kontrollieren. Eine Vergewaltigung ist kein Akt der sexuellen Befriedigung, sondern ein Akt der Gewalt.

Mythos 10
Menschen geben vor vergewaltigt worden zu sein, um Aufmerksamkeit zu bekommen oder weil sie den Sex mit einer anderen Person bereuen.

Wahrheit 10
Die Häufigkeit, mit der Medien von falschen Vergewaltigungsanschuldigungen berichten, steht in keinem Verhältnis zur Realität und unterstützt nur die Annahme, Vergewaltigungen wären oft erfunden. Falsche Anschuldigungen sind sehr selten, tatsächlich entscheiden sich die meisten Geschädigten sogar

gegen eine Meldung bei der Polizei. Das kann viele Gründe haben, einer davon ist aber die Angst, nicht ernst genommen zu werden.

Mythos 11
Menschen, die in ihrer Kindheit sexuell missbraucht wurden, werden später oft selbst zu Täter*innen.

Wahrheit 11
Sexuelle Gewalt damit zu entschuldigen oder zu erklären, dass jemand in seiner Vergangenheit missbraucht wurde, ist nicht hilfreich und schadet den Opfern von Kindesmissbrauch, von denen die meisten niemals Täter*innen sexueller Gewalt werden.

Mythos 12
Männer können nicht vergewaltigt werden und Frauen können keine sexuellen Übergriffe ausüben.

Wahrheit 12
Jede*r kann Opfer von Vergewaltigung oder sexuellen Übergriffen werden. Obwohl sexuelle Übergriffe und Vergewaltigungen am häufigsten von Männern an Frauen vorgenommen werden, gibt es auch eine geringe Anzahl von Frauen, die zu Sexualstraftäterinnen werden. Auch Männer können vergewaltigt werden und die Folgen sind nicht weniger katastrophal als bei Frauen.

Was du tun kannst, wenn du Opfer einer Vergewaltigung oder sexueller Nötigung geworden bist

Erstens: Wie auch immer du dich gerade fühlst, bitte versuch daran zu denken, dass es nicht dein Fehler ist. Du hast es nicht darauf »angelegt« und weder durch dein Verhalten noch durch deine Taten bist du schuld an dem, was dir zugestoßen ist. Bitte denk auch daran, dass du nicht alleine bist. Vielleicht fühlt es sich so an und du denkst, du könntest es niemandem sagen und niemand würde dich verstehen, aber es gibt Menschen da draußen, die dir zuhören werden und helfen können.

Zweitens: Es liegt ganz allein bei dir, für welchen Umgang mit der Situation du dich entscheidest. Wenn so etwas passiert, gibt es keine richtige oder falsche Verhaltensweise. Tu einfach das, was für dich das Beste ist und womit du dich sicher fühlst. So sehr ich auch daran glaube, dass es für Opfer wichtig ist, es der Polizei zu melden, solltest du es nur tun, wenn es auch das Richtige für dich ist.

Hier nun ein paar Tipps, wie du gesetzliche und private Unterstützung bekommen kannst:

Erzähl es jemandem

Einem Freund oder einer Freundin oder einem Familienmitglied.

Geh in die Notaufnahme

Vielleicht brauchst du medizinische Versorgung. Wenn du dich entschließt zur Polizei zu gehen und dich kurz nach dem Übergriff medizinisch versorgen lässt (bevor du dich duschst), kann das als Beweismittel verwendet werden und zur Aufklärung des Falls beitragen. Andererseits ist es ganz normal, dass Leidtragende sich nach einem traumatischen Erlebnis erst mal duschen und ihren Körper nicht direkt von Fremden untersuchen lassen wollen.

Melde es der Polizei

Nur etwa 15 Prozent derjenigen, die sexueller Gewalt ausgesetzt waren, melden es der Polizei. Das sind wirklich wenige. Viele gehen nicht zur Polizei wegen der niedrigen Verurteilungsquote und der Angst, dass man ihnen nicht glauben könnte. Trotz dieser Angst und der schlechten Statistik möchte ich dir wirklich dringend dazu raten, Anzeige bei der Polizei zu erstatten, wenn du kannst …

Such dir professionelle Hilfe

Bei Ärzt*innen, Berater*innen oder Therapeut*innen. Es ist keine Schande, sich Hilfe zu suchen, um über das Erlebnis zu sprechen und mit dem, was passiert ist, fertigzuwerden.

Nutz das Internet

Es gibt viele Seiten, auf denen du Unterstützung findest, sowohl von Leuten, die das Gleiche durchgemacht haben wie du, als auch von Expert*innen. Wenn du mit niemandem persönlich darüber sprechen kannst, gibt es auch viele gute Quellen, die dir helfen können. Sonst findest du auf vielen Websites auch Hotlines, bei denen du anrufen und direkt mit jemandem sprechen kannst.

Eine Liste nützlicher Websites und Organisationen befindet sich im hinteren Teil dieses Buchs.

Das Wichtigste auf einen Blick:

1) Vergewissere dich, dass dein Gegenüber einverstanden ist und in der Lage, eine freie Entscheidung zu treffen.

2) Wenn du dir zu irgendeinem Zeitpunkt unsicher bist, frag nach.

Kapitel 6

Selbstbefriedigung

Selbstliebe

»I love me!
Gonna love myself, no,
I don't need anybody else.«

Hailee Steinfeld

Sich selbst befriedigen, masturbieren, sich verwöhnen, es sich selbst besorgen … die Synonyme lassen sich endlos fortführen, genau wie die Liste der positiven Auswirkungen beim Zeitvertreib mit unseren eigenen sexuellen Bedürfnissen. Fast jede*r befriedigt sich selbst, aber niemand spricht darüber. Dieses Schweigen will ich brechen. Auf geht's! Sich selbst zu befriedigen ist nicht versaut, abartig, egoistisch oder lieblos. Wir reden hier darüber, uns selbst und unsere Seele zu verwöhnen: eine Atempause einlegen, sich eine Auszeit von der Arbeit nehmen, sich selbst kennenlernen und verwöhnen, sich entspannen und das Internet einfach mal abschalten. Selbstbefriedigung ist Selbstpflege für da unten und überall. Sie wirkt wirklich Wunder. Wie auch immer du sie nennst – Selbstbefriedigung dreht sich nur um dich: deine Lust, deine Fantasien und deine ganz eigenen Vorlieben. Es geht darum, auf Entdeckungsreise zu gehen und herauszufinden, wie du körperlich und geistig tickst – es ist eine ganz normale Sache, die sehr viele Vorteile hat. Der Wichtigste ist natürlich, dass es sich einfach so unglaublich gut anfühlt! Ob du dabei einen Orgasmus kriegst oder nicht, sexuelle Erregung und Lust fühlen sich himmlisch an und du solltest sie voll und ganz auskosten. Das mit dem Orgasmus sage ich immer gleich dazu, weil manche Menschen Selbstbefriedigung nur als

Mittel zum Zweck ansehen. Manchmal ist das auch in Ordnung, weil du dann einfach die Erleichterung brauchst. Manchmal bekommst du aber gerade dann keinen Orgasmus, wenn du dich die ganze Zeit nur darauf konzentrierst. Es geht also eher darum, die Lust in dem Moment, in dem du dabei bist, zu genießen. Im Hier und Jetzt die Lust zu genießen, die du dir selbst bereitest, ist eine wundervolle Art, Stress abzubauen. Egal worüber du dir gerade Sorgen machst – sich selbst zu verwöhnen ist ein tolles Mittel, um zu entschleunigen und sich für eine Minute nur mit sich selbst zu beschäftigen, oder für zwei Minuten, oder für eine Stunde. Frag mich nicht wie, aber ich hatte mal einen Orgasmus im Flugzeug. Jap. Tatsächlich bin ich nicht gerade die mutigste Passagierin – bei Turbulenzen bekomme ich Panikattacken –, aber auf diesem Flug war ich richtig ruhig und entspannt. Ich kam überhaupt nicht auf die Idee, dass wir plötzlich abstürzen könnten. Was Selbstbefriedigung noch kann: beim Einschlafen helfen! Wir kennen alle das Klischee, dass Männer nach dem Sex grundsätzlich einschlafen. Na ja, irgendwie stimmt es ja auch. Bei Frauen funktioniert das genauso gut. Die Hormone, die nach einem Orgasmus ausgeschüttet werden, knocken uns quasi aus und lassen uns viel besser schlafen (ich will nicht lügen, ich habe diese Methode auch schon angewendet, um einen Jetlag zu bekämpfen).

Durch Selbstbefriedigung lernst du deinen Körper und deine eigenen sexuellen Bedürfnisse kennen: was du magst, was du nicht magst, welche Fantasien dich antörnen und welche Berührungen und Bewegungen dir gefallen.

Du bist ungestört und kannst mit deiner Lust herumexperimentieren. Deinen eigenen Körper so gut kennenzulernen verleiht dir Kraft. Selbstbefriedigung macht glücklich, baut das Selbstbewusstsein auf und sorgt für ein gutes Körpergefühl. Wie bitte? Es fördert Body Positivity? Das lass ich mir doch nicht zweimal sagen! Ich bin dabei! Je mehr du über deine eigenen Bedürfnisse weißt, desto besser wird der Sex mit anderen Menschen, weil du ihnen sagen kannst, was sich für dich gut anfühlt. Einige Leute meinen, dass in einer Beziehung der gemeinsame Sex die Selbstbefriedigung ersetzt, oder sie meinen, wenn du in einer Beziehung bist und dich selbst befriedigst, würde das den Sex mit deinem Partner oder deiner Partnerin negativ beeinflussen. Das stimmt aber nicht. Selbstbefriedigung bereichert den Sex und Sex bereichert die Selbstbefriedigung. Ihr könnt auch versuchen euch gegenseitig zu verwöhnen. Was aber ganz normal ist, vor allem wenn du stolze Besitzerin einer Vagina bist: Auch wenn dein*e Partner*in bei der gegenseitigen Befriedigung genau das Gleiche macht wie du sonst, kann es länger dauern, bis du zum Orgasmus kommst, oder du kommst überhaupt nicht. Keine Sorge! Das passiert häufig und heißt nicht, dass mit dir irgendetwas nicht stimmt, du deine*n Partner*in nicht magst oder dass sie es völlig falsch angehen. So ist das eben manchmal mit unseren Körpern.

Ab und zu wirst du bei der Selbstbefriedigung (vor allem vaginal) den Drang verspüren, pinkeln zu müssen. Das liegt daran, dass die Blase sich in unmittelbarer Nähe befindet, aber wahrscheinlich bist du dann eher kurz vorm Orgasmus oder der Ejakulation. Früher habe ich mir ständig Sorgen darum gemacht, besonders während des Geschlechtsverkehrs, und zwar so sehr, dass ich aufhören musste, weil ich Angst hatte, mich sonst einzunässen. Das ist zwar sehr unwahrscheinlich, aber wenn du dir trotzdem Sorgen machst, dann geh vorher lieber aufs Klo. Du kannst auch ein Handtuch unterlegen oder in der Badewanne oder Dusche an dir rumspielen. Und vergiss nicht zu atmen, dich zu entspannen und einfach mal lockerzulassen. Manche Menschen benutzen dabei gern Sexspielzeuge wie Vibratoren, Dildos, Analketten, Analplugs usw. Achte nur darauf, dass das Material, aus dem sie gemacht sind, körperfreundlich ist, und mach sie danach ordentlich sauber. Nach aktuellem Wissensstand sollten die Materialien, die in die Nähe deiner Genitalien kommen, entweder zu 100 Prozent aus Silikon oder aus Glas sein. Sie müssen aber auch frei von Phthalaten, also Weichmachern, sein. Wenn du dir nicht sicher bist, kannst du auch ein Kondom drüberziehen. Sich selbst zu befriedigen hat noch einen Vorteil: Es ist sicher! Du kannst davon nicht schwanger werden und dir auch keine sexuell übertragbaren Krankheiten einfangen.

Doch auch wenn ich ein Fan von Selbstbefriedigung bin und den Leuten erzähle, wie gut es ihnen tut, gibt es so was wie »zu viel«. Da aber jede*r anders ist, hängt es von der Person selbst ab. Wenn du dich fragst, ob du dich zu viel selbst befriedigst, solltest du hinterfragen, warum du es tust und wann du es tust. Hält es dich von anderen Dingen im Leben ab? Wir sollten andere Leute nicht dafür verurteilen, wie oft oder selten sie sich selbst befriedigen. Wenn es aber anfängt wehzutun und zu einem Problem wird, dann solltest du mit deinem Arzt oder deiner Ärztin sprechen. Andererseits gibt es natürlich auch Menschen, die überhaupt kein Interesse an Selbstbefriedigung haben. Vielleicht bist du asexuell (wobei auch ein paar asexuelle Menschen sich selbst befriedigen), eventuell fühlt es sich für dich nicht gut an oder du hast psychische Blockaden und kannst es nicht genießen. Wenn sich etwas nicht richtig anfühlt, musst du es auch nicht tun – es ist dein Körper. Wenn du Selbstbefriedigung aber eigentlich genießen möchtest und es aus irgendeinem Grund nicht kannst, könnte es sich lohnen, einen Arzt oder eine Ärztin aufzusuchen.

Ich wünschte mir, man hätte mich über eine Sache früher aufgeklärt, und zwar, dass die weibliche Selbstbefriedigung nicht nur innen stattfindet. Manche Frauen befriedigen sich selbst, indem sie ihren Finger in die Scheide stecken, aber für die meisten ist der entscheidende Lustpunkt die Klitoris.

Von allen Organen des menschlichen Körpers (männlich und weiblich) ist nur die Klitoris einzig und allein zur Lust da! Wie abgefahren ist das bitte?! Sie dient quasi nur diesem Zweck, also nutz das aus!

Wie ich Selbstbefriedigung für mich entdeckte

Ich bin ziemlich spät dran gewesen. Meinen ersten Orgasmus hatte ich erst mit 20 und dann dauerte es noch mal zwei Jahre, bis mich jemand anderes zum Orgasmus bringen konnte. Und wo ich das hier schreibe, hatte ich letzte Woche erst meinen zweiten Orgasmus beim tatsächlichen Geschlechtsverkehr. Den ersten hatte ich vor fünf oder sechs Monaten. Es ist ein laaanger Weg, Leute.

Also, was war da los? Warum war ich so spät dran? Habe ich zu lange gebraucht nach dem richtigen Outfit zu suchen, mir die Haare zu machen oder mich zu schminken? Nein! Daran lag es nicht. Aber jahrelang fand ich es einfach eklig. Als Teenager fand ich die Vorstellung, mich »da unten« zu berühren, echt abartig. Ich könnte nicht mal sagen, woran das genau lag, außer vielleicht an der Tatsache, dass niemand darüber geredet hat. Ich hatte es nicht mal in Erwägung gezogen. Ich wusste, dass es das gab, weil ich die *Cosmopolitan* gelesen habe, aber es schien mir etwas zu sein, das Frauen mit 20 oder 30 vorbehalten war – eines dieser Dinge, die man herausfindet, »wenn man älter ist«. Es hat mich einfach nicht interessiert.

Die Jungs in meiner Schule redeten dagegen die ganze Zeit nur über ihre Penisse. Ich war mit vielen Jungs befreundet, die mir auch von ihren letzten »Sessions« erzählten, und ich kann mich noch daran erinnern, dass ich mal mit einer Gruppe von Jungs in einem Raum war, während sie darüber sprachen, wessen Sperma am weitesten spritzt, wenn sie kommen. Ich kann mich nicht erinnern, dass mir das irgendwie seltsam vorgekommen wäre. Ich habe mit ihnen gelacht, weil die Vorstellung von Jungs beim Masturbieren ganz normal war. Aber bei uns Mädchen? Auf keinen Fall. Als ich anfing offener über Selbstbefriedigung zu reden, habe ich ein paar Schulfreund*innen gefragt, wann sie damit angefangen haben, und die meisten waren da so 12, 13, 14 Jahre alt. Und ich stand da und dachte nur: UND WARUM HAT MIR NIEMAND WAS DAVON ERZÄHLT?

Warum wussten alle außer mir über das bestgehütete Geheimnis der Welt Bescheid? Warum musste ich erst 20 werden, um das herauszufinden?

Als ich 13 war, habe ich einmal versucht mich zu fingern. Das ist ein schrecklicher Satz, von dem ich nie gedacht hätte, dass ich ihn je schreiben würde. Fingern! Damals habe ich mit einem Jungen aus der Schule, den ich wirklich mochte, per MSN geschrieben. Es war eine etwas seltsame, geheime Beziehung und ich möchte hier nicht ins Detail gehen, aber hauptsächlich lag es daran, dass er der Bruder meiner besten Freundin war. Wir haben gesagt, dass wir gemeinsam »Dinge ausprobieren« wollen. Ich kann mich nicht an den genauen Wortlaut erinnern, den ich mit 13 benutzt habe, aber ich glaube, es war so was wie »wichsen« und »fingern«. Wie furchtbar! Für mich war das alles noch ganz neu. Ich bin mit einem Jungen vorher noch nie so weit gegangen und wusste nicht, was da auf mich zukam oder wie das für ihn werden würde. Also steckte ich mir eines Abends im Bad einen Finger in meine Vagina, um herauszufinden, wie es sich anfühlt. Es war warm und glitschig, und ich fand es nicht wirklich schön und habe dabei auch keine Lust empfunden. Ich würde also sagen, das zählt nicht als das erste Mal, dass ich mich selbst befriedigt habe.

Als ich älter war, die Vorstellung von Selbstbefriedigung mich weniger abstieß und mir auch langsam schmerzlich bewusst wurde, dass ich in meinem Sexleben noch keinen Orgasmus vorzuweisen hatte, baute sich Frust in mir auf. Obwohl ich wusste, dass es für manche Frauen normal ist, konnte ich einfach nicht aufhören darüber nachzudenken. Zu dem Zeitpunkt hatte ich schon damit angefangen Videos über sexuelle Aufklärung auf YouTube hochzuladen und fühlte mich dabei wie eine Heuchlerin. Meinen Sexualpartnern gegenüber war ich immer grundehrlich und mit Stolz kann ich verkünden, dass ich nie einen Orgasmus vorgetäuscht habe. Die Leute, denen ich das erzähle, sind immer ganz überrascht, aber für mich ergibt es keinen Sinn zu lügen, denn wie soll die andere Person sonst lernen, wie sie dich richtig befriedigt? Ein paar Leute, mit denen ich Sex hatte, haben es zu ihrer persönlichen Mission gemacht, mich zum Orgasmus zu bringen, dadurch fühlte ich mich aber nur unter Druck gesetzt und war angespannt – was der Sache nicht unbedingt förderlich war.

Als es dann endlich passierte, war ich ganz allein. Allein, hatte alle Zeit der Welt, ohne es zu überstürzen, ganz entspannt, in der gemütlichen Atmosphäre meines Zuhauses, mit einem Porno – geöffnet in einem privaten Fenster – und einem Vibrator. Ich hatte keine Erwartungen. Anstatt die Ziellinie erreichen zu wollen, habe ich nur versucht die Lust in dem Moment zu genießen (und den Porno, den ich dabei geguckt habe). Ich habe mir keine Gedanken gemacht, ob ich nun kommen würde oder nicht, und das führte letztendlich zu meinem ersten Orgasmus. Ich hatte Achtsamkeit also schon praktiziert, bevor ich überhaupt wusste, dass es sie gab. Mir haben immer alle gesagt, dass man weiß, wann man einen Orgasmus hat – oh Mann – und wie ich das wusste! Sofort habe ich den Typen angerufen, mit dem ich gerade was hatte, und habe ihm total aufgeregt von meinem Orgasmus erzählt. Er war nicht ganz so begeistert, wie ich gehofft hatte, aber das war mir egal. Ich war einfach überglücklich.

Oh mein Gott, so viel Dopamin!

Heute bin ich ein großer Fan von weiblicher Selbstbefriedigung und finde sie überhaupt nicht mehr abstoßend. Und weil ich so spät dran war, habe ich eine Menge nachzuholen. Wenn ich ganz ehrlich bin, regt alleine das Schreiben darüber schon wieder meine Fantasie an …

Wie ich mich selbst befriedige

Lust ist von Person zu Person unterschiedlich und bei der Selbstbefriedigung gibt es kein Richtig oder Falsch: liegend, stehend, in der Dusche, mit Spielzeug, mit Fantasien, im Dunkeln, mit Kerzen … es macht Spaß, herumzuexperimentieren, aber jeder hat so sein Standardritual, also habe ich ein paar Freund*innen gefragt, ob sie mir erzählen würden, wie ihre Selbstbefriedigungszeremonien normalerweise ablaufen.

*Wenn ich mich selbst befriedige, schaffe ich gern Atmosphäre mithilfe von Licht. Ich ziehe die Vorhänge zu, schalte das große Licht aus und kleine Lampen und bunte Lichterketten ein. Am liebsten mag ich es ohne ablenkende Geräusche, deswegen mache ich es mir meistens selbst, wenn ich alleine zu Hause bin, oder abends, nachdem meine Mitbewohner*innen ins Bett gegangen sind. Ich lege ein Handtuch aufs Bett, weil es manchmal ein bisschen feucht werden kann. Mal bin ich dabei gern nackt und mal trage ich nur ein T-Shirt. Gern wechsle ich zwischen einem kleinen Vibrator und meinen Händen, weil ich nicht will, dass mein Vergnügen von einem elektronischen Gerät abhängt – ich überzeuge mich gerne davon, dass ich es selbst immer noch draufhabe. Früher habe ich mir Pornos angesehen, heute brauche ich nur noch meine Fantasien und es ist einfach großartig. Danach mache ich den Vibrator sauber, falls ich einen benutzt habe, lege ihn zurück in meinen Schrank, schmeiße das Handtuch auf den Boden, mache die Lichter aus und gehe schlafen.*

Mit Hilfsmitteln, nie mit Fingern. Ich benutze immer ein Bullet und manchmal auch einen Dildo, wenn ich länger keinen Sex hatte.

Wie ich in Stimmung komme: Ich muss Talkshows gucken. Sie törnen mich zwar nicht an, aber sie sind witzig, man muss nicht viel nachdenken und sie machen mich glücklich. Ich weiß nicht genau, warum ich Pornos nicht mag oder warum ich nichts anderes nebenbei laufen lasse, aber es ist eben so, wie es ist. Manchmal muss ich es in der Badewanne/Dusche tun (ohne Wasser), weil ich dazu neige »abzuspritzen«. Mich selbst zu fingern bringt aber nicht wirklich was – wichtig ist die Klitoris.

Wenn ich nur müde werden will, um schlafen zu können, habe ich mein Smartphone mit erotischer Literatur in der Hand und lese ein bisschen, bis ich auf Touren komme, dann besorg ich es mir selbst. Wenn ich alleine zu Hause bin, nehme ich mir Zeit mit dem Vibrator.

Normalerweise denke ich dabei an eine Person, die ich kenne, oder an eine Begegnung, die ich an diesem Tag gehabt habe und die mich angetörnt hat. Allerdings gucke ich auch Pornos, um mich zusätzlich zu stimulieren – dabei geht es vor allem um die Geräusche, weniger um die Bilder. Ich liege fast immer, mit ein paar Kissen im Rücken, damit mein Oberkörper etwas aufgerichtet ist. Ich bin gern nackt, weil es ohne Klamotten einfacher ist danach sauber zu machen. Je nachdem, was gerade greifbar ist, masturbiere ich auch in ein Taschentuch oder (wenn ich Bock drauf habe) in ein Kondom. Ganz selten benutze ich Gleitmittel und ich besitze auch keine Sexspielzeuge – ich denke oft, ich hätte gern welche, aber letztendlich investiere ich das Geld doch nie. Ich bin Rechtshänder und normalerweise fange ich langsam an und massiere nur sanft den oberen Teil des Schafts. Sobald der Lusttropfen austritt, massiere ich mit größeren Bewegungen und zwischendurch wieder nur mit den Fingerspitzen über den empfindlichen Punkt zwischen Eichel und Schaft.

Ich wohne mit meinem Freund zusammen und er ist nicht sehr gut darin, mich zu befriedigen. Er ist zu faul dazu. Also warte ich, bis ich alleine zu Hause bin, gehe dann nach oben in unser Schlafzimmer, schließe die Tür ab und hole meinen Vibrator raus. Das hier zu schreiben erinnert mich daran, dass ich noch die Batterien auswechseln muss. Es ist einer von Ann Summers, den ich mal durch einen neueren ersetzen könnte, aber meiner hat fünf Einstellungen und fühlt sich einfach zu gut an. Ich lege normalerweise ein Handtuch aufs Bett und lasse die Rollos runter. Dann schalte ich die Nachttischlampe ein, weil ich mich dabei gern sehe. Ich gucke keine Pornos. Früher habe ich das, aber nach der Hälfte habe ich mich dann richtig schrecklich gefühlt, weil die Frauen in den meisten Pornos so erniedrigt werden. Solange ich keine Pornos für Frauen von Frauen finde, in denen Frauen es wirklich genießen, bezweifle ich, dass ich noch mal Pornos zur Selbstbefriedigung verwenden werde. Ich verlasse mich auf meine Fantasien, was sowieso das Allergeilste ist, wenn wir mal ehrlich sind. Ich kann sein, wo ich will und mit wem ich will. Meistens denke ich an diesen einen Typen, mit dem ich mal großartigen Sex hatte. Hammermäßigen Sex, nicht von dieser Welt. Er war immer sehr zuvorkommend und hat sich Zeit genommen, mich oral zu befriedigen. Während ich meinen Vibrator benutze, stelle ich mir genau das vor. Es ist der ultimative Antörner, weil es so persönlich ist. Ich kann nicht so richtig nachvollziehen, wie andere Leute an Prominente denken können, während sie sich selbst befriedigen. Meine Fantasien haben mehr mit meinem unmittelbaren Umfeld zu tun, und wenn ich mal mein Mandelöl von L'Occitane benutze, erinnert mich der Geruch an die heißeste Massage, die ich je bekommen habe (natürlich auch von ihm). Wenn ich mich selbst befriedige, liege ich auf dem Rücken, mit angezogenen Knien, die Augen geschlossen, und lasse den Vibrator die ganze Arbeit machen. Nach einer gewissen Zeit drehe ich mich um und lege mich flach auf den Bauch, mit dem Vibrator unter mir, damit ich die Vibrationen noch intensiver spüre. Sie verstärken sich durch mein Körpergewicht. Oft fangen meine Beine an zu zittern, in meiner Vagina pulsiert es und auf meinem Körper bildet sich ein bisschen Schweiß. Es ist wie in diesem Moment beim Sex, wenn du dir fast wünschst, er würde aufhören, aber du gleichzeitig auch weitermachen willst. Dann lasse ich irgendwann los, schalte den Vibrator anschließend aus und bleibe noch ein bisschen liegen. Meistens habe ich genau dann Einfälle wie: »Ich sollte mir mal online Lebensmittel bestellen.« Dann muss ich über mich selbst lachen. Früher habe ich Post-Selbstbefriedigungs-Schuldgefühle bekommen (wahrscheinlich, weil ich in einer religiösen Familie aufgewachsen bin), aber heute räume ich nur noch mein Spielzeug weg und gehe wieder zum normalen Tagesablauf über.

Mache es mit der linken Hand, obwohl ich Rechtshänder bin. Stehe immer, wirklich immer. Denke meistens an jemanden, den ich kenne. Lasse oft Musik laufen.

Ich benutze normalerweise ein Bullet, abends, wenn ich ins Bett gehe, und stelle mir Situationen vor, die nie im Leben passieren würden (zum Beispiel wie Zac Efron sich nachts mit mir aus einem Klub schleicht).

Kapitel 7

Pornografie

Am Thema Pornografie kommen wir nicht vorbei. Und ich kann auch nicht einfach sagen »Guckt euch so was nicht an«, denn irgendwann tut ihr es sowieso. Es ist unrealistisch, junge Leute vom Pornogucken abhalten zu wollen oder es offiziell zu verbieten. Realistisch wäre es zuzugeben, dass Pornos Probleme mit sich bringen und wir anders an sie herangehen sollten. Viele junge Leute lernen anhand von Pornos etwas über Sex und Beziehungen. Wegen des mangelhaften Sexualkundeunterrichts in Schulen kann das katastrophale Auswirkungen haben. Es ist nicht so, als wären Pornos grundsätzlich schlecht. Wenn wir jungen Leuten aber nicht die richtigen Werkzeuge an die Hand geben, damit sie sich kritisch mit Pornografie, gesunden Beziehungen und Körperwahrnehmung auseinandersetzen können, dann sind sie es vielleicht doch. Pornografie kann bei vielen Menschen in Bezug auf Sex und den Körper falsche Erwartungen wecken, die ihnen und ihren Partner*innen schaden könnten. Gehen wir das Ganze mal anders an: Ich verurteile dich nicht dafür, dass du Pornos guckst. Manchmal kann ich selbst nicht widerstehen. Hier kommt die Wahrheit …

Pornomythen auf der Spur

So viele Penisse, Vaginen und Brüste, Mannomann …

Wir haben ganz bestimmte Vorstellungen von Pornostars: langer Schwanz oder winzige Vulva und große, pralle Brüste. Für junge Leute, die Pornos gucken, sind diese Geschlechtsteile, abgesehen von ihren eigenen, oft die einzigen, die sie zu Gesicht bekommen. Das löst Minderwertigkeitskomplexe über den eigenen Körper aus. Penis zu klein, Schamlippen zu groß, zu viele Haare, Brüste zu klein oder Brüste, die hängen. Du guckst einen Porno und denkst vielleicht: »Bei mir sieht das aber nicht so aus! Heißt das, ich bin nicht normal?« Neeeeein! Du bist normal. In Wahrheit sind Penisse nämlich gar nicht so groß. Die durchschnittliche Länge eines erigierten Penis liegt in Großbritannien bei etwas über 13 Zentimetern. Vulven gibt es in allen möglichen Formen, Größen und Farben – das Gleiche gilt für Brüste und Nippel. Manche Pornostars haben sich Schönheits-OPs unterzogen, und das nicht nur an den Brüsten. Eine Operation, die sich Labioplastik nennt, verkleinert die inneren Schamlippen (die Hautlappen an beiden Seiten der vaginalen Öffnung), was auch der Grund ist, warum die Vulven von Pornostars oft klein und symmetrisch aussehen – sie haben nachgeholfen. Die meisten Pornostars haben auch nur wenige oder gar keine Haare. Deswegen denkt man als Zuschauer, dass der eigene Körper eigentlich auch so aussehen müsste. Oder man setzt fast haarlose Körper bei den Partner*innen voraus. Letztendlich gehört dein Körper aber dir und du entscheidest, was du damit machst. Die meisten Frauen haben nun mal ein paar Haare. Unglücklicherweise sehen ganz viele junge Leute andere Körper nur in Pornos oder sie sehen die zurechtgemachten, straffen Körper von Promis in den Medien. Nicht alle sehen so aus. Im

Gegenteil, eigentlich sieht fast niemand so aus. Körper gibt es in allen Formen und Größen, genau wie Penisse und Vaginen. Nur weil du nicht so aussiehst wie ein Pornostar, heißt das noch lange nicht, dass du hässlich oder nicht sexy bist.

Die Ausdauer

Vieles an der Darstellung von Sex in Pornos ist schlichtweg unrealistisch, wenn man ihn mit »echtem Sex« vergleicht. Erstens sieht es in Pornos so aus, als könnte der Mann seine gewaltige Erektion stundenlang aufrechterhalten und den Samenerguss ewig hinauszögern. Zweitens haben Frauen ständig sehr intensive Orgasmen, und zwar nur dadurch, dass der Mann in sie eindringt – und immer kommen beide gleichzeitig. Drittens scheint der Sex nur dann gut zu sein, wenn man möglichst viele skurrile Stellungen einnehmen kann und die Darsteller*innen vor Lust ächzen und stöhnen oder ihre Haare wild herumschleudern. Wenn du viele Pornos guckst, bevor du dein erstes Mal hast, oder wenn du noch etwas unerfahren bist, kann das ganz schön einschüchternd wirken. Vielleicht fühlst du dich, als wärest du nicht gut genug, weil du normalerweise schon nach zwei Minuten oder gar nicht kommst. Vielleicht bist du unsicher und kommst dir dumm dabei vor, zu stöhnen und zu schreien. Oder vielleicht kannst du dir auch beim besten Willen nicht vorstellen, wie dein Körper eine bestimmte Stellung einnehmen soll. Denk dran: Pornografie ist eine Form der Unterhaltung. So läuft das in Wirklichkeit nicht ab. Die Darsteller*innen machen das professionell. Stellen wir uns mal vor, Sex wäre ein Sport. Dann wären Pornos die Olympischen Spiele, bei denen die Athleten Kunststücke in den Disziplinen Ausdauer, Gelenkigkeit und Orgasmus vorführen. Aber für uns Normalsterbliche – diejenigen, die keine Athleten sind – kann Sport trotzdem superviel Spaß machen und sich lohnen. Wenn ich Tennis spiele, denke ich doch auch nicht: »Das macht keinen Spaß, weil ich nie so gut sein werde wie Serena Williams.« Nein. Ich denke: »Hey, das macht superviel Spaß und ich gebe mein Bestes, und mein*e Mitspieler*in und ich haben gerade einen megaguten Ballwechsel hinbekommen!« Sex hat etwas mit der zwischenmenschlichen Bindung zu tun. Wenn ihr euch gut ergänzt, wird es schön – egal wie ihr den Sex gestaltet. Um diesem besorgniserregenden Sexperformance-Mythos noch ein wenig Wind aus den Segeln zu nehmen, hier noch ein paar Fakten:

*Unterschiedliche Studien werden dir unterschiedliche Ergebnisse darüber liefern, wie lange ein Mann beim Geschlechtsverkehr durchschnittlich braucht, bis er einen Samenerguss bekommt. Aber beachte, dass es sich hierbei wirklich nur um den eigentlichen Geschlechtsakt handelt und das ganze Drumherum, was so viel Spaß macht, völlig außen vor gelassen wird. Manche sagen, der Durchschnitt liegt bei fünf Minuten, wieder andere sagen, er liegt irgendwo zwischen einer Minute und 20 Minuten. Es gibt also keine exakte Zeitvorgabe, wie lange du durchhalten musst. Richtig ist alles, was sich für dich und deine*n Partner*in gut anfühlt. Wenn du dir Sorgen machst, weil du zu früh kommst oder zu lange brauchst, dann versuche mit deinem Arzt, deiner Ärztin oder anderen medizinischen Fachkräften darüber zu reden.*

Das, was jetzt kommt, hat mir persönlich enorm geholfen meinen Körper als normal wahrzunehmen: Die meisten Frauen kriegen keinen Orgasmus, nur weil irgendetwas in sie eindringt. Wir brauchen auch ein bisschen äußere Stimulation! Das Stimulieren der Klitoris während des Geschlechtsverkehrs ist allerdings auch schwer umzusetzen. Also keine Sorge! Es ist nicht ungewöhnlich, wenn du nicht so leicht zum Orgasmus kommst. Und dann soll man auch noch gleichzeitig kommen? Es ist toll, wenn das bei euch funktioniert, aber ich bin mir ziemlich sicher, dass es bei mir niemals klappen wird.

Frauen sind Sexobjekte

Die Art und Weise, wie Frauen in Pornos behandelt werden, ist für mich persönlich das größte Problem, denn viele junge Leute gucken es sich an und denken, das wäre normal. Ich mache mir Sorgen, welchen Schaden das bei jungen Leuten anrichten kann und inwiefern es ihre Auffassung von gesunden sexuellen Beziehungen beeinflusst. Der Großteil der Mainstream-Hetero-Pornos wird von Männern für Männer produziert. Das heißt, es dreht sich alles um das Vergnügen des Mannes und der Körper der Frau dient nur dazu, den Mann zu befriedigen. Viele Pornos, die ich gesehen habe, törnen mich überhaupt nicht an. Die Frau sieht entweder so aus, als würde sie alles nur vortäuschen oder als hätte sie Schmerzen. Das Vergnügen der Frau erscheint unwichtig – wie viele Blowjobs muss ich mir ansehen, bevor ich einen ansprechenden Cunnilingus zu sehen bekomme? Pseudo-lesbischer Oralsex zählt auch nicht, weil auch so was nur gedreht wird, damit Männer sich daran aufgeilen können. Frauen haben in Pornos nur wenig Handlungsspielraum und wenig Kontrolle über ihren eigenen Körper. Sie werden eher wie Objekte dargestellt, die zum Sex benutzt werden, und nicht wie aktiv agierende Personen. Ich sollte nicht extra erklären müssen, wie und warum diese Darstellung bedenklich ist, aber in einer Welt, in der die meisten Vergewaltigungen und sexuellen Übergriffe von Männern an Frauen verübt werden, unterstützen Pornos die Annahme, dass Männer sexuell dominant sind und ein Anrecht auf den Körper der Frau haben, wann immer ihnen der Sinn danach steht. Das ist eine wirklich ungesunde Auffassung, die zwar leider nicht nur in Pornos zu finden ist, aber zu deren Aufrechterhaltung Pornos doch wesentlich beitragen. Im normalen Leben und beim normalen Sex sind die Partner*innen gleichberechtigt. Das Vergnügen ist gerecht verteilt und am Ende gibt es nur dann einen Cumshot auf das Gesicht, wenn die andere Person vorher ausdrücklich eingewilligt hat.

Unrealistische Vorstellungen von Sex

Ein großes Manko von Pornos ist, dass sie einige Aktivitäten normal erscheinen lassen, die eigentlich richtig hardcore sind. Das kann alles sein, von hartem und schnellem Doggystyle bis hin zu BDSM (Bondage, Discipline/Dominance, Submission/Sadomasochism, englisch für Fesselungsspiele: Disziplin/Dominanz, Unterwerfung/Sadomasochismus). Nicht jede*r fährt auf diese Art von Sex ab und in Pornos lernt man sicher nicht am besten, wie man ungewöhnliche sexuelle Vorlieben sicher und in gegenseitigem Einverständnis auslebt. So oft, wie heftiger Sex in Pornos vorkommt, könnten falsche Vorstellungen davon vermittelt werden, wie »normaler« Sex aussieht. Das Sexleben der meisten Menschen ist gar nicht so hardcore und das ist auch komplett in Ordnung. Du solltest von deinen Sexualpartner*innen nicht erwarten, dass sie bestimmte Verhaltensweisen an den Tag legen oder für alles zu haben sind, nur weil du es so in Pornos gesehen hast.

Noch so eine Sache an Pornos, die völlig unrealistisch ist: Der Sex endet immer mit dem Samenerguss des Mannes.

Sex sollte nicht auf das eine Ziel ausgerichtet sein. Der Weg ist das Ziel! Der rein zweckorientierte Sex in vielen Pornos wird der großartigen Fabelhaftigkeit einer »Sexsession«, wie ich sie gern nenne, überhaupt nicht gerecht. Eine Sexsession kann Minuten oder auch Stunden dauern. Vielleicht kommen keine Orgasmen darin vor, vielleicht auch ganz viele. Es können Pausen zwischen den einzelnen Aktionen gemacht werden und vielleicht findet nicht mal Geschlechtsverkehr statt. Hetero-Pornos beginnen mit einer Erektion und enden mit einer Ejakulation, aber Sex muss nicht immer so aussehen. Dabei würde man zu viel Gutes verpassen!

Pornosüchtig

Pornosucht gibt es wirklich und sie kann großen Schaden anrichten. Allerdings wird man nicht einfach über Nacht süchtig, es ist eher ein schleichender Prozess. Pornosucht kann sich negativ auf dein Sexleben und deine Beziehungen (nicht nur zu Partner*innen, sondern auch zu Familie und Freund*innen) auswirken. Dein Körper kann »abstumpfen«, je mehr Pornos du guckst, was bedeutet, dass dich Dinge, die dich vorher angetörnt haben, jetzt vielleicht nicht mehr erregen oder dass nur noch Hardcore-Pornos oder Pornos mit extremeren Inhalten Wirkung zeigen. Es kann sogar sein, dass du nur noch von Pornos angetörnt werden und einen Orgasmus bekommen kannst. Wenn du dir Sorgen machst, dass du zu viele Pornos guckst, dass sie deine Beziehungen und deinen Alltag beeinträchtigen, oder wenn du nur noch durch sie angetörnt wirst, dann solltest du mit jemandem darüber reden und dir Hilfe suchen. Wie alle anderen Süchte kann auch diese bekämpft werden, aber du wirst Unterstützung brauchen.

Jemand, den ich kenne, war noch bis vor Kurzem pornosüchtig, hat es aber geschafft, die Sucht zu bekämpfen. Ich dachte, ich lasse ihn einfach mal von seinen Erfahrungen berichten.

Nennen wir ihn Oliver.

Hannah: Wann hast du angefangen Pornos zu gucken?

Oliver: Da war ich sehr jung, 12 oder 13 vermutlich. Wenn ich darüber nachdenke, macht es mich echt traurig, dass ich mit 25, als ich aufgehört habe, schon mein halbes Leben lang Pornos geguckt hatte.

H: Wie ist deine Pornosucht entstanden und wann hast du gemerkt, dass sie zum Problem wurde?

O: Sie hat sich entwickelt, nachdem ich angefangen hatte mich selbst zu befriedigen. In der Schule habe ich mitbekommen, wie die tollen Typen aus meiner Klasse damit angegeben haben, dass sie sich drei, vier Mal am Tag beim Pornogucken einen runterholen. Ich nahm ihnen das ab und dachte, ich müsste das auch tun. Das hat dazu geführt, dass ich mir immer mehr Pornos ansehen musste, um mein Ziel zu erreichen. Letztendlich waren auch viele Hardcore-Pornos darunter, wobei ich mir am Ende immer wieder die gleichen acht bis zehn Videos angesehen habe – ein bisschen wie ein Alkoholiker, der nur eine Sorte Alkohol trinkt. Davor habe ich alles geguckt! Ich bin ein Cismann und heterosexuell, eine 1,5 auf der Kinsey-Skala, habe mir aber so gut wie alles angesehen.

*H: Wie hat sich das auf deine Beziehungen ausgewirkt? (zu Partnerinnen oder Familie und Freund*innen)*

O: Es hat viele meiner Beziehungen beeinträchtigt, aber zum Glück nicht die zu meiner Familie! Der Umgang mit Frauen wurde immer distanzierter und ich habe Sex mehr als Sport betrachtet bzw. als eine Tätigkeit, in der ich gut werden wollte. Ich war versessen darauf, meine Partnerinnen zum Orgasmus zu bringen, und es ging so weit, dass ich meine eigene sexuelle Befriedigung vergessen habe. Auch unterschiedlich starke Erektionsstörungen hatte ich schon, wobei nichts Ernsteres passiert ist, als dass mein Ego für ein paar Tage angekratzt war. Das größte Problem hatte ich mit der Sucht nach Erregung und ich kann nur immer wieder betonen, dass Erregungssucht und Pornosucht[1] vollkommen unterschiedlich sind. Ich habe mich total wertlos gefühlt, wenn ich mit jemandem ausgegangen bin oder einen Abend mit jemandem zu Hause verbracht habe und dabei nicht die ganze Zeit einen Ständer hatte. Als wäre das eine Einschränkung meiner Männlichkeit oder meines

1 Erregungssucht ist das ständige Verlangen, erregt zu sein, Pornosucht ist das ständige Verlangen, sich Pornos anzuschauen.

Sexualtriebs. Das führte zu schweren Depressionen und hat mein Selbstbewusstsein so sehr erschüttert, dass ich aktiv vermied mit Frauen auszugehen oder sie aufzureißen. Es war viel einfacher, nach Hause zu gehen und mich selbst zu befriedigen. Warum hätte ich mich auf Herzschmerz einlassen oder mir die Mühe machen sollen, eine Beziehung zu führen? Daraufhin habe ich Erfahrungen mit Männern gesammelt, was sehr aufschlussreich war. Letztendlich fühle ich mich aber gefühlstechnisch nicht zu Männern hingezogen und auch der Sex mit einem Mann ist für mich nicht so erfüllend wie der Sex mit einer Frau. Hatte ich mal Sex, habe ich, ohne an einen Porno zu denken, keinen Orgasmus bekommen, ganz egal wie sehr mein*e Partner*in mich erregt hat. Mit diesem Problem habe ich manchmal immer noch zu kämpfen. Jetzt verstehst du bestimmt auch, warum ich deprimiert war und mir Sorgen gemacht habe.

H: Wo hast du dir Hilfe gesucht, als du gemerkt hast, dass du süchtig bist?

O: Ich habe das Thema bei einem privaten Psychotherapeuten angesprochen, aber er hat nichts Falsches in meinem Verhalten und in meinen Handlungen gesehen. Das war vor fast sieben Jahren. Damals waren die Auswirkungen von Pornografie noch ein ganz neues Feld in der Psychologie. (Das sind sie immer noch, denn es gibt keine Menschen, die noch nie pornografische Bilder oder Filme gesehen haben und die man in einer Studie als Vergleichsgruppe heranziehen könnte.) Ungefähr ein Jahr bevor ich mit meinem Psychotherapeuten gesprochen habe, war mir schon aufgefallen, wie ungesund meine Sorgen und Depressionen in Bezug auf mein ständiges Erektionsverlangen waren. Seine Reaktion hat mich allerdings auf die falsche Art beruhigt. Ich änderte also nichts, bis ich 2012 als persönliche Herausforderung das Experiment wagte, mal mit der Selbstbefriedigung aufzuhören. Es lief super. Da hatte ich allerdings noch nicht die Entscheidung getroffen, sie ganz aufzugeben. Das kam erst, als ich mir einen TED-Talk angesehen habe, bei dem es darum ging, was im Gehirn und mit den Endorphinen vor sich geht, wenn man Pornos guckt. Aus eigener Erfahrung weiß ich, dass es im Internet nicht viel Hilfreiches zu dem Thema gibt, außer einigen Artikeln oder Videos und der NoFap-Community.[2] Das findet man alles über Google und es ist leicht zugänglich.

H: Wie lief dein Entzug ab?

O: Im Dezember 2014 habe ich aufgehört. Ich habe einfach entschieden, dass es reicht. Für immer. Jetzt leide ich nicht mehr an Depressionen, bin im Alltag nicht ständig nervös und mein Selbstvertrauen ist durch die Decke gegangen. Mein Entzug hat mir unglaublichen Auftrieb gegeben und ich genieße mein Leben mehr denn je. Nach nur zwei Monaten bin ich beim Ausgehen richtig aufgeblüht. Ich konnte Frauen ansprechen und war wieder Teil des Dating Games. Bevor ich aufgehört habe, war ich einfach nicht interessiert genug. Sex spornt an. Ich kann's nicht anders sagen. Und ich kann Sex endlich wieder genießen. Das ist ein völlig neues Lebensgefühl!

H: Guckst du dir heute ab und zu noch Pornos an?

O: Nein! Auf keinen Fall!

H: Bist du Porno-Gegner?

O: Ich bin definitiv für strengere Kontrollen, wenn es darum geht, wer sich auf Porno-Websites herumtreiben darf und wie leicht sie zugänglich sein sollten. Ich denke pragmatisch. Jeder Mensch ist anders und ich möchte niemandem den Spaß verderben oder dir die Bukkake-Videos für den Freitagabend verbieten, wenn es das ist, worauf du stehst. Allerdings ist das menschliche Gehirn nicht dafür gemacht, Pornografie in der Menge zu konsumieren, in der wir es zurzeit tun. Das Gehirn unterscheidet nicht zwischen Porno und richtigem Sex. Überhaupt nicht. Wenn du also Bock darauf hast und weißt, wann es genug ist, dann ist's ja okay. Aber wenn nicht, dann such dir bitte Hilfe.

---

2 Eine Online-Community, die als Unterstützung für diejenigen dient, die sich von Pornografie, Selbstbefriedigung oder Sex im Allgemeinen lösen wollen. Diese Community hat auf der Plattform Reddit mehr als 200.000 Mitglieder.

H: Was würdest du a) jungen Leuten raten, die zum ersten Mal einen Porno gucken, und b) Menschen raten, die sich Sorgen über ihren Pornokonsum machen?

O: Wenn du damit zu kämpfen hast, dann halt dich davon fern. Es könnte dein Leben verändern. Und wenn du stärker gegen die Sucht ankämpfen musst als ich, dann such dir psychiatrische Hilfe. Meine Erfahrungen können ganz anders sein als deine, und wenn du es wie eine Sucht behandelst, wird man dir auch professionelle Hilfe anbieten. Tritt der NoFap-Community bei und versuch in einem ersten Schritt, einen Monat lang keine Pornos mehr zu gucken. Wenn das gut klappt, mach zwei Monate daraus. Probier aus, wie weit du kommst. Mit 13 ist das Internet ein beschissener Ort. Die Tatsache, dass ich so jung schon Pornos geguckt habe, ist beängstigend und macht mich traurig. Wenn du noch jung bist und gerade erst damit anfängst, die Welt der Pornos zu entdecken, dann würde ich dir raten kritisch zu hinterfragen, wie Frauen in Pornos behandelt werden und welche Wirkung Pornos auf deine Vorstellung von Sex haben können. Sex ist großartig. Aber Pornografie ist kein Sex. Nicht einmal annähernd! Schon bevor ich zum ersten Mal jemanden geküsst habe, hatte ich genaue Vorstellungen davon, wie man mir am besten einen blasen sollte (manche Frauen würden das niemals tun) oder wie die umgekehrte Reiterstellung funktionierte (damit habe ich schon Schaden angerichtet), und ich fand Analsex vollkommen normal (die meisten Frauen machen auch das nicht mit). Diese Vorstellungen haben mich in unangenehme Situationen gebracht, als ich sexuelle Erfahrungen im wahren Leben gesammelt habe. Ich hatte alles schon auf eigene Faust entdeckt und dann sollte ich auf einmal jemanden in diese krasse Solosexwelt einlassen, die ich mir geschaffen hatte. Es hat viel Druck auf meine erste Beziehung ausgeübt, worüber ich echt unglücklich war. Ich habe Frauen nicht als Menschen betrachtet, mit denen man Sex hat, sondern als Menschen, die man für Sex benutzt. Das ist der schrecklichste Satz, den ich in meinem ganzen Leben jemals gesagt/geschrieben habe. Eigentlich ist Pornografie absoluter Müll. »Aber es ist doch so nett anzusehen …?« Keine Sorge. Dein Gehirn verarscht dich nur gerade. Das solltest du dir nicht gefallen lassen.

Sind Pornos grundsätzlich schlecht?

Okay, bisher haben wir eine ganze Menge schlechter Dinge über Pornos gehört und das sollten wir im Kopf behalten. Aber was ist mit der anderen Seite? Haben Pornos auch die Macht, Gutes zu tun? Gibt es überhaupt »gute« Pornos? Viele Leute sehen sich Pornos an, also muss es doch irgendeinen Reiz dabei geben, oder? Na ja, sie können ein tolles Hilfsmittel bei der Selbstbefriedigung sein, sie können dir helfen etwas über deine Sexualität zu erfahren und darüber, was du magst und was nicht, und sie sind unterhaltsam. Auf eine sexy Art und Weise! Es kann auch Spaß machen, sie mit deinem Partner oder deiner Partnerin zu gucken – ein gemeinsames Erlebnis, das euch antörnt und eure Vorfreude steigert, bevor ihr wild übereinander herfallt. (Soll das ein Versuch sein, erotische Literatur zu schreiben? »Wild übereinander herfallen«? Okay, Hannah, reiß dich zusammen!) Maßvolles Pornogucken ist harmlos und macht Spaß. Aber wie schon gesagt: Wenn wir Pornos gucken, müssen wir in der Lage sein, sie von realem Sex zu unterscheiden, sonst haben sie negative Auswirkungen. Und auch wenn der Großteil der frei zugänglichen Mainstream-Pornos von der gröberen Sorte sind, bedeutet das nicht, dass es nicht auch Produktionsfirmen gibt, die eine ganz andere Art von Pornos drehen, zum Beispiel sexpositive, feministische Pornos. Im Juni 2016 durfte ich zusammen mit meiner Freundin Melanie Murphy die Erotikregisseurin Erika Lust in Barcelona treffen. Wir waren am Set ihres jüngsten Kurzfilms, um sie in Aktion zu sehen und die Besetzung und Filmcrew kennenzulernen, und ja, wir haben Menschen beim Sex zugesehen. Es war der Hammer! Und es hatte nichts Anrüchiges. Erika hat sich wirklich toll um die Darsteller*innen gekümmert. Es hat sich nicht angefühlt, als würden wir uns gerade einen Pornodreh anschauen, sondern eher, als ob wir zwei Menschen bei einer echten Sexsession beobachten würden. Die anderen Leute und die Kameras standen nur zufällig dort herum.

Erika Lust *über sexpositive Pornografie*

Pornografie … was heißt das für dich? Wahrscheinlich bist du durch Pop-up-Werbung im Internet, durchs Fernsehen oder in einem Musikvideo schon einmal darauf gestoßen. Manchmal stößt man auch in der Werbung oder in Magazinen für Mode darauf oder vielleicht bist du auch schon aktiv auf die Suche gegangen. Pornografie ist allgegenwärtig und fester Bestandteil unserer Kultur. Was genau wird dir aber in Mainstream-Pornos gezeigt? Eine Frau mit großen Brüsten, extrem geschminkt, bereit dem Mann alles zu geben, was er will, um sich zum Beispiel dafür zu bedanken, dass er ihr Auto repariert hat? Was fühlst du, wenn du das siehst? Schämst du dich? Das ist okay. Erregt es dich? Das ist auch okay. Kannst du dich mit nichts, was auf dem Bildschirm passiert, identifizieren? Willkommen im Klub!

Viel zu lange wurde uns in Mainstream-Pornos eine negative, unrealistische und einseitige Perspektive auf Sex geboten. Frauen sind Objekte der Begierde, die bereit sind erobert zu werden und Befriedigung zu verschaffen, aber selbst keine erfahren. Viele Stellungen sind mit Durchhaltevermögen verbunden und nur als Olympiateilnehmer zu bewältigen, und die Frauen stöhnen vor

»Lust«, sobald man sie auch nur berührt, selbst wenn diese Stellen meilenweit von der Klitoris entfernt liegen. Die Männer wiederum sind wie Maschinen. Sie benutzen Frauen, wie es ihnen gerade gefällt. Es gibt keine Leidenschaft, keine Freude, keine Liebe, keine echte Lust und es lässt sich auch nur vage vermuten, dass es in beiderseitigem Einverständnis passiert. Häufig ist es Fake, unrealistisch und haarsträubend. Und glaubt mir, es ist nicht mal annähernd wie richtiger Sex. Oder würdest du hier von Fairness und Gleichberechtigung sprechen? Die Frage ist jetzt: Heißt das, es muss für immer so bleiben?

Sexpositive Pornografie ist eine wichtige Bewegung, von der du vielleicht noch nichts gehört hast. Da komme ich ins Spiel. Ich bin eine der führenden Regisseurinnen von Erwachsenenfilmen. Ja, ich verdiene meinen Lebensunterhalt mit Sexfilmen. Allerdings zeigen die Filme die weibliche Perspektive, das heißt, Männer und Frauen sind gleichberechtigt, beide werden als Menschen mit sexuellen Bedürfnissen und sexuellem Verlangen wahrgenommen und BEIDE werden befriedigt. Sexszenen werden bei mir so realistisch wie möglich dargestellt und zeigen ECHTE Lust. Darin wird Sex gezeigt, wie er sein sollte – lustig, leidenschaftlich, lustvoll –, und Konsens und Gleichberechtigung stehen an erster Stelle. Wie ich zum Filmen gekommen bin? Als ich noch jünger war, habe ich meinen ersten Porno auf einer Pyjamaparty gesehen, nachdem eine meiner Freundinnen eine versteckte VHS-Kassette (in einer Zeit vor DVDs und digitalen Downloads) von ihrem Vater gefunden und entschieden hatte, dass wir sie alle zusammen gucken sollten. Ich war natürlich gespannt! Wir hielten die aufregende und mysteriöse Welt des Sex und der Pornos in unseren Händen … aber ich fand es ziemlich abstoßend, ohne dass ich etwas dagegen hätte tun können. Ja, mich törnte es auch an – letzten Endes sind wir alle nur Tiere! Aber ich merkte, wie geschmacklos es insgesamt war und schäbig, denn die Frauen sahen nicht aus, als würden sie es genießen, und die Situationen waren ziemlich lächerlich bzw. ekelerregend.

Ich habe mich schon immer als freien und offenen Menschen verstanden und schon immer hatte ich diese verrückte Auffassung, dass Frauen den Sex genauso genießen sollten wie Männer. Jahre später studierte ich also Politikwissenschaften, Feminismus und Sexualität an einer Universität in Schweden. Dort fiel mir das Buch mit dem Titel Hard Core: Macht, Lust und die Traditionen des pornographischen Films *von Linda Williams in die Hände. Darin wurde erklärt, dass Pornografie eine Beschäftigung mit den Themen Sexualität und Gender ist, und ich dachte mir: »Warum beschäftigen sich hauptsächlich Männer damit?« Das ist doch verrückt! Dieses Buch hat mich inspiriert, Sex so darzustellen, wie ich ihn sehe:*

wunderschön, klug und voller Freuden. Und mithilfe von Geschichten wollte ich auch zeigen, wie sich das Verlangen vorher Stück für Stück aufbaut. Es war also eine Art Reaktion auf die negativen Darstellungen von Sex und Gender in Mainstream-Pornos. Wie du vielleicht weißt, werden Mainstream-Pornos meistens von weißen, heterosexuellen Männern gedreht, die sich damit zufriedengeben, den Leuten die ausgelutschten und immer nach dem gleichen Schema ablaufenden Filme vorzusetzen, die oft sehr gewalttätige und gefährliche Bilder von Sex und Sexualität, Männern und Frauen vermitteln. Warum? Weil es sich bisher immer verkauft hat. Und wie kannst du etwas ändern, das du nicht magst? Indem du es selbst machst! Ich bin nicht die einzige Frau, die sich mit sexpositiven Pornos oder Erwachsenenfilmen (wie ich sie lieber nenne) beschäftigt, und die Anzahl an Frauen steigt immer weiter. Trotzdem brauchen wir noch mehr Frauen in der Pornobranche. Wir brauchen ihre Perspektive als Frau. Wir brauchen sie in leitenden Positionen als Regisseurinnen, Produzentinnen und Drehbuchautorinnen, damit Filme gedreht werden, die eindeutig sexpositiv sind, damit auch junge Leute Sex in einem authentischen und ansprechenden Licht sehen – Sex, der von Gleichberechtigung und Konsens geprägt ist. Momentan arbeite ich mit einer Crew, die zu 90 Prozent aus Frauen besteht – für die Branche vollkommen unnormal.

*Vor einem Jahr entschloss ich mich dazu, ein Crowdsourcing-Projekt ins Leben zu rufen, in dem Menschen wie du und ich ihre sexuellen Fantasien gestehen können, von denen ich dann jeden Monat zwei aussuche und sie in freizügige Kurzfilme verwandle, um echte Sexgeschichten auf den Bildschirm zu bringen. Glaub mir, sie haben keinerlei Ähnlichkeit mit der Art von Pornos, die du womöglich kennst. Wir geben uns viel Mühe mit der Besetzung, dem Bühnenbild, der Kleidung, dem Styling, der Musik, dem Drehbuch und den Aufnahmen. Das sind alles entscheidende Elemente für mich. Auch die spätere Farb- und Bildbearbeitung ist wichtig. Mein Team ist genauso groß wie das jedes Indie-Films, den du in kleineren Kinos zu sehen bekommst, und wir geben uns genauso viel Mühe, wenn nicht sogar noch mehr, damit wir absolut sichergehen können, dass jeder Film Sex und Sexualität positiv darstellt. Ich kreiere Geschichten, mit denen man sich identifizieren kann, wo sich Verlangen erst entwickelt und echter Sex stattfindet. Wie im wahren Leben sind die Storys auch hier jedes Mal anders, aber meine Charaktere haben am Ende immer aus einem nachvollziehbaren Grund Sex miteinander. Die Darsteller*innen sind natürlich, vielseitig in ihrer Schönheit, ihren Körpern und Persönlichkeiten, und es wird viel Wert auf Details gelegt. Ich achte auch darauf, dass die Botschaften meiner Geschichten ethisch einwandfrei sind – ich hebe Konsens deutlich hervor, zeige* *keine verantwortungslosen Szenen und auch sonst nichts, was mit Nötigung etc. zu tun hat.*

*Die Darsteller*innen sind für mich am wichtigsten. Ich bin aufmerksam, wenn es um ihre Bedürfnisse, Fragen oder Gefühle geht, und ich biete ihnen ein anständiges Arbeitsumfeld mit anständigen Arbeitsbedingungen und anständigem Gehalt. Das Ergebnis? Realistische Kurzfilme, die Spaß machen und mit denen man sich sehr gut identifizieren kann. Wir sind Lebewesen und haben nun mal sexuelle Bedürfnisse, deswegen ist es mein Ziel, dass die Menschen sich wohlfühlen und selbstbewusst mit ihrer Sexualität umgehen – wie auch immer sie aussehen mag. Ich erschaffe ästhetische Erwachsenenfilme, die zu einem positiven Umgang mit Sex führen und zeigen sollen, dass auch weibliche Befriedigung von Bedeutung ist. Das ist die wichtigste Message.*

Erika Lust (@erikalust) ist Filmproduzentin, Mutter, Autorin, Bloggerin, Gründerin und Eigentümerin von Erika Lust Films, die eine Alternative zur Mainstream-Pornoindustrie bieten.

Mein Umgang mit Pornografie

Als Teenager wusste ich zwar, dass es Pornos gibt, war aber nicht besonders neugierig darauf. An der Vorstellung hat mich nichts gereizt, deswegen habe ich online nie danach gesucht. Außerdem hatte ich keinen Plan, wie ich den Browserverlauf vor meinen Eltern verbergen konnte, und wollte es daher auch nie riskieren. Allerdings erinnere ich mich, wie mir ein paar meiner Freunde, als ich 13 war, ein berüchtigtes Video gezeigt haben, in dem ein Penis die ganze Zeit wie ein Propeller herumwirbelt (du weißt schon, welches ich meine). Ich war entsetzt. Ich kann mich nicht sehr gut an meinen Umgang mit Pornos im Alter zwischen 13 und 20 erinnern, was vermutlich bedeutet, dass ich ihnen ganz aus dem Weg gegangen bin. Mit 20 habe ich meinen ersten Orgasmus durch Selbstbefriedigung bekommen und dabei war Pornografie ein nützliches Mittel zur Stimulierung. Ich erinnere mich, wie ich ein privates Fenster geöffnet und »Pornos für Frauen« in die Suchleiste eingegeben habe. Ich hatte zu viel Angst, was auf meinem Bildschirm aufgetaucht wäre, wenn ich nur »Porno« eingegeben hätte. Die Stimulierung durch die zusätzlichen auditiven und visuellen Reize hat mir zu meinem allerersten Orgasmus verholfen. Deswegen bin ich eigentlich megadankbar, dass es Pornos gibt. Ohne sie hätte ich viel länger gebraucht, um herauszufinden, zu was für wundervollen Sachen mein Körper fähig ist. Weil es beim ersten Mal geklappt hat, habe ich mir beim nächsten Versuch wieder einen Porno angeguckt, und beim übernächsten, und beim überübernächsten … Ich fand allmählich heraus, worauf ich abfuhr (selbst gedrehte

Videos von Swingerpartys übrigens – scheint, als hätte ich ein Faible für Menschen, die Sex lieben). Letztendlich habe ich aber gelernt, meine eigenen Fantasien einzusetzen, anstatt Pornos zu gucken, und ich muss sagen, meine Fantasien sind besser als die meisten Pornos, die ich gesehen habe. Ab und zu greife ich noch auf Pornos zurück, aber mittlerweile ist es ausschließlich sexpositive, feministische Pornografie von der Sorte, die Erika macht. Es gibt eine ganze Reihe von Leuten, die diese ethisch vertretbaren Pornos produzieren, und ich finde das total aufregend. Obwohl ich den Pornos also dankbar bin, weil sie mir meinen ersten Orgasmus verschafft haben, bin ich flügge geworden und brauche sie jetzt nicht mehr (ich guck sie nur noch, wenn ich wirklich Lust darauf habe).

Kapitel 8

Körper und Körperwahrnehmung

Körper sind seltsam, oder?

Sie sind aus Fleisch und Blut, aus Haut und Knochen und diesen ganzen Organen, die wir nicht sehen, die aber all diese magischen Dinge tun und uns am Leben erhalten. Merkt man mir etwa an, dass ich keine Ärztin bin? Körper sind ziemlich rätselhaft. Das sollten sie aber nicht sein. Unseren Körper zu verstehen (vor allem in den unteren Körperregionen) kann uns und unser Bewusstsein dafür stärken, dass wir selbst über unseren Körper bestimmen dürfen. Nicht zu wissen, was da »untenrum« so vor sich geht und mit wem man darüber reden soll, kann einem dagegen ein bisschen Angst machen. Wenn uns nicht erklärt wird, was was ist oder wozu es da ist, und wir nicht dazu ermutigt werden, zu forschen oder offen und vertrauensvoll Fragen zu stellen, dann ist es kein Wunder, dass wir uns für viele unserer Körperfunktionen schämen, die mit Geschlechtsteilen zu tun haben.

Als ich zehn war, dachte ich, ich hätte einen Penis (und das nicht aus Penisneid). Im Ernst, ich hatte im Fernsehen eine Dokumentation über intergeschlechtliche Menschen gesehen und nicht richtig verstanden, was das bedeutete. Mein zehnjähriges Selbst hatte sich daraus zusammengereimt, dass manche Mädchen Penisse haben können. Ich erinnere mich daran, dass ich später an diesem Abend im Bad war und vermutlich zum ersten Mal in meinem Leben zwischen meinen Beinen herumtastete, um zu sehen, was da unten so los war. Davon hatte ich nämlich im Grunde keine Ahnung. Ich wusste, dass von irgendwo da das Pipi kam, hatte eine vage Vorstellung von meiner Scheide, aber keine Ahnung von der Klitoris und – warte, was war das für ein Hautlappen?! Mein unterentwickelter Penis?! Nein, nur eine meiner inneren Schamlippen. Aber in diesem Moment und einige Tage, vielleicht sogar Wochen danach dachte ich panisch, ich hätte einen Penis. Ich wollte keinen Penis. Aber ich hatte auch zu viel Angst, irgendjemandem davon zu erzählen, dass ich dachte, ich sei zur Hälfte ein Junge. Als ich älter wurde, erfuhr ich irgendwann von den Schamlippen, guckte mir mithilfe eines Spiegels einmal gründlich alles an und fühlte mich danach sehr viel besser.

Das mag jetzt ein etwas seltsames Beispiel sein, aber es ist gar nicht so weit weg von den Erfahrungen vieler Menschen. Sie entdecken Dinge zwischen ihren Beinen, von denen ihnen niemand erzählt hat, und ziehen voreilige Schlüsse. Oder im Gegenteil (und das trifft meistens auf Menschen mit einer Vagina zu, weil ein Großteil davon ziemlich versteckt liegt), sie entdecken nicht alles und werden erwachsen, ohne zu wissen, was die Klitoris ist (ich habe an der Uni wirklich ein vollkommen ahnungsloses Mädel kennengelernt) oder dass es drei Öffnungen gibt. Mein Rat lautet also: Mach es dir bequem (am besten alleine) und nimm dir einen Spiegel zu Hilfe. Schau dir alles genau an, berühr dich und lerne dich kennen. Vielleicht hast du einige Vorbehalte – es gibt viele Schranken im Kopf, die wir überwinden müssen, bevor wir ein gesundes und positives Verhältnis zu unseren Geschlechtsteilen entwickeln können. Lass dir Zeit, setz dich nicht unter Druck. Du bist nicht prüde, nur weil sich das komisch für dich anfühlt. Mach kleine Schritte, vielleicht willst du nicht sofort die Beine breit machen und überall herumfuhrwerken. Und das ist in Ordnung. Aber glaub mir: Sich nicht für seine intimsten Körperstellen zu schämen und den eigenen Körper nicht als etwas Fremdes wahrzunehmen ist es absolut wert.

Also – was geht da unten denn nun so vor sich? Entschuldigt meine schrecklichen Zeichnungen. Künstlerin bin ich leider nicht.

Die Vulva

 # Hannahs Diagramm Nr. 1

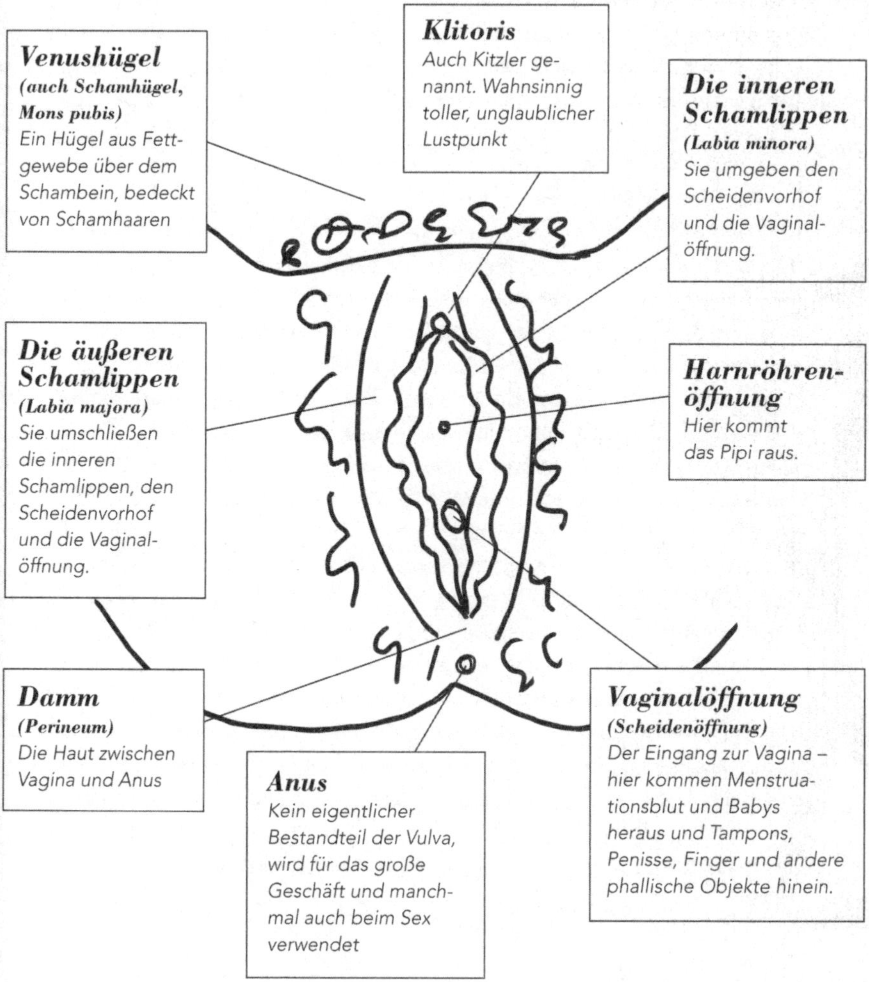

Diese Körperregion nennt sich »Vulva«. Die »Vagina« oder »Scheide« ist der Tunnel, der von der Vaginalöffnung nach innen führt. Vulva beschreibt also alles, was sich außen befindet, während die Vagina innen liegt.

Ein paar Worte zu Körperbehaarung

Wo man auch hinschaut, Frauen in Filmen, im Fernsehen oder auf Werbeplakaten haben glatte Beine und tragen Bikinis, ohne dass auch nur ein vorwitziges Schamhärchen zu sehen wäre. Die Gesellschaft erwartet von Frauen, dass sie sich rasieren, wachsen, zupfen, lasern oder mit Faden und Zuckerpaste so ziemlich alle Haare entfernen. Ich wollte an dieser Stelle einfach kurz anmerken, dass du mit deinen Haaren tun und lassen kannst, was du willst. Wenn du das Gefühl weicher Härchen unter deinen Händen magst, wenn du über deine Beine streichst (so wie Katniss Everdeen), dann rasier sie dir nicht ab, nur weil andere das tun. Meinem Gefühl nach reagieren wir allmählich etwas entspannter, wenn Frauen mit ihrem Körper machen, was sie wollen, aber wir haben noch immer einen weiten Weg vor uns. Ich selbst hege einige widerstreitende und verwirrende Gedanken zum Thema Körperbehaarung. Theoretisch weiß ich und glaube auch daran, dass meine Haare meine Sache sind. Manchmal habe ich superhaarige Beine und kümmere mich nicht darum (allerdings meistens, weil sie eine bestimmte Länge haben müssen, damit ich zum Waxing gehen kann). Bevor ich Urlaub mache, wird sogar meine Bikinizone einer Waxing-Kur unterzogen, um sicherzugehen, dass kein verirrtes Schamhaar meinen Anblick beim Sonnenbaden verunziert. Und es entbehrt nicht einer gewissen Ironie, über Körperbehaarung zu schreiben, wo ich mir doch just heute Morgen noch die Schamhaare gestutzt habe. Ich weiß immer noch nicht genau, warum ich das eigentlich mache. Fühle ich mich vielleicht von der Gesellschaft unter Druck gesetzt, meinen Intimbereich und meine Beine auch ja schön glatt zu halten, wenn ich das Haus verlasse? Oder habe ich Angst, dass potenzielle Sexualpartner eine haarige Hannah nicht attraktiv genug finden? Ich muss zugeben, dass es zumindest teilweise damit zu tun hat, welche Ideale mir die Gesellschaft vermittelt, und dass ich leider nicht immun dagegen bin. Ich weiß aber auch, dass ich meine glatten Beine und die zurechtgestutzten Härchen auf meinem Venushügel mag. Und irgendwie gefällt es mir sogar, zum Waxing zu gehen. Oder habe ich mich nur selbst dazu erzogen, meine eigene Unterdrückung zu genießen? Erlebe ich vielleicht eine Art Stockholm-Syndrom mit dem Patriarchat? Vielleicht solltest du nicht so viel über Körperbehaarung nachdenken wie ich und einfach das tun, womit du dich am wohlsten fühlst.

Die Klitoris

 # Hannahs Diagramm Nr. 2

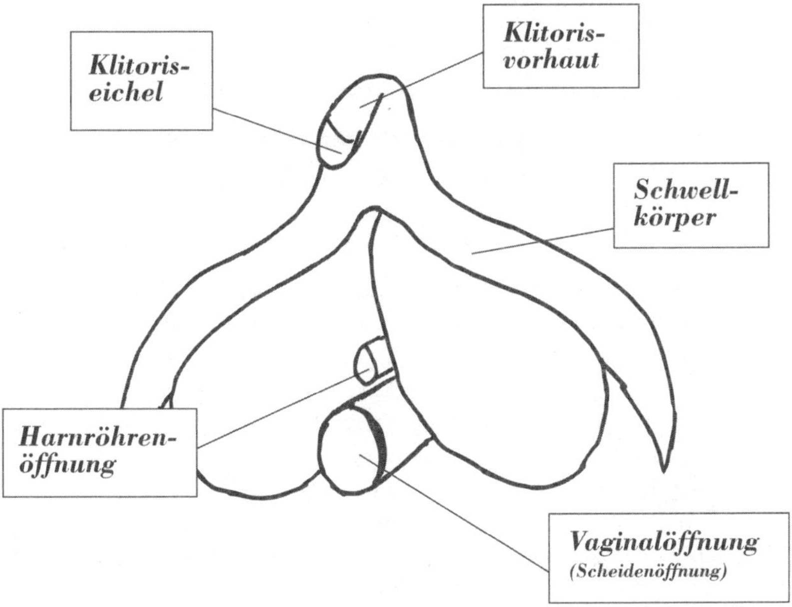

Wir müssen über die Klitoris reden, okay? Man muss sie einfach lieben. Die Klitoris ist ein unglaubliches Organ. Ich weiß, ich habe das schon mal erwähnt, aber es ist so wichtig, dass ich es wiederholen muss: Die Klitoris ist der einzige Teil des gesamten menschlichen Körpers, der einzig und allein der sexuellen Lust dient. Nur dafür ist sie da. In ihr laufen 8000 Nervenenden zusammen – das sind doppelt so viele wie bei einem Penis. Man findet sie bei biologischen Frauen und ich vermute, die wahnsinnige, geheimnisvolle Macht der Klitoris ist einer der Gründe, aus denen die weibliche Sexualität im Laufe der Geschichte und bis zum heutigen Tag überwacht, eingeschränkt und bestraft wird. Wie sähe die Welt nur aus, wenn Frauen wüssten, wozu sie imstande sind? Gott bewahre! Was mir in Biologie definitiv nicht beigebracht wurde, ist, dass die Klitoriseichel, die du von außen sehen kannst, nur die Spitze des Eisbergs ist. Die gesamte Klitoris erstreckt sich weit ins Innere des Körpers, umgibt die Scheide und ist riesig!

Unglaublich, oder? Wer hätte ahnen können, dass da so viel hintersteckt? Na ja, eigentlich relativ viele Leute – Ärzt*innen, Lehrer*innen, Eltern – aber sie alle haben aus irgendeinem Grund vergessen mir davon zu erzählen.

Außer der Klitoris gibt es noch eine Menge anderer Dinge, die im Inneren eines biologisch weiblichen Körpers stecken. Mich persönlich hat eine Sache jahrelang ziemlich verwirrt, nämlich der Gebärmutterhals bzw. der Muttermund. Das Wort Muttermund hört man relativ häufig, wenn man sich über Fortpflanzung und Anatomie unterhält, und ich hatte das immer so hingenommen. Bis mir eines Tages aufging, dass ich eigentlich keine Antwort geben könnte, wenn mich eines Tages jemand fragen würde, wo genau der eigentlich liegt und was er so macht. Ich hatte nämlich keine Ahnung. Wenn Frauen in Fernsehserien Kinder kriegten und die Ärzt*innen darüber redeten, wie sehr sie schon geweitet waren, dachte ich jahrelang, es ginge dabei um die Scheide, aber nein, sie redeten vielmehr über den Gebärmutterhals und den äußeren Muttermund, den untersten Teil des Gebärmutterhalses. Bei Letzterem handelt es sich offenbar um einen schmalen Gang, der Scheide und Gebärmutter verbindet. Wer hätte das gedacht? Ich jedenfalls nicht.

 # Hannahs Diagramm Nr. 3

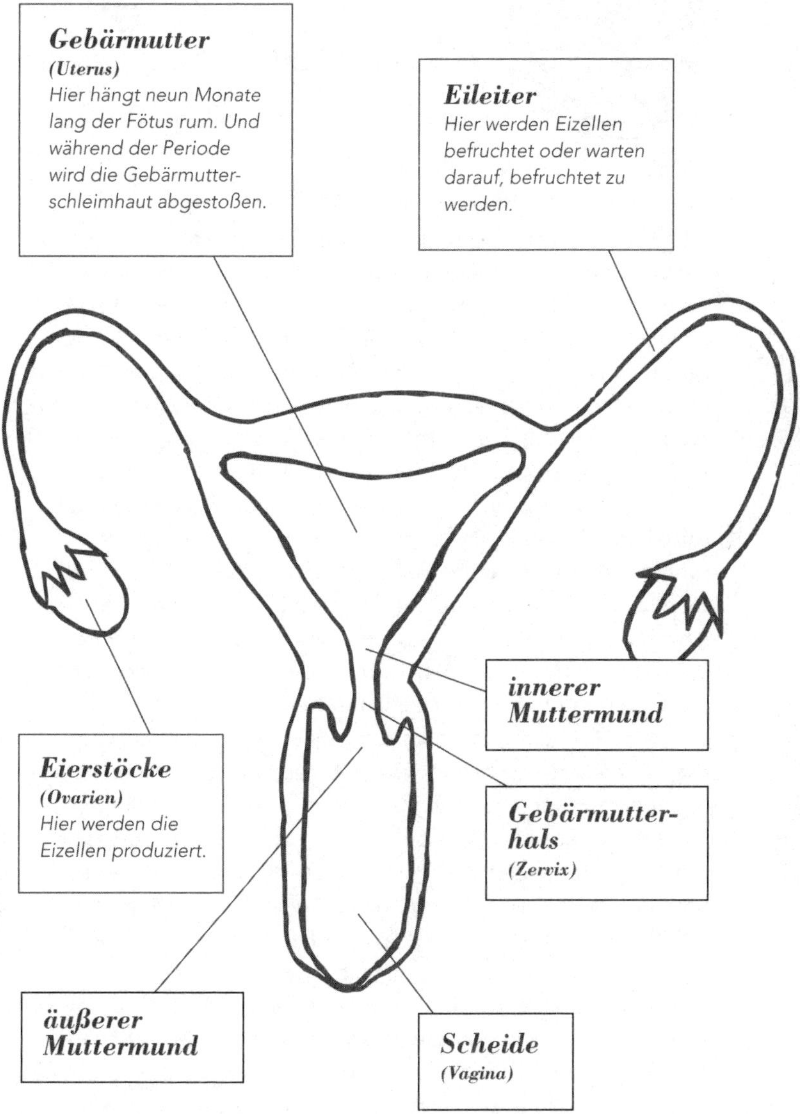

Die Periode

Ich war ziemlich früh dran mit allem, was nicht meine Körpergröße betrifft. Als ich mit 11 Jahren auf die weiterführende Schule kam, trug ich schon BHs, und ein paar Monate später, noch bevor ich 12 wurde, hatte ich zum ersten Mal meine Tage. Das ist eine Geschichte, die ich sehr mag, was vermutlich nicht viele Leute von sich behaupten können. Ich ging an dem Tag mit meiner Mutter, meiner besten Freundin und ihrer Mutter ins Kino und wir sahen uns *Freaky Friday* an. Es lagen definitiv starke Mutter-Tochter-Vibes in der Luft. Nachdem der Film vorbei war, ging ich auf die Toilette und fand Blut in meiner Unterhose. Zum Glück wusste ich ganz genau, was los war, schnappte mir also einfach einen Haufen Toilettenpapier und stopfte es mir ins Höschen. Als wir nach Hause kamen, erzählte ich meiner Mum davon. Sie hatte schon einen Vorrat an Binden und Tampons für meine Schwester und mich bereitliegen, sodass alles gar kein Problem war. Es lief fast ein bisschen zu glatt. Ich erinnere mich daran, dass ich darauf wartete, von einem wahnsinnig spirituellen Gefühl überwältigt zu werden, weil ich jetzt eine richtige Frau war, aber irgendwie blieb dieses alles verändernde Transformationserlebnis aus. Ich hatte einfach nur angefangen zu bluten. Lange Zeit war meine Mutter die einzige, die wusste, dass ich schon meine Periode hatte. Keine Ahnung, wie ich es schaffte, das geheim zu halten, aber niemand in der Schule redete darüber. Ich wusste auch nicht, ob eine meiner Freundinnen schon ihre Tage hatte, und das Ganze war mir eigentlich immer nur ziemlich peinlich. Als ich dann 13 war, war ich mit ein paar Mädels bei einer Freundin zu Hause, und ohne Vorwarnung zog sie plötzlich einen Tampon aus einer Schublade, wedelte damit herum und ging ins Bad. Noch nie war ich so erleichtert: Sie hatte das Eis gebrochen und auf einmal redeten wir alle über unsere Tage. Bis auf ein oder zwei meiner Freundinnen hatten wir sie alle schon und wir tauschten uns darüber aus, wie es bei uns angefangen hatte, gaben uns gegenseitig Tipps und witzelten herum. Es fühlte sich toll an, darüber zu reden.

Ein paar Denkanstöße zu Menstruation und Blut

Es ist völlig normal. Es ist nicht eklig. Es ist nur Blut. Das Ganze betrifft die Hälfte der Weltbevölkerung über einen Zeitraum von 30 bis 40 Jahren einmal pro Monat. Warum wird so wenig darüber geredet? Und wenn doch, dann nur hinter vorgehaltener Hand? Und warum ist die andere Hälfte, die nun mal einfach mit anderen Geschlechtsorganen geboren wurde, davon offensichtlich so angewidert? Es gibt Menschen, die in ihrem Leben nicht einen einzigen Tropfen Menstruationsblut zu Gesicht bekommen, während sie gleichzeitig literweise Blut in Gewaltszenen in Filmen und im Fernsehen sehen. Gegen die Art Blut auf dem Bildschirm, die wir im wahren Leben hoffentlich so niemals zu sehen bekommen, sind wir abgehärtet und es kommt uns völlig normal vor. Blut aus einer Scheide sehen wir dagegen nie. Fotos werden von Instagram entfernt und in Filmen wird die Periode als etwas Ekliges oder furchtbar Komisches dargestellt, um Frauen zu beschämen und Männer zu verwirren. Ich will mir nicht anhören müssen, ich sei eklig, wenn ich meinen Freunden erzähle, dass ich meine Tage habe. Ich habe schon genug damit zu tun, dass meine Gebärmutter ihre Schleimhaut abstößt. Ich will mich nicht auch noch dafür schlecht fühlen müssen, dass es jemand mitkriegt, und habe weder Zeit noch Kraft, um mich jedes Mal vor allen ignoranten Menschen zu rechtfertigen. Die Tage existieren nun mal. Und niemand sollte sich für einen natürlichen Prozess des Körpers schämen müssen. Ich sage nicht, dass du jetzt in aller Öffentlichkeit mit deinem benutzten Tampon herumwedeln solltest (es sei denn, du möchtest das unbedingt), ich finde nur, dass wir dringend eine neue Herangehensweise brauchen, wenn es darum geht, wie wir über die Periode denken und reden.

Okay, was zur Hölle passiert eigentlich wirklich mit meinem Körper?

Wenn du die ersten Male deine Tage hast, können sie noch recht unregelmäßig sein, aber nach drei bis sechs Monaten sollten sie dann regelmäßig kommen, sodass du deinen Zyklus bestimmen kannst. Faktoren wie dein Gewicht, dein allgemeiner Gesundheitszustand, dein Stresslevel, deine Ernährung und sportliche Aktivitäten können die Monatsblutung beeinflussen. Wenn du längere Zeit deine Tage nicht bekommst oder so langsam auf die 20 zugehst und noch nie deine Tage hattest, ist es eine gute Idee, mal zum Arzt zu gehen. Mit sieben Jahren wurde bei mir Colitis ulcerosa diagnostiziert, eine chronisch entzündliche Darmkrankheit, und mit neun, 12, 14 und 15 Jahren hatte ich jeweils einen Schub. Ich war dann immer mehrere Monate lang krank, bevor die Symptome mithilfe der Medikamente wieder zurückgingen. Während dieser Phasen setzte meine Periode aus. Es war, als würde mein Körper sagen: »Wir sind hier gerade ziemlich beschäftigt, eins nach dem anderen. Blutung einstellen.« Unsere Körper sind so schlau!

Weil mein Körper aber so in Aufruhr war, hatte ich eigentlich nie regelmäßig meine Tage, sie kamen immer zu spät und eher so alle zwei Monate. Nimmt man mal alles zusammen, worüber man sich als Teenager noch so Gedanken machen muss und was in der Schulzeit so los ist, war ich ehrlich gesagt ziemlich froh darüber. Ein kleines Glück im Unglück, sozusagen. Obwohl ich deshalb nie so richtig sagen konnte, wann ich meine Tage kriegen würde, und ständig Binden und Tampons parat haben musste. Ich hatte außerdem Glück, dass ich nie richtig schlimm PMS hatte. Ab und zu hatte ich Krämpfe, aber sie waren nie so schlimm, dass ich Schmerzmittel hätte nehmen müssen, und auch meine Laune war immer relativ stabil. Meine Tage haben mich nicht traurig gemacht. Andere haben da leider nicht so viel Glück.

PMS oder PMDS?

Bestimmt hast du schon mal von PMS (Prämenstruelles Syndrom) gehört, was normalerweise in der Woche vor Beginn der Regel auftritt. Das ist der Begriff, der am häufigsten verwendet wird, um Krämpfe, Völlegefühl, Schmerzen in der Brust, Stimmungsschwankungen, Reizbarkeit und all die anderen frustrierenden und ärgerlichen Symptome zusammenzufassen. Aber: Mit PMS lässt es sich leben und es sollte dich nicht von irgendetwas abhalten. Mithilfe gesunder Ernährung, Bewegung, einiger Entspannungstechniken und genügend Schlaf sollte es kinderleicht zu überstehen sein. Laut dem NHS (National Health Service, das öffentliche Gesundheitswesen in England) durchlebt eine von 20 Frauen (also ziemlich viele) so schwere Symptome, dass sie ihr normales Leben beinträchtigen. Das liegt daran, dass sie an einer extremeren Version des PMS leiden, nämlich an PMDS (Prämenstruelle dysphorische Störung). Solltest du dich also in der PMS-Phase sehr geschwächt fühlen oder das Gefühl haben, dass es dich bei der Arbeit oder im sozialen Leben zu sehr einschränkt, dann ist es möglicherweise ernster als bei anderen.

Du stellst dich nicht an, bist keine Mimose oder wirst »verrückt«. PMDS existiert wirklich und du kannst dich von Ärzt*innen beraten lassen, wie du am besten damit umgehen oder dich behandeln lassen solltest.

Brüste und BHs

Brüste gibt es in jeder Form, Farbe und Größe. Der Trick, wie sie am besten aussehen und sich anfühlen, ist ein guter BH. Wenn du keine BHs trägst, ist das auch völlig in Ordnung, viele tun das nicht, aus ganz verschiedenen Gründen. Wenn du aber welche trägst, ist es wichtig, dass du die richtige Größe wählst. Der beste Weg, einen perfekt sitzenden BH zu finden, ist, sich professionell ausmessen zu lassen. Aber hier sind noch ein paar zusätzliche Tipps von mir:

1 ***Wirf dein Maßband über Bord***

Es gibt zig verschiedene BH-Hersteller und deren Größen können variieren.

2

Finde das richtige Unterbrustmaß

Der BH sollte horizontal über den Rücken verlaufen und nicht in der Mitte nach oben gezogen werden. Wenn du einen BH anprobierst, verschließe ihn immer mit den äußersten Häkchen, so hast du später noch ein bisschen Spielraum. Denn durch häufiges Tragen und Waschen leiert er meist etwas aus. Zwischen deinem Rücken und dem Rückenband sollten noch etwa zwei Fingerbreit Platz sein.

3

Finde die richtige Körbchengröße

Die Bügel sollten flach an deinen Rippen und zwischen deinen Brüsten anliegen. Achte darauf, dass deine Brüste weder oben oder an der Seite hervorquellen noch dass zu viel Platz im Körbchen bleibt. Der Übergang zwischen deiner Brust und dem BH sollte möglichst glatt sein.

4

Zieh ein T-Shirt über

Wenn du BHs anprobierst, schau dir auch an, wie sie unter Klamotten aussehen.

Das war's im Prinzip. Ich trage 60H und weiß nicht, was ich ohne passende BHs tun würde. Vermutlich nur mit Schmerzen herumlaufen und nie Klamotten finden, die gut an mir aussehen …

Hannahs Diagramm Nr. 4

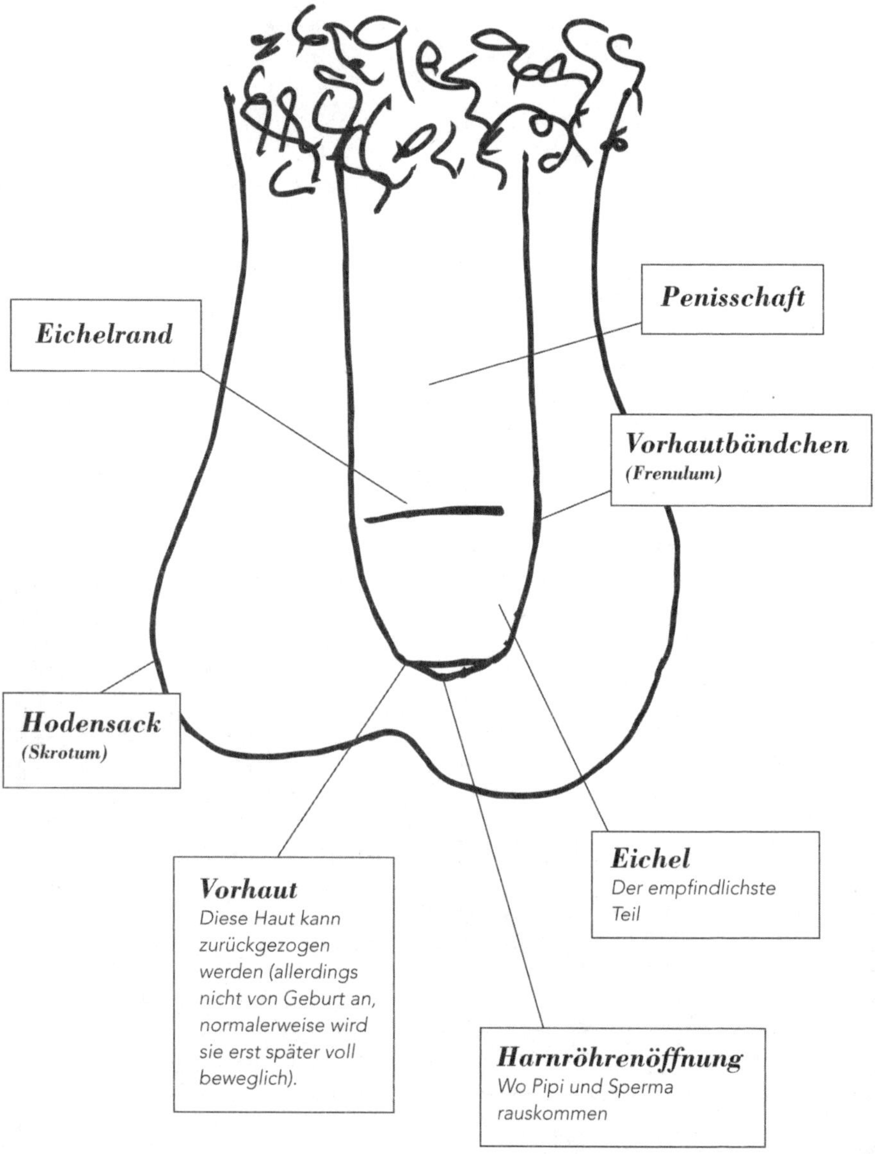

Der Penis

Generell gilt der Penis in der Gesellschaft als weniger geheimnisvoll als die Vulva, vermutlich auch deshalb, weil alles vollständig von außen zu sehen ist. Trotzdem gibt es eine Menge darüber zu lernen.

Die Vorhaut umgibt die Spitze des Penis, Eichel genannt, um sie zu schützen, ähnlich wie bei der weiblichen Klitoris. Sie ist normalerweise ziemlich flexibel und kann vor- und zurückgezogen werden.

Einige Penisse sind beschnitten, was bedeutet, dass die Vorhaut entfernt wurde. In manchen Ländern oder Kulturen finden Beschneidungen im Kindesalter statt. Aber auch bei älteren Kindern oder Erwachsenen werden aus medizinischen Gründen ab und an Beschneidungen vorgenommen. Beschneidung ist ein ziemlich umstrittenes Thema – einerseits werden in manchen Kulturen routinemäßig Beschneidungen vorgenommen, andererseits vergleichen einige Leute sie mit Genitalverstümmelung bei Frauen. Ich bin jüdisch (mütterlicherseits) und offenbar war vor meiner Geburt die Hauptstreitfrage zwischen meinen Eltern, ob ich beschnitten werden würde, sollte ich einen Penis haben. Da ich dann allerdings mit einer Vulva zur Welt kam, mussten sie sich darüber keine Gedanken mehr machen.

Hannahs Diagramm Nr. 5

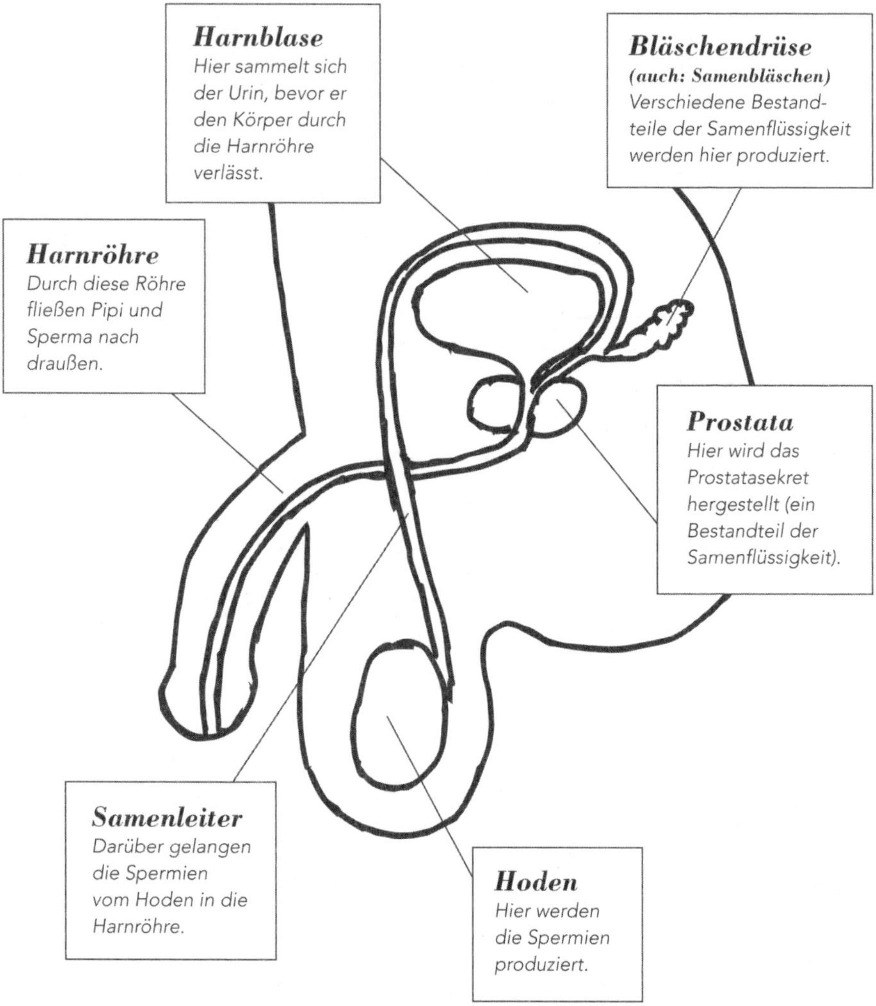

Etwa 70 Prozent der Samenflüssigkeit stammen aus der Bläschendrüse, der Rest besteht aus Prostatasekret und Spermien aus den Hoden. Alles zusammen bildet das Sperma, das während einer Ejakulation herausspritzt. Bei biologischen Männern ist die Prostata auch ein Lustorgan, das durch den Anus stimuliert werden kann.

Ein paar Worte zur Penisgröße von
Calum McSwiggan

Wenn du als Junge aufwächst, ist eine deiner größten Sorgen, wie du untenrum längentechnisch so abschneidest. Wir sind besessen davon, einen großen Schwanz zu haben, und die Sorge, unterdurchschnittlich groß zu sein, kann uns schlaflose Nächte und angsterfüllte Tage bescheren. Wirklich viele Jungs haben Panik davor, irgendjemand könnte sie nackt sehen, für den Fall, sie wären zu kurz geraten. In Wahrheit ist diese Angst vollkommen unbegründet. Die Penisgröße ist nicht halb so wichtig, wie immer behauptet wird, und die Vorstellung, dass alle mit 20-Zentimeter-Penissen durch die Gegend rennen, ist außerhalb der Pornowelt völliger Quatsch. Viele Studien zur Penisgröße haben ergeben, dass die durchschnittliche Länge eines erigierten Penis zwischen 12 und 15 Zentimetern beträgt. Und selbst wenn deiner darunter liegt, ist das kein Grund, sich deswegen einen Kopf zu machen. Vielleicht siehst du in der Umkleide Jungs mit Penissen, die dir viel größer vorkommen, aber das kann auch einfach mit unterschiedlichem Wachstum in der Pubertät zusammenhängen. Unsere Penisse können noch wachsen, bis wir Anfang 20 sind, und zu dem Zeitpunkt wirst du vermutlich längst schon nicht mehr wissen, warum du überhaupt so ein großes Ding (haha) daraus gemacht hast. Sei stolz auf deinen Penis, denn egal wie groß oder klein er ist, ich garantiere dir, dass er dich und jemand anderen eines Tages sehr glücklich machen wird.

Körperwahrnehmung und positives Körpergefühl

In unserem heutigen digitalen Zeitalter werden wir ständig mit Bildern konfrontiert, wie der ideale Körper auszusehen hat und was in puncto Größe, Umfang, Form, Gewicht, Hautfarbe, Haare – und allem anderen, was irgendwie mit unserer äußeren Erscheinung zu tun hat – als attraktiv oder »schön« gilt. Diese Bilder senden uns die Botschaft: Es gibt nur eine schmale Bandbreite an »akzeptablen« Merkmalen. Uns wird vorgeschrieben, was wir schön finden sollen, und dementsprechend halten wir alles, was nicht in diese Schablonen passt, auch nicht für schön. Schlimmer noch, manche Leute sehen diese anderen, nicht dieser »Norm« entsprechenden Arten des Körperbaus oder der allgemeinen äußeren Erscheinung als »hässlich« an. Es gibt auch Ausnahmen, aber meist werden diese Menschen in den Medien als besonders mutig und cool bezeichnet – als wäre es ein heroischer Akt, auf dieser Welt zu leben und nicht bestimmten Schönheitsidealen zu entsprechen. Statt dass man sich einfach zeigen kann, wie man ist, wird man als etwas Besonderes herausgestellt und muss sich Kommentare gefallen lassen. Ich würde lügen, wenn ich behaupten würde, ich sei immun gegen diese Ideale, die ich überall zu Gesicht bekomme. Ich wünsche mir manchmal, kleinere Brüste zu haben, ich wäre gerne 15 Zentimeter größer und auf Fotos oder vor dem Spiegel ziehe ich oft den Bauch ein. Ich muss aber zugeben, dass ich nicht der Typ bin, der sich davon allzu sehr beeinflussen lässt. Von ein paar Kleinigkeiten abgesehen liebe ich meinen Körper. Und ich habe das Glück, vor allem in dieser Gesellschaft, relativ schlank zu sein und eine Sanduhrfigur zu haben. Dies ist einer dieser Momente, in denen man sich klarmachen sollte, wie privilegiert man unter Umständen ist – in Bezug auf meine Figur bin ich das nämlich tatsächlich. Aber es gibt Dinge, die sehr viel mehr Bedeutung haben als das bloße Gewicht. Der Umfang oder die

Form deines Körpers machen dich nicht automatisch unempfindlich gegen Selbstzweifel. Ich könnte jetzt anfangen dir zu erzählen, wie wichtig es ist, dich selbst und deinen Körper zu lieben, aber wenn wir ehrlich sind, fühlen sich Komplimente und Anerkennung von anderen meistens noch besser an, oder? Es ist nichts dabei, zuzugeben, dass du dich besser fühlst, wenn andere Leute dich so mögen, wie du bist, aber es ist wichtig, zumindest einen Grundstock an Selbstliebe zu haben, auf dem du aufbauen kannst. Hier kommen also ein paar meiner Tipps für mehr Selbstvertrauen und ein positiveres Körpergefühl (du musst nicht alles auf einmal ausprobieren). Bis du dich in deinem eigenen Körper wohlfühlst, kann es ein langer Weg sein, mit vielen Aufs und Abs, also tu nur das, was dir guttut. Hier ein paar Dinge zum Ausprobieren:

1 *Zieh dich aus*

Besonders wenn du dich in deinem Körper nicht wohlfühlst, kann dich das einiges an Mut kosten, trotzdem ist es superwichtig. In deiner eigenen Gegenwart nackt zu sein ist eine tolle Methode, deinen Körper besser kennenzulernen und dich in deiner Haut wohlzufühlen. Vielleicht kommst du dir dabei zuerst komisch vor, aber es zu können lohnt sich.

2 *Nimm Komplimente an*

Erhalten wir Komplimente, verspüren wir oft den Drang, sie zu ignorieren oder herunterzuspielen. Sie nicht anzunehmen verstärkt aber nur die Minderwertigkeitskomplexe, die du in Bezug auf deinen Körper eh schon hast. Komplimente mit einem einfachen »Danke schön« anzunehmen (auch wenn du sie zuerst nicht ernst nimmst) kann dagegen mit der Zeit wirklich helfen Selbstvertrauen aufzubauen. Machst du selbst anderen Leuten Komplimente, fühlt es sich schließlich auch toll an, wenn sie angenommen werden.

3 *Vergleich dich nicht mit anderen*

Das ist leichter gesagt als getan, aber grundlegend für ein gutes Körpergefühl. Wir alle vergleichen uns hin und wieder mit anderen, aber tun wir das ständig, ist das ein gefährliches Verhaltensmuster. Denk dran, die Leute, mit denen du dich vergleichst, haben ihre eigenen Probleme mit ihrem Körper. Vergleiche helfen niemandem. Achte auf dich selbst, damit wirst du viel glücklicher.

4 *Konzentrier dich auf die Dinge, die du an dir magst*

Denk an irgendetwas an deinem Körper, das dir gefällt. Guck es dir jeden Morgen im Spiegel an und sag dir, wie sehr du es magst. Das können deine Haare sein, deine Nase, deine Füße, deine Ellbogen – egal was. Wenn du deine Aufmerksamkeit auf Dinge richtest, die du magst, erhöht sich die Wahrscheinlichkeit, dass du noch mehr findest, was dir gefällt, weil du positiv denkst.

5 Ändere, was du ändern kannst

Ein neuer Haarschnitt, Piercings oder Klamotten können sich so richtig gut anfühlen. Du solltest natürlich ein gewisses Selbstbewusstsein haben, um dich nicht auf solche Oberflächlichkeiten verlassen zu müssen, aber dein Äußeres zu verändern wirkt manchmal trotzdem Wunder.

6 Durch Schein zum Sein

Das funktioniert nicht immer, aber mir hat es auf jeden Fall geholfen. Wer wir sind, können wir leider nicht immer ganz allein bestimmen, sondern das wird auch durch andere beeinflusst, je nachdem, wie sie uns wahrnehmen und behandeln. Wenn jemand dich für SpongeBob Schwammkopf hält und dich behandelt, als wärst du SpongeBob, dann glaubst du irgendwann vielleicht selbst, SpongeBob zu sein! Okay, das Beispiel ist jetzt ein bisschen weit hergeholt, aber was ich sagen will, ist: Tu so, als wärst du selbstbewusst, auch wenn du dich nicht so fühlst. Andere werden dich als selbstbewusste Person wahrnehmen und dich auch so behandeln. Das kann dazu führen, dass du irgendwann wirklich dazu wirst. Aus Schein wird Sein!

7 Mach Sport

Keine Sorge, hier geht's überhaupt nicht darum, abzunehmen oder Muskeln aufzubauen. Aber Menschen, die sich regelmäßig bewegen oder Sport treiben, fühlen sich im Allgemeinen sehr viel besser und sind zufriedener mit sich. Das liegt an all den Glückshormonen, die dein Körper beim Sport ausschüttet!

8 Stell die Funktion über das Aussehen

Sieh deinen Körper als Werkzeug und nicht als hübsche Hülle. Denk an die ganzen krassen Dinge, die man damit machen kann! Essen, trinken, laufen, tanzen, Klavier spielen, Netflix gucken … (Jaha, dabei musst du dich entspannen und deine Augen benutzen – superwichtig!).

9 Pass auf, was du denkst

Wir alle denken manchmal etwas Böses über uns selbst oder andere. Du solltest es dir eingestehen, wenn du etwas Negatives gedacht hast, und dann damit aufhören. Gewöhn dir an, dich immer wieder selbst zu fragen, ob du nicht gerade viel zu kritisch bist, wenn du deinen oder anderer Leute Körper begutachtest. Das mag dir zuerst schwerfallen, vor allem, wenn du oft solche Gedanken hast, aber wenn du erst mal damit anfängst, wird es mit der Zeit immer leichter.

10 Zieh an, was du willst

Uns wird ständig erzählt, was wir mit einer bestimmten Figur anziehen oder nicht anziehen sollten, aber das erkläre ich hiermit für Quatsch. Früher dachte ich, dass ich nicht bauchfrei tragen kann, weil ich große Brüste habe und zu klein bin. Tja, leider finde ich bauchfreie Oberteile aber total schön und genau deshalb ziehe ich sie auch an. Klamotten werden gemacht, damit sie uns passen – wir sollten uns nicht an die Klamotten anpassen müssen! Das heißt, zieh das an, was dir gefällt und womit du dich wohlfühlst.

11 Nimm nicht alles, was du in den Medien siehst, für bare Münze

Die Stars, die du in den Medien siehst, haben ein komplettes Stylingteam hinter sich und die Bilder werden dann obendrein mit Photoshop bearbeitet. Wenn möglich, guck dir diese ganzen Zeitschriften gar nicht erst an, aber wenn du es doch tust, denk immer dran, dass diese »Ideale«, die du da siehst, alles andere als ideal sind und mit der Realität in den meisten Fällen nichts zu tun haben.

12 Social-Media-Profile lügen

*Auch wenn Menschen Bilder online direkt hochladen, zum Beispiel auf Instagram, wählen sie vorher ganz genau aus, was sie der Welt zeigen wollen. Und jede*r benutzt Filter.*

13 Lenk dich ab

Verbring Zeit mit Freunden, such dir ein Hobby, konzentrier dich auf die Arbeit oder auf die Schule. Wenn du ganz im Hier und Jetzt bist, fällt es dir schwer, an etwas anderes zu denken. Durch Achtsamkeit kannst du trainieren, den Augenblick zu genießen, sodass du überhaupt nicht mehr über dein Aussehen nachdenkst, wenn du wirklich Spaß hast.

14 Umgib dich mit Freunden, die dich unterstützen und aufbauen

*Meide Menschen, die schlechte Dinge über deinen Körper sagen. Echte Freund*innen bauen dich auf und unterstützen dich, wenn du dich selbst hässlich fühlst. Es ist also gut, positiv eingestellte Menschen um dich herum zu haben. Du selbst bist immer dein*e größte*r Kritiker*in – manchmal hilft es, dich durch die Augen von Freund*innen zu betrachten, um zu sehen, wie schön du wirklich bist.*

Ein kleiner Beitrag zu Muskeln von
Calum McSwiggan

Von klein auf wird Jungs eingetrichtert, dass ihr persönlicher Wert mit ihrer Männlichkeit und ihrer Muskelmasse zusammenhängt. Männer mit riesigem Bizeps und Waschbrettbauch sind in den Medien allgegenwärtig und gelten als Krone der Schöpfung und Attraktivität – allein das ist für viele von uns schon ziemlich ernüchternd. Wir sollten immer im Kopf behalten, dass unsere Körper alle verschieden sind und wir uns unterschiedlich entwickeln, besonders in der Pubertät. Einige von uns werden sehr viel breiter und einige von uns verändern sich zunächst kaum – wie auch immer das bei dir aussieht, du solltest dich nicht dafür bestrafen. Vielleicht bist du nicht so dünn oder groß oder muskulös wie andere Leute, aber dein Körper macht seine eigene, individuelle Metamorphose durch und das macht dich einzigartig. Es wird immer jemanden geben, der größer und stärker ist als du, aber das macht dich nicht zu einem schlechteren Menschen oder weniger attraktiv und begehrenswert. Es ist leicht, eifersüchtig auf Leute zu sein, die anders aussehen als wir, aber es kann gut sein, dass sie dich umgekehrt genauso beneiden.

Calum McSwiggan (@CalumMcSwiggan) ist ein LGBTQ+-Autor und YouTuber. Seine Videos beschäftigen sich mit verschiedenen Themen von LGBTQ+ und Dating über psychische Krankheiten bis hin zu sexueller Aufklärung.

Michelle Elman *über Körperwahrnehmung und Selbstbewusstsein*

Als ich zehn Jahre alt war, fiel mir auf, dass mein Körper anders war als andere. Das war er schon immer gewesen, aber mit zehn nahm ich das zum ersten Mal bewusst wahr. Mit anders meine ich meine Narben – sie stammen aus insgesamt 15 Operationen infolge eines Hirntumors, eines perforierten Darms, einer Zyste in meinem Gehirn und eines sogenannten Hydrozephalus. Diese Narben »verunstalten« meinen Körper und machen es mir unmöglich, jemals meine Träume von konventioneller Schönheit zu verwirklichen. Zu großen Teilen waren sie dafür verantwortlich, dass ich mich in meinem Körper nicht wohlfühlte. In diesem Alter hatte ich mir erst sieben der später über 20 Orden für chirurgische Eingriffe verdient, meinen Bauch zierte aber bereits ein Geflecht aus Linien, das aussah, als hätte jemand auf mir eine Partie Tic-Tac-Toe begonnen. Im Laufe der nächsten fünf Jahre erweiterte ich meine Sammlung, zum Beispiel mit einer Narbe, die aussieht wie ein Smiley oder – wenn ich mal besonders viel gegessen habe – wie ein Zwinker-Smiley. Ich wollte meine Narben annehmen und lieben lernen – und ich wünschte, ich könnte behaupten, dass ich das einfach nur für mich selbst tat. Aber ich tat es für einen

Jungen, genauer, für die Möglichkeit, dass es einen Jungen geben könnte, denn Selbstbewusstsein ist schließlich das attraktivste Outfit von allen. Tja, nur leider keins, das sich in meinem Kleiderschrank befand – höchstwahrscheinlich, weil es das in meiner Größe nicht gab. Ich war 15, als mir zum ersten Mal aufging, dass meine Narben zum Problem werden könnten, wenn ich mit jemandem intim werden wollte. Ich war noch Jungfrau und hatte noch nicht mal jemanden geküsst, trotzdem machte ich mir schon Sorgen über den unweigerlich auf mich zukommenden Moment, in dem ich vor jemandem mein Oberteil ausziehen würde – statt definierter Bauchmuskeln würden ihm meine Narben zuzwinkern! Würden meine zwei Gesichter jegliche Lust im Keim ersticken, wie wenn du nicht pinkeln kannst, weil dir jemand dabei zuguckt?

*Ob du nun Narben hast oder nicht – wir alle hatten doch schon mal diese Horrorvorstellung, in der wir uns nackt ausziehen und unser Gegenüber uns nur erschrocken anstarrt – oder sogar angeekelt. Diese Angst hatte jede*r von uns schon mindestens einmal im Leben, denn unser Körper steht in keinem Zusammenhang mit unserem Selbstbewusstsein. Dünne Leute können unsicher sein, Dicke können selbstbewusst sein. Ob männlich oder weiblich – jedes menschliche Wesen auf dieser Welt kann Probleme mit seinem Körper haben. Es erscheint logisch, dass wir uns die* *meisten Sorgen darüber machen, wenn wir nackt und damit am verletzlichsten sind. Ich wünschte, ich hätte schon vor meiner ersten intimen Beziehung mehr Selbstbewusstsein gehabt, aber das war leider nicht der Fall, wie übrigens bei den meisten. Wahrscheinlich wird es auch bei dir Augenblicke geben, in denen du das Licht lieber auslassen möchtest, und vielleicht behältst du manchmal ein paar deiner Klamotten an, um so wenig wie möglich von deinem Körper preiszugeben. Aber all diese Erfahrungen helfen dir dabei, dich irgendwann in dieser neuen Situation wohler zu fühlen.*

Diese Entwicklung geht Schritt für Schritt voran, also hör auf dir selbst so viel Druck zu machen. Du musst dich nicht sofort pudelwohl in deiner Haut fühlen. Mir persönlich ging es sehr viel besser, nachdem ich festgestellt hatte, dass Menschen Sex mögen. Wenn sich zwei Personen nackt gegenüberstehen, dann werden sie sich wohl kaum die Gelegenheit für Sex entgehen lassen. Du kannst also getrost deinen Albtraum begraben, dass jemand davonläuft, sobald du dich ausgezogen hast. Die meisten Leute denken höchstwahrscheinlich einfach an Sex, wenn sie deinen nackten Körper sehen. Das ist jetzt vielleicht nicht besonders romantisch, aber es bedeutet, dass sie Besseres zu tun haben, als deinen Körper nach Makeln oder Schönheitsfehlern abzusuchen. Wenn überhaupt, dann denken sie höchstens über ihre eigenen Problemzonen nach oder darüber, wie schmeichelhaft das Licht wohl für ihren eigenen Körper ist.

Selbstbewusstsein im Schlafzimmer tritt wellenförmig auf. Früher dachte ich, dass ich mit meiner Persönlichkeit vielleicht meinen Körper wettmachen könnte – ich müsste nur besonders toll oder nett sein und dann würden die Leute über meine körperlichen Mängel hinwegsehen. Ich dachte, ich könnte nur dann ein Liebesleben haben, wenn ich jemanden dazu kriegen würde, mich trotz meines Körpers zu lieben. Und dann entdeckte ich den Schlüssel zu einem positiven Körpergefühl: Selbstliebe. Über meinen Körper zu schimpfen, ihn ständig schlechtzumachen und wie ungewollten Ballast zu behandeln war nicht der richtige Ansatz, um mich in meiner Haut wohlzufühlen. Mich zu lieben heißt meinen Körper zu lieben. Selbstvertrauen in Bezug auf meinen Körper zu entwickeln bedeutet nett zu meinem Körper zu sein und alle meine Facetten zu akzeptieren, mitsamt der Narben und allem anderen.

Diese Narben sind ein Teil von mir. Sie machen aus, wer ich bin, und sie mit Stolz zu tragen ist mir mittlerweile sehr wichtig – meine Narben abzulehnen hieße meine Vergangenheit abzulehnen. Eine Vergangenheit, die ich überlebt habe, worauf ich richtig stolz bin. Heutzutage schätze ich meinen Körper nicht nur für seine äußere Erscheinung, sondern auch dafür, was er kann. Und das funktioniert auch im Schlafzimmer: Leg mehr Wert auf Aktion als auf Aussehen. Sieh es mal so: Wenn du in diesen Situationen weniger über dein Aussehen nachdenkst, wirst du mit einem Orgasmus belohnt! Denn mal ehrlich, du kannst nicht richtig loslassen und Spaß haben, wenn du dich die ganze Zeit fragst, ob dein Bauch gerade schwabbelig aussieht.

Michelle Elman (@mindset_forlife) ist Body Confidence Coach und Gründerin von »Mindset For Life«, einer Firma, die sich damit beschäftigt, das Selbstbewusstsein von Frauen weltweit zu stärken.

Jimmy Hill *über Körperwahrnehmung*

Es ist ein altbekanntes Szenario: Nach der Dusche, nackt vor dem Spiegel, schämen und ärgern wir uns für und über unser Spiegelbild. Kein Zupfen, Strecken, Streichen oder Einziehen verbessert die Situation. Bauchmuskeln sind nicht erkennbar. Der Penis ist auch nicht länger geworden, trotz eifrigen, regelmäßigen Trainings. Dieses hervorstehende Schulter-Knochen-Gedöns (Wie hieß das doch gleich? Schlüsselbein? Hat das was mit Türen zu tun?) – Fehlanzeige. Dafür aber Ansätze von Männerbrüsten und immer noch keine Schamhaare. So will ich nicht aussehen. Ich hasse das alles und alle anderen Leute werden es auch hassen. Ein Junge zu sein, der seinen Körper hasst, ist eine komplizierte Angelegenheit. Ein beschissener Mix aus Minderwertigkeitskomplexen, Zurückweisung, Hormonen, Unzufriedenheit, Sex, Muskeln, Erbanlagen, Genitalien, Prahlerei und Pickeln – alles zusammengebraut mithilfe des frustrierendsten menschlichen Strebens: dem Vergleich mit anderen.

Ich habe lange gebraucht, um meinen Körper zu akzeptieren, und jahrelang (14–18) verzehrte mich der anhaltende und abgrundtiefe Hass auf mein Aussehen. Natürlich redete ich nie darüber – warum auch? Ich bin ein Mann. Wir reden nicht. Wir spielen Fußball und erfinden Geschichten darüber, welche Mädels wir im Gebüsch gefingert haben. Ich habe auch nie etwas dagegen unternommen. Was willst du auch tun? Du kannst deinen Stimmbruch ja nicht beschleunigen, du wirst nicht über Nacht größer und trotz der abenteuerlichen Behauptungen einiger zweifelhafter Websites kannst du deinen Schwanz auf keinen Fall mithilfe einer Schnur und eines Löffels vergrößern … Nicht, dass ich es versucht hätte, versteht sich. Im Prinzip müssen wir einfach mit dem leben, was wir haben. Und komisch – das, was ich so hatte, war im Rückblick eigentlich ziemlich normal. Ich war ein kleiner

Spätzünder, da die Pubertät sich ganz schön Zeit ließ, und ich war ein bisschen speckig (Hallo, ihr Chips!), aber abgesehen davon wäre ich in einer Gruppe Gleichaltriger nicht als der Voldemort-artige Freak aufgefallen, für den ich mich hielt. Warum also diese Minderwertigkeitskomplexe? Warum die Scham? Diese furchtbare Traurigkeit?

Ich glaube, um das richtig zu verstehen, muss man sich bewusst machen, was es heißt, ein Junge zu sein. Es geht eigentlich nicht ums Aussehen, sondern darum, dazuzugehören und herauszufinden, wann man eigentlich »ein Mann« ist. Jungs werden mit verwirrenden Normen bombardiert (die meisten davon schlecht für die Welt) und mit konfusen Wertvorstellungen. Ich soll stark und tapfer sein, sportlich, bei Frauen beliebt, von Männern respektiert, maskulin, dominant, gut aussehend, heterosexuell …

Gehörst du der Mehrheit derjenigen an, die nicht alle diese Qualitäten besitzen, dann fühlst du dich vermutlich minderwertig und landest irgendwo auf der »Ich mag meinen Körper nicht«- oder, schlimmer noch, der »Ich mag mich selbst nicht«-Skala. Ein Großteil der Probleme, die Männer mit ihrem Körper haben, resultiert daraus, dass man sich nicht »männlich genug« fühlt. Das sinnlose Streben nach »Männlichkeit« wird dadurch noch verschlimmert, dass die Pubertät bei jedem zu einem anderen Zeitpunkt einsetzen kann. Die äußeren Anzeichen für diese »Männlichkeit« zeigen sich mal früher und mal später. Zwei 14-Jährige können komplett unterschiedlich aussehen, alleine deshalb, weil die Pubertät bei ihnen unterschiedlich schnell voranschreitet. Das ist mehr als frustrierend, wenn aufzufallen das Letzte ist, was man will. Jungs reden nicht über ihre Körper oder ihre Probleme, was bedeutet, dass ich meine Ängste und Unsicherheiten für mich behielt und mich weiterhin mit den Jungs aus meiner Klasse verglich, die schon viel weiter waren, mit Bauchmuskeln, Bartwuchs und scheinbar endlosem Selbstvertrauen. Verstohlene Blicke in der Umkleide hatten vernichtende Paranoia und Scham zur Folge. In der Schule wurde ich ziemlich still, war schüchtern und zurückgezogen. Ich konnte an nichts anderes mehr denken und fühlte mich wie ein Ausgestoßener.

Das Traurige daran ist, dass bestimmt sehr viele diese Erfahrungen machen, wir aber nicht genau sagen können, wie verbreitet dieses Phänomen ist, weil Männer so eine Scheißangst davor haben, ihr Gesicht zu verlieren, dass sie nicht darüber reden. Witze über Penisgröße und Männertitten gelten als harmlos, genauso wie es vollkommen akzeptabel ist, Tom Daleys Bauchmuskeln zu fetischisieren – aber diese Botschaften schaden Jugendlichen. Idealvorstellungen in Bezug auf Geschlecht oder Körper sind für niemanden gut, auch vollkommen unabhängig von Sex. Wir sollten dringend das große Ganze im Auge behalten und mehr darüber reden.

Ich mache mir Sorgen um die Jungs. Ich mache mir Sorgen darüber, dass sie sich von Diskussionen über Körperwahrnehmung ausgeschlossen fühlen und den Druck nicht bemerken, dem sie ausgesetzt sind. Ich hoffe, alles wird dadurch einfacher, dass heutzutage häufiger Diskussionen über Aussehen und Erwartungen geführt werden. Aber wir müssen zusehen, dass wir die Jungs dabei mit einbeziehen.

Für alle, die gerade mit ihrem Aussehen zu kämpfen haben, kommt hier mein Rat: Mach dir klar, dass der »perfekte Körper« eine Erfindung ist. Er existiert nicht. Diese Idee geistert in verschiedenen Ausprägungen seit den Anfängen der menschlichen Zivilisation umher, aber sie war schon immer das Produkt der menschlichen Vorstellung. Ein Körper ist nur ein Körper. Deine physische Erscheinung hängt nicht mit deinem Wert als Mensch zusammen. Beschäftige dich nicht zu sehr mit deinem Aussehen. Je mehr Gedanken du dir darüber machst, desto mehr wird es zum Thema. Hab Spaß mit deinem Körper. Such nach Dingen, die du magst. Körper sind großartig und spannend. Lerne, das wertzuschätzen. Sei dir darüber im Klaren, dass du mit der Zeit sowohl körperlich als auch geistig in deinen Körper hineinwachsen wirst. Bist du einmal durch mit der Pubertät, wird alles schon viel leichter. Vertrau mir. Lass dich nicht von deinem Körper einschränken. Niemand wird dadurch zu einem besseren Menschen, dass er nach gesellschaftlichen Standards einen tollen Körper hat. Normalerweise kannst du dein Aussehen nicht grundlegend verändern, aber du kannst der Mensch sein, der du sein möchtest – konzentrier dich auf die positiven Veränderungen, die du herbeiführen kannst, und mach dich frei von oberflächlichem Quatsch. Richte deine Aufmerksamkeit darauf, eine selbstbewusste, glückliche, ausgeglichene Person zu sein. Und umgib dich mit Leuten, denen wichtig ist, wer du bist, nicht, wie du aussiehst.

Und ganz wichtig: Wenn du wieder mal vor dem Spiegel stehst und deinen nackten Körper betrachtest, denk dran, dass du dazu in der Lage bist, dich zu mögen, aber dafür musst du nicht dein Aussehen ändern, sondern deine Einstellung – eine Veränderung, die dich sehr viel glücklicher machen wird, das garantiere ich dir.

Jimmy Hill (hi_Jimmy) ist Fernsehmoderator und Vlogger. Er produziert Videos über das Leben, Sex und Beziehungen.

Kapitel 9

Die Lust am Sex

In der Schule lernen wir alles Mögliche über die Fortpflanzung – über das ganze Zeug in uns drin, wie Gebärmutter, Eileiter, Hoden, Spermien, Eizellen … Denn dadurch entstehen Kinder und das kann man wissenschaftlich untersuchen. Aber alles, was mit Lust zu tun hat, wird der Einfachheit halber ausgelassen.
Eine Freundin von mir, die an Schulen Sexualkunde unterrichtet hat, bat die Kinder immer, alle Fragen, die ihnen einfielen, anonym auf einen Zettel zu schreiben, und am Ende wurden sie beantwortet. Natürlich wollte ich wissen, was am häufigsten gefragt wurde, und zu meiner Überraschung war das:

»Wenn Mama und Papa keine Kinder mehr kriegen wollen, warum haben sie dann noch Sex?«

Ich hatte darüber vorher noch nie nachgedacht, aber eine der (vielen) Sachen, über die in Sexualkunde nicht gesprochen wird, ist, dass Sex Spaß macht. Hast du das Glück, durch die Schule oder deine Eltern wenigstens ein bisschen aufgeklärt worden zu sein, dann ging es wahrscheinlich immer eher darum, wie man Sex so lange wie möglich vermeidet – wie man nicht schwanger wird, sich keine Geschlechtskrankheiten einfängt und nicht vergewaltigt wird. Das halte ich für absurd. Sicher, wir sollten jungen Menschen das Werkzeug an die Hand geben, damit sie entscheiden können, wann sie Sex haben wollen und wann nicht, genau wie Informationen zu Verhütung und sexuell übertragbaren Krankheiten. Aber obwohl das alles natürlich sehr wichtig ist, vermittelt es uns doch ein recht negatives Bild von Sex, wenn nur so darüber geredet wird, als wäre er etwas, vor dem wir Angst haben müssten, etwas, das zu unerwünschten Vorkommnissen in oder mit deinem Körper führt. Wir vergessen völlig, all das Tolle zu erwähnen. Die Tatsache, dass Sex Spaß macht, sollte kein Geheimnis bleiben. Man kann sich schließlich vorstellen, dass etwas potenziell gut sein kann, ohne dass man es tatsächlich tut. Selbst wenn du dir über die Vorteile von Sex im Klaren bist, kannst du trotzdem wissen, dass du persönlich noch nicht dazu bereit bist.

Es ist also meine Mission, die Lust am Sex in den Sexualkundelehrplan aufzunehmen. Lust ist wichtig! Warum wir Sex haben, obwohl wir keine Kinder kriegen wollen? Dafür gibt es viele Gründe – einige davon gut, einige schlecht –, aber auf alle Fälle gehen sie weit über den Kinderwunsch hinaus. Hier kommen ein paar davon:

Um sich jemandem nahe zu fühlen

Befriedigung sexueller Bedürfnisse

Um Liebe zu zeigen und sich geliebt zu fühlen

Langeweile

Neugier

Man fühlt sich zu der anderen Person hingezogen

Unsicherheit

Um das eigene Ego zu pushen

Um einen Orgasmus zu bekommen

Zuneigung

Um die Laune zu verbessern

Es macht Spaß

Man ist einfach geil

Um seinem Partner/seiner Partnerin etwas Gutes zu tun

Aufregung/Abenteuer

Es fühlt sich gut an

Stressbewältigung

Sex fühlt sich gut an. Und es ist nichts Falsches oder Peinliches daran, das zuzugeben. Hey, ich mag Sex. Ich liebe Sex. Wow, es fühlt sich total gut an, das einfach mal zu sagen. ***ICH LIEBE SEX.***

O

Orgasmus

Die meisten Menschen messen die sexuelle Lust am Orgasmus. Dem Höhepunkt. Aber was passiert überhaupt mit deinem Körper, wenn du zum Höhepunkt kommst?

Erregungsphase

Plateauphase

Orgasmusphase

Rückbildungsphase

Wenn du sexuell erregt wirst, nennt sich das »Erregungsphase«. Die Erregung steigert und steigert sich, auch wenn sie zwischendurch mal stärker, mal schwächer wird. Denk dran, Sex ist nicht unbedingt eine lineare Erfahrung. Das Level deiner Erregung ist oft keine steile Gerade nach oben, sondern mehr wellenförmig. In dieser Phase experimentierst du mit verschiedenen Techniken, Küssen, Richtungs- oder Tempowechseln, sanfterem oder festerem Druck usw. In der Plateauphase ist man an dem Punkt angekommen, an dem es kein Zurück mehr gibt. In dieser Phase fühlst du schon, dass du gleich kommen wirst, und die beste Methode, den Orgasmus zu kriegen, ist hier Wiederholung, Wiederholung, Wiederholung. Was auch immer du gerade tust – mach weiter damit! Und dann kommt er, der Orgasmus, diese unglaubliche, explosive Empfindung, ein übermächtiges Gefühl der Erleichterung. Die Rückbildungsphase danach könnte man auch als Erholungsphase bezeichnen. Einige Orgasmen fühlen sich wirklich an, als müsste man sich von ihnen erholen.

Aber Menschen sind vielschichtig, und Orgasmen genauso. Manchmal steigerst du dich fast bis ins Unendliche und kommst trotzdem nicht. Und das ist okay.

Andere Male erreichst du vielleicht das Plateau, hast einen Orgasmus und dann noch einen (und vielleicht noch einen), und erst dann kommt die Rückbildung. Wieder andere Male erreichst du vielleicht das Plateau, hörst auf, fängst wieder von vorne an bis zum Plateau, hörst wieder auf und wiederholst das, solange du es aushältst (das nennt man »Edging«), und wenn du dann endlich einen Orgasmus hast, fühlt er sich unglaublich an. Das Warten lohnt sich. Es gibt also eine Menge unterschiedlicher Orgasmusarten. Für manche davon braucht es vielleicht ein bisschen Zeit und Übung, bis du sie beherrschst. Vielleicht gehst du auf eine kleine Orgasmusreise (mit dir selbst oder einem Partner bzw. einer Partnerin). Es macht immer Spaß, herauszufinden, wozu dein Körper imstande ist. Dabei solltest du dir allerdings auch darüber im Klaren sein, dass Orgasmus nicht notwendigerweise mit Ejakulation gleichzusetzen ist. Beides passiert oft zur gleichen Zeit, aber es handelt sich um verschiedene Dinge. Wenn du einen Penis hast, musst du nach einem Samenerguss normalerweise eine Weile warten, bevor du wieder loslegen kannst, aber du kannst trotzdem mehr als einen Orgasmus haben, bevor du ejakulierst. Ich kann es nicht oft genug sagen: Übung macht den Meister. Wie auch immer deine Orgasmen aussehen, wie oft du kommst, ob alleine oder mit jemand anderem, ob nur unter bestimmten Bedingungen – du bist normal. Jeder Körper ist unterschiedlich und Orgasmen können kompliziert sein. Sie können auch durch andere Faktoren beeinflusst werden, wie zum Beispiel Stress oder Alkohol. Wenn du mit deinen Orgasmen nicht zufrieden bist, hast du immer die Möglichkeit, mit jemandem darüber zu reden: Freunden oder Freundinnen (vielleicht hat jemand schon etwas Ähnliches erlebt und kann dir Tipps geben), deinem Partner oder deiner Partnerin, mit Expert*innen – denk dran, es ist überhaupt nichts dabei, dir Rat bei Ärzt*innen, Therapeut*innen oder Sexualberater*innen zu suchen, falls du mit deinem Sexleben unzufrieden bist. Wenn Sex dir wichtig ist, dann finde einen Weg, wie du ihn so richtig genießen kannst.

Vortäuschen

Wir alle kennen die berühmte Szene aus *Harry und Sally*. Wenn nicht, leg sofort dieses Buch zur Seite, such auf YouTube nach der »Orgasmus-Szene aus *Harry und Sally*«, guck sie dir an und dann komm zurück. So, jetzt, da wir alle meinen absoluten Lieblingsliebesfilm aller Zeiten kennen, können wir übers Vortäuschen reden. Eins vorweg: Auch Menschen mit Penissen können vortäuschen (Erinnerst du dich, Orgasmus ist nicht gleich Ejakulation?). Allerdings ist dieser Trend, wenn wir es so nennen möchten, unter Menschen mit einer Vagina verbreiteter.

Ich habe noch nie einen Orgasmus vorgetäuscht. Wenn ich das Leuten erzähle, sind sie immer geschockt – die meisten haben schon mindestens einen vorgetäuscht. Bevor ich meinen ersten Orgasmus hatte, hatte ich schon Sex, nur halt orgasmuslosen Sex. Das heißt nicht, dass ich daran keinen Spaß gehabt hätte! Aber ich habe nie geschauspielert. Ich weiß nicht genau, warum es mir nicht peinlich war, meinen Sexualpartnern zu erzählen, dass ich noch nie einen Orgasmus gehabt hatte, aber ich bin froh, dass es so war. Natürlich hatte ich auch keine Ahnung, wie ich einen hätte vortäuschen sollen, um authentisch zu wirken, da ich ja noch keine Erfahrung hatte. Alles, worauf ich mich hätte berufen können, war *Harry und Sally*!

Und doch täuschen viele Leute einen Orgasmus vor, aus allen möglichen Gründen. Weil es einfacher ist, weil du die andere Person nicht verletzen willst, weil du müde bist und keine Lust mehr hast, weil du dich nicht traust zu sagen, was du wirklich willst, weil du beim letzten Mal auch schon simuliert hast … Wenn du es einmal gemacht hast, dann ist die Wahrscheinlichkeit höher, dass du das Gefühl hast, es wieder tun zu müssen. Und dann denkt dein Gegenüber, dass er oder sie alles richtig macht und genau weiß, wie er oder sie dich dahin kriegt. Je länger das geht, desto schwieriger wird es, irgendwann zuzugeben, dass du eigentlich etwas ganz anderes willst. Das kannst du vermeiden, indem du von Anfang an deutlich sagst, was dich anmacht und was dir guttut.

Das ist natürlich leichter gesagt als getan, vor allem wenn du schon sehr lange nur so tust als ob oder zu wenig Zeit und Kraft hast, deinem Gegenüber beizubringen, was genau du magst. Und trotzdem ist es wichtig, es ihm bzw. ihr mitzuteilen und ehrlich zu sein, wenn du keinen Orgasmus bekommst. Sex ist kein Leistungssport und der Orgasmus nicht die Medaille. Es geht um den gesamten Vorgang. Einen Orgasmus zu haben ist nicht das A und O. Wenn du weißt, dass du mit jemandem einen Orgasmus kriegen kannst, dann ist es den Aufwand wert, ihm oder ihr beizubringen, wie ihr da hinkommt. Und wenn du merkst, dass es dieses Mal einfach nicht klappt, dann ist das völlig in Ordnung. Du kannst jederzeit aufhören.

Ich möchte wirklich, dass sich alle superwohl in ihrem Körper und mit ihrem Sexleben fühlen, und dabei, Lust zu schenken und zu empfangen. Ein Weg, das zu erreichen, ist: Hört auf euch etwas vorzuspielen und fangt an miteinander zu reden.

Was ist »richtiger« Sex?

Zur sexuellen Lust gehört auch, zu wissen, wie Sex wirklich ist, wie lustig und manchmal albern. Sexszenen in Filmen haben bei mir zu ziemlich unrealistischen Erwartungen geführt. Ich habe ihn mir langsam und romantisch vorgestellt: mit Kleidung, die sinnlich abgestreift wird, seidenen Bettlaken, Kopfenden, die fest umklammert werden, und mit Kuscheln und Küssen hinterher. Pustekuchen. Hier kommen ein paar Dinge, die ich gerne über echten Sex loswerden möchte. Einige davon können ziemlich seltsam sein und vielleicht nicht unbedingt »sexy«, aber wenn du das Ganze mit Humor nimmst, kann der Sex trotzdem Spaß und Lust auf mehr machen.

Die ganzen Flüssigkeiten

Schweiß, Gleitgel, Samen, Scheidensekret, Menstruationsblut (manchmal) …
Es passiert eine Menge und es wird schmutzig.

Pupsen und Flatus vaginalis (Scheidenpups)

Das kann schon mal passieren.

Quietschende Betten

Dieses Problem lässt sich super lösen, indem ihr Decke und Kissen auf den Boden legt und dann da weiter Sex habt. Nichts zu danken!

Komische Positionen,

die irgendwie nicht funktionieren oder sehr gewöhnungsbedürftig sind

Brüste,

die im Weg sind oder zusammenprallen (ich mag die Vorstellung, dass sie mir Beifall klatschen)

Störende Ellbogen und Knie,

die einem ständig in die Quere kommen und die man seinem Gegenüber aus Versehen irgendwohin rammt

Haare, die im Weg sind

Wenn du lange Haare hast, hab immer ein Haargummi griffbereit (sehr praktisch!).

GEH NACH DEM SEX AUFS KLO!

Ja, ich weiß, du willst einfach nur so daliegen, knutschen, kuscheln und schlafen, aber es gibt etwas Wichtigeres zu erledigen. Hast du eine Vagina, dann steh hinterher auf und geh zur Toilette. Ich wünschte, das hätte mir mal früher jemand gesagt, dann wären mir einige Blasenentzündungen erspart geblieben.

Sex ist also nicht immer sexy, aber all das muss kein Problem sein. Du weißt, dass du eine*n gute*n Sexualpartner*in gefunden hast, wenn ihr zusammen über diese Dinge lachen könnt.

Willkommen in der seltsamen und sinnlichen Welt des Sex!

Kapitel 10

Verhütung

EINE*R MUSS DEN
EINE*R MUSS DEN
ERSTEN SCHRITT
ERSTEN SCHRITT
MACHEN UND DIE DINGE
MACHEN UND DIE DINGE
LAUT AUSSPRECHEN,
LAUT AUSSPRECHEN,
DAMIT WIR ANFANGEN
DAMIT WIR ANFANGEN
UNS GEGENSEITIG
UNS GEGENSEITIG
ZU HELFEN UND ZU
ZU HELFEN UND ZU
UNTERSTÜTZEN,
UNTERSTÜTZEN,
INDEM WIR UNSERE
INDEM WIR UNSERE
ERFAHRUNGEN
ERFAHRUNGEN
MITEINANDER TEILEN.
MITEINANDER TEILEN.

Wenn du die Art Sex hast, die zu einer Schwangerschaft führen könnte, musst du dir Gedanken über die Verhütung machen.

Verhütung ist eine Methode, ungewollte Schwangerschaften zu verhindern, wenn man Sex haben und ihn auch genießen möchte. Sex ist immer mit einem Risiko verbunden. So etwas wie »Safe« Sex gibt es nicht wirklich – die einzige Möglichkeit, sich hundertprozentig zu schützen, besteht darin, überhaupt keinen Sex zu haben – was für viele Leute abwegig ist. Doch es gibt auch viele Maßnahmen für »Safer Sex«. Zuerst mal: Kondome sind die einzigen Verhütungsmittel, die dich vor einer ungewollten Schwangerschaft und vor sexuell übertragbaren Krankheiten schützen. Alle anderen Verhütungsmittel sind nur dazu da, ungewollte Schwangerschaften zu verhindern. Benutz also immer zusätzlich ein Kondom! Fast alle Teenager und Erwachsenen, die sexuell aktiv sind, verhüten, es wird nur selten offen darüber gesprochen. Mein wichtigster Rat an dich, bevor du dich für eine Methode entscheidest, ist mit anderen Leuten darüber zu reden. Wenn du in einer Beziehung bist, rede mit deinem Partner oder deiner Partnerin darüber, was für euch am besten funktionieren würde. Weißt du, welche Verhütungsmethoden deine Freund*innen anwenden? Find es raus! Manchmal scheint mir, als würden wir alle still und leise die gleichen Kämpfe austragen. Eine*r muss den ersten Schritt machen und die Dinge laut aussprechen, damit wir anfangen uns gegenseitig zu helfen und zu unterstützen, indem wir unsere Erfahrungen miteinander teilen. Unsere Körper sind ziemlich komplex und Ärzt*innen können zwar alle üblichen Nebenwirkungen der verschiedenen Verhütungsmittel aufzählen, aber manchmal hilft es eher, von einer Freundin zu hören, dass sie leichtere Tage hat, seitdem sie die Pille nimmt, oder dass sie deswegen zugenommen hat, ausgeglichener ist oder jetzt richtig schlimme Regelschmerzen hat. Redet also darüber. Erwarte von deinem Körper aber nicht die gleiche Reaktion. Jeder Mensch ist einzigartig. Das ist eine Sache, die an Verhütung wirklich nervt. Du wirst nie wissen, welche Nebenwirkungen bei dir auftreten, wenn du es nicht ausprobierst. Und dann kann es sein, dass du nach der Trial-and-Error-Methode vorgehen musst, bis du das Richtige für dich gefunden hast. Oder vielleicht findest du auch nie die perfekte Methode für dich und musst dich immer mit irgendwelchen Nebenwirkungen herumschlagen. Da kommt Freude auf! Könnte vielleicht mal jemand einen Test erfinden, mit dem man den Hormonhaushalt und die Körperfunktionen messen kann oder so, und uns dann von Anfang an das passende Verhütungsmittel verschreiben? Das wäre toll, danke!

Verschiedene Verhütungsmethoden

Für welche Methode du dich entscheidest, hängt ganz allein von dir ab und davon, was dein Körper verträgt und was zu deiner Lebenssituation passt. Einige Verhütungsmittel müssen jeden Tag eingenommen werden, andere müssen bei jedem Mal Sex angewendet werden, und einige wirken über Monate oder Jahre hinweg. Es gibt verschiedene Methoden, zwischen denen du dich entscheiden kannst, und hoffentlich findest du eine, die zu dir passt. Die meisten dieser Verhütungsmittel bekommst du kostenlos von deinem Hausarzt bzw. deiner Hausärztin, in einer örtlichen *Sexual Health Clinic* oder in einem Familienplanungszentrum.[1]

(Es handelt sich hierbei nur um Verhütungsmittel zur Prävention. Um Notfallverhütung kümmern wir uns später.)

1 In Deutschland bekommst du die Verhütungsmittel entweder direkt in der Apotheke oder, im Fall einer hormonellen Verhütungsmethode, auf Rezept von deinem Frauenarzt oder deiner Frauenärztin.

Verhütungsmethode	Wirkung
Männerkondom (außen)	Umhüllt den Penis, damit kein Sperma in die Scheide gelangt.
Frauenkondom (innen)	Wird in der Scheide platziert, damit kein Sperma hineingelangt.
Kombinationspille	Enthält Östrogen und Gestagen. Hemmt den Eisprung (Freisetzung der Eizelle aus dem Eierstock); erschwert es den Spermien, die Eizelle zu erreichen; führt zu weniger Aufbau der Gebärmutterschleimhaut, sodass eine befruchtete Eizelle sich nicht einnisten kann.
Gestagenpille (Minipille)	Führt zur Verdickung des Schleims im Gebärmutterhals und erschwert es den Spermien, einzudringen und die Eizelle zu befruchten; verhindert manchmal den Eisprung (wenn sie Desogestrel enthält).

Gebrauch/ Anwendung	Vor- und Nachteile	
Immer, wenn du Sex hast.	Einfach anzuwenden und effektiv. Manche Leute beschweren sich, dass sie den Moment »kaputt machen« oder dass es »sich nicht echt anfühlt«, aber lass dich davon bloß nicht abhalten sie zu benutzen!	**zu 98 % sicher**
Jedes Mal, wenn du Sex hast – kann bis zu acht Stunden vorher eingelegt werden.	Lässt sich schon Stunden vor dem Sex anwenden, macht also nicht »den Moment kaputt«, wird aber seltener benutzt als das Männerkondom.	**zu 95 % sicher**
Jeden Tag zur gleichen Zeit für 21 Tage, dann eine Woche Pause (Es sei denn, du hast die mit den Placebo-Pillen, dann nimmst du sie 28 Tage durch). In der Woche, in der du Pause machst oder die Placebo-Pillen einnimmst, hast du die sogenannte »Abbruchblutung«.	Keine Unterbrechung beim Sex; kann bei heftiger/schmerzhafter Regelblutung, PMS und Akne helfen, aber du musst daran denken, sie jeden Tag einzunehmen; kann ein paar Nebenwirkungen haben, wie Kopfschmerzen, Übelkeit, empfindliche Brüste, Stimmungsschwankungen und Zwischenblutungen zu Beginn der Einnahme.	**über 99 % sicher**
Jeden Tag für 28 Tage und ohne Pause. Einige Pillen müssen im gleichen Zeitfenster von drei Stunden, andere von zwölf Stunden eingenommen werden.	Die gleichen wie bei der Kombinationspille; zusätzlich gut für Frauen, die kein Östrogen vertragen; möglicherweise unregelmäßige Regelblutung, kann aber auch weniger häufig auftreten oder ganz aufhören.	**über 99 % sicher**

Diaphragma und Verhütungskappen	Werden eingesetzt, um den Gebärmutterhals abzuschirmen und zu verhindern, dass Spermien hineingelangen. Es wird empfohlen, zusätzlich ein Spermizid (ein Gel, das Spermien abtötet) zu verwenden. Wird bei der ersten Anwendung von einem Arzt bzw. einer Ärztin oder einer anderen Fachkraft angepasst.
Hormonimplantat	Reversible Form der Langzeitverhütung. Ein vier Zentimeter langes Stäbchen (streichholzgroß) wird von einem Arzt bzw. einer Ärztin oder einer anderen Fachkraft unter der Haut im Arm eingesetzt. Enthält Gestagen. Verhindert den Eisprung; führt zur Verdickung des Schleims im Gebärmutterhals und zu geringerem Aufbau der Gebärmutterschleimhaut.
Hormonspritze	Reversible Form der Langzeitverhütung. Enthält Gestagen. Wird in einen Muskel gespritzt, normalerweise am Po oder Oberarm. Hemmt den Eisprung; führt zur Verdickung des Schleims im Gebärmutterhals und zu geringerem Aufbau der Gebärmutterschleimhaut.
IUD (Intrauterinpessar) »Kupferspirale«	Kleiner T-förmiger Kunststoffkörper, der Kupfer enthält. Wird vom Frauenarzt bzw. von der Frauenärztin über die Scheide in die Gebärmutter eingesetzt. Enthält keine Hormone. Kupfer wirkt giftig auf Spermien, sodass sie im Gebärmutterhals, in der Gebärmutter selbst und in den Eileitern nicht überleben.

Immer, wenn du Sex hast. Muss vor dem Sex eingesetzt werden und für mindestens sechs Stunden danach drinbleiben.	Bringt deinen Menstruationszyklus nicht durcheinander und unterbricht den Sex nicht (aber du solltest erneut Spermizid verwenden, wenn du drei Stunden nach dem Einsetzen erst Sex hast). Ist etwas gewöhnungsbedürftig; kann während deiner Regel nicht angewendet werden.	**in Kombination mit Spermizid zu 92–96 % sicher**
Hält drei Jahre nach Einsetzen oder bis du es entfernen lässt (auf Wunsch früher).	Unterbricht den Sex nicht; einmal eingesetzt, musst du an nichts mehr denken. Auch für Frauen geeignet, die kein Östrogen vertragen. Ähnliche Nebenwirkungen wie bei der Pille; Regelblutung könnte unregelmäßiger kommen oder ganz aufhören.	**über 99 % sicher**
Kann je nach Spritze bis zu acht, 12 oder 13 Wochen wirken	Ähnlich wie beim Hormonimplantat, allerdings wirkt die Spritze über den vollen Zeitraum, weil du sie nicht vorher entfernen lassen kannst. Mögliche Nebenwirkung ist eine Verminderung der Knochendichte, was sich meistens normalisiert, sobald die Spritze abgesetzt wird.	**über 99 % sicher**
Hält fünf bis zehn Jahre, je nach Art der Spirale.	Kann von Frauen benutzt werden, die nicht hormonell verhüten dürfen oder wollen. Regelblutung kann stärker/schmerzhafter ausfallen oder auch länger dauern. Geringes Risiko, dass sie verrutscht oder abgestoßen wird. Das Einsetzen kann unangenehm oder schmerzhaft sein.	**über 99 % sicher**

IUS (Intrauterinsystem) »Hormonspirale«	Kleiner T-förmiger Kunststoffkörper, der Gestagen enthält. Hormone wirken nur lokal in der Gebärmutter. Wird vom Frauenarzt bzw. von der Frauenärztin über die Scheide in die Gebärmutter eingesetzt. Führt zur Verdickung des Schleims im Gebärmutterhals, zu geringerem Aufbau der Gebärmutterschleimhaut und hemmt bei manchen Frauen den Eisprung.
Hormonpflaster	Ein kleines Pflaster, das auf die Haut geklebt wird. Enthält Östrogen und Gestagen. Hemmt den Eisprung; führt zu geringerem Aufbau der Gebärmutterschleimhaut.
Vaginalring	Flexibler Kunststoffring, der in die Scheide eingesetzt wird. Gibt Östrogen und Gestagen ab. Verhindert den Eisprung; führt zur Verdickung des Schleims im Gebärmutterhals und zu geringerem Aufbau der Gebärmutterschleimhaut.

Hält drei bis fünf Jahre, je nach Art der Spirale.	Kann gegen schmerzhafte und starke Regelblutungen helfen und ist für Frauen geeignet, die kein Östrogen vertragen. Regelblutung kann leichter ausfallen, kürzer dauern oder ganz aufhören. Ähnliche Nebenwirkungen wie bei anderen hormonellen Verhütungsmethoden und die gleichen Nachteile wie bei der Kupferspirale.	**über 99 % sicher**
Wird drei Wochen lang jeweils für die Dauer einer Woche getragen und jede Woche ausgewechselt. Danach hast du eine pflasterfreie Woche, in der du deine Abbruchblutung bekommst.	Unterbricht den Sex nicht und du musst nicht jeden Tag daran denken. Regelblutung könnte leichter und regelmäßiger ausfallen. Hat positive Auswirkungen auf PMS und Akne. Ähnliche Nebenwirkungen wie bei anderen hormonellen Verhütungsmethoden. Kann Hautirritationen hervorrufen; ist im Gegensatz zu anderen Verhütungsmitteln sichtbar.	**über 99 % sicher**
Du trägst ihn für 21 Tage, nimmst ihn dann raus (und wirfst ihn weg), anschließend Pause von sieben Tagen, in denen du deine Abbruchblutung bekommst; anschließend setzt du einen neuen ein. Kann zu Hause selbst eingelegt und entfernt werden.	Du kannst ihn einfach selbst einsetzen und musst nur alle 21 Tage daran denken. Regelblutung kann leichter bzw. schmerzfreier ausfallen und regelmäßiger auftreten. Kann ähnliche Nebenwirkungen wie andere hormonelle Verhütungsmethoden haben und zu Scheidenentzündungen und Ausfluss führen.	**über 99 % sicher**

Sterilisation der Frau	Eileiter werden abgetrennt, verödet oder blockiert, sodass die Spermien die Eizelle nicht mehr befruchten können. Regelblutung bleibt bestehen.
Sterilisation des Mannes	Der Samenleiter, der die Spermien vom Hoden zum Penis befördert, wird durchtrennt und verödet oder abgebunden.
Bestimmung der fruchtbaren Tage oder natürliche Familienplanung	Du findest heraus, an welchen Tagen deines Zyklus du fruchtbar bist, und vermeidest ungeschützten Sex in dieser Zeit. Muss dir von einer Fachkraft beigebracht werden. Du überwachst deine Körpertemperatur, den Schleim im Gebärmutterhals und die Länge deines Menstruationszyklus.

Nachhaltige Methode für Menschen, die keine Kinder oder nicht noch mehr Kinder haben wollen. Wirkung setzt nach vier Wochen bis drei Monaten ein.	Du musst nicht mehr über Verhütung nachdenken, lässt sich aber nur sehr schwer wieder rückgängig machen. In Ausnahmefällen können Eileiter wieder zusammengeschlossen werden.	**über 99 % sicher**
Genau wie bei der Sterilisation der Frau.	Genau wie bei der Sterilisation der Frau.	**über 99 % sicher**
Natürliche Körpersignale werden jeden Tag aufgezeichnet und überwacht, zum Beispiel deine Temperatur, um die fruchtbaren Tage deines Zyklus zu bestimmen.	Kann zur Vermeidung oder Planung einer Schwangerschaft genutzt werden. Du musst keine Hormone nehmen und bist auch nicht auf ein Verhütungsmittel angewiesen; erfordert aber Zuverlässigkeit und tägliche Aufzeichnungen. Es dauert ein paar Monate, bis du deinen genauen Zyklus und die fruchtbaren Tage bestimmen kannst. Wirst du krank, ist es schwierig, die Messungen richtig zu deuten. Methode ist bei unregelmäßigem Zyklus problematisch.	**über 99 % sicher (bei richtiger Anwendung – aber bei über 75 % passieren Fehler**

Wie man ein Kondom überrollt

Als ich 14 Jahre alt war, kam die Schulkrankenschwester zu uns in den PSHE-Unterricht (Personal, Social and Health Education), um uns etwas über das Thema Verhütungsmittel beizubringen. In Gruppen bekamen wir ein Reagenzglas und ein Kondom – wenn ich heute darüber nachdenke, ist das eigentliche Objekt doch ein bisschen breiter als die Reagenzgläser, mit denen wir geübt haben … In meiner Gruppe haben sich alle etwas angestellt und wollten das Kondom nicht anfassen (und da macht man sich Sorgen, dass die jungen Leute zu sexualisiert sind – wir trauten uns ja nicht mal, ein ekliges, glibberiges Kondom anzufassen). Na ja, da Sexualkunde mir aber einfach im Blut liegt, meldete ich mich freiwillig. Ich nahm das Kondom aus der Verpackung und zog es über das Reagenzglas. Allerdings rollte es sofort wieder zurück nach oben. Die Krankenschwester kam herüber, um es sich anzusehen, und erklärte mir, dass ich es falsch herum draufgezogen hatte … ups! Gut, dass ich mit einem Reagenzglas geübt habe, bevor ich einen echten Penis vor mir hatte, was? Also aufgepasst, so macht man es richtig:

1 *Überprüf das Haltbarkeitsdatum. Abgelaufene Kondome gehen schneller kaputt.* ***Das Haltbarkeitsdatum steht nicht umsonst darauf.***

2 *Reiß die Verpackung an einer Ecke auf,* ***und zwar NICHT mit den Zähnen.*** *Du willst das Kondom doch nicht kaputt machen, bevor ihr es überhaupt benutzt habt. Und dabei spielt es auch keine Rolle, wie sexy du aussiehst, wenn du eine Kondomverpackung mit den Zähnen aufreißt –* ***wirklich niemand kann ein Kondom mit Löchern gebrauchen.***

3 *Schau, ob es richtig herum draufsitzt –* ***es sollte wie ein kleiner Hut aussehen und sich nach außen abrollen lassen.*** *Probier es aus, um ganz sicherzugehen.*

4 *Drück das obere Ende des Kondoms mit Daumen und Zeigefinger zusammen und setz es dann auf den Penis. So kommt keine Luft hinein –* ***ist Luft darunter, kann das Kondom platzen.***

5 *Roll es über den Penis nach unten. Wenn es verkehrt herum draufsitzt, wirf das Kondom weg und nimm ein neues.* ***Dreh es nicht einfach um und setz es dann wieder drauf!*** *Durch den Lusttropfen könnte es schon Sperma abbekommen haben.*

6 ***Beschmier es mit Gleitgel, wenn du willst.*** *Aber pass auf, dass du Gleitgel auf Wasserbasis (nicht auf Ölbasis) benutzt! Wenn du mir nicht glaubst, versuch mal ein Kondom aufzublasen und es mit Vaseline einzureiben.*

7 ***Habt Spaß!***

8 ***Halt das Kondom beim Herausziehen des Penis unten fest*** *– das verhindert, dass es abrutscht.*

9 *Zieh das Kondom ab,* ***knote es zusammen*** *und wirf es in den Müll.*

Herzlichen Glückwunsch, du hast soeben erfolgreich ein Kondom be-nutzt! Du kannst Kondome in den meisten Apotheken und auf den Toiletten einiger Bars und Klubs kaufen, bekommst sie aber auch kostenfrei bei Ärzt*innen oder in *Sexual Health Clinics.*[1] (Was man mit Kondomen sonst noch machen kann: aufblasen und Gesichter draufmalen. Es wäre gelogen zu behaupten, ich hätte das noch nie ausprobiert.)

1 In Deutschland kannst du Kondome in jedem Drogeriemarkt kaufen oder auch im Internet bestellen.

Notfallverhütung und Abtreibung

Was passiert, wenn du aus irgendeinem Grund nicht verhütet hast oder die von dir gewählte Methode schiefgegangen ist? Na ja, wenn du nicht unbedingt schwanger werden und ein Kind bekommen möchtest, gibt es Alternativen. Da hätten wir die Pille danach, die Kupferspirale und Abtreibung. Aber denk dran, dass diese Methoden nicht zur normalen Verhütung angewendet werden, sondern nur in Notfällen (außer die Kupferspirale)! Es ist nicht gesund, jedes Mal ungeschützten Sex zu haben und die Pille danach zu nehmen – und auf eine Abtreibung können die meisten auch gut verzichten.

Notfallverhütung

In meinem ganzen Leben musste ich die Pille danach bisher nur zwei Mal nehmen. Ich habe auch nicht vor, es noch einmal zu tun, aber man kann nie wissen, was das Leben für einen bereithält … Das erste Mal habe ich sie genommen, da war ich 16, und das zweite Mal mit 17. Beide Male ist das Kondom gerissen und ich habe zu dem Zeitpunkt nicht mit der Pille verhütet. Ein echter Stimmungskiller. Ich bin dann zur Apotheke gegangen. Mein Partner hat mich begleitet und seelisch unterstützt. In Großbritannien kannst du die Pille danach einfach rezeptfrei kaufen. Da sie aber ziemlich teuer ist und wir sie uns damals nicht leisten konnten, musste ich der Apothekerin ein paar Fragen beantworten, bevor ich sie kostenfrei bekommen habe. Abgesehen davon, dass ich schreckliche Angst hatte und mir furchtbare Sorgen gemacht habe, ging alles glatt und ich war sehr erleichtert, als ich meine nächste Periode bekam. Viele Leute hatten mich vor der Pille danach gewarnt, weil sie deinen Körper mit Unmengen von Hormonen vollpumpt, damit du nicht schwanger wirst. Meine Mum hat sie auch schon mal genommen und erzählt, ihr sei davon richtig schlecht geworden. Ich habe allerdings nichts gemerkt. Was für ein Glück! Meine Mum vermutet, es ist ein Zeichen dafür, dass ich später eine unkomplizierte Schwangerschaft haben werde, aber darüber muss ich ja jetzt noch nicht nachdenken.

Wenn du ungeschützten Sex hattest oder denkst, dass deine Verhütungsmethode schiefgegangen ist, du aber eine Schwangerschaft vermeiden willst, hast du zwei Möglichkeiten: die Pille danach oder die Kupferspirale.

Die Pille danach: Die Pille danach direkt danach zu nehmen ist tatsächlich am besten, denn je eher du sie nach ungeschütztem Geschlechtsverkehr einnimmst, desto wirksamer ist sie. Abhängig vom Präparat kann sie bis zu 72 Stunden (drei Tage) oder 120 Stunden (fünf Tage) nach ungeschütztem Sex eingenommen werden, wobei die Zuverlässigkeit nachlässt, je mehr Zeit verstreicht. Die Pille danach verhindert oder verzögert den Eisprung und es kann sein, dass du deine Tage entweder früher oder später als sonst bekommst. Die Pille danach kann Übelkeit, Schwindel, Müdigkeit, Kopfschmerzen, empfindliche Brüste und Unterleibsschmerzen verursachen. Wenn du dich innerhalb von zwei Stunden nach der Einnahme übergeben musst, könnte es sein, dass du sie erbrochen hast. Dann solltest du erneut die Apotheke oder deinen Frauenarzt bzw. deine Frauenärztin aufsuchen. Vielleicht musst du sie noch mal nehmen. Was du dir merken solltest, ist, dass die Pille danach keine Abtreibung ist oder zu einer Abtreibung führt. Sie dient nur zur Empfängnisverhütung. Als ich noch zur Schule gegangen bin, waren eine Menge Gerüchte über die Pille danach im Umlauf, zum Beispiel: Sie hat eine so starke Wirkung, dass du sie nur drei Mal in deinem ganzen Leben nehmen darfst. Mit 17, als ich schon zwei genommen hatte, dachte ich, ich würde meinem Körper schreckliche Dinge zumuten und immer mehr Leben verlieren, wie in einem Videospiel. Dabei habe ich mir völlig umsonst Sorgen gemacht, weil das einfach nicht stimmt. Es gibt keine maximale Anzahl, wie viele du in deinem Leben nehmen darfst. Trotzdem solltest du nur in Notfällen darauf zurückgreifen. Wenn du nicht schwanger werden willst, musst du dich schon im Voraus um andere Verhütungsmethoden kümmern.

Kupferspirale: Die Kupferspirale kann nicht nur zur Langzeitverhütung, sondern auch in Notfällen benutzt werden. Sie verhindert, dass sich eine Eizelle in der Gebärmutter einnistet. Nach dem ungeschützten Geschlechtsverkehr muss sie innerhalb von fünf Tagen von einem Frauenarzt, einer Frauenärztin oder einer anderen Fachkraft eingesetzt werden. Greifst du im Notfall auf die Kupferspirale zurück, kannst du sie danach als reguläre Verhütungsmethode weiterverwenden.

Abtreibung

Wir haben darüber gesprochen, wie du eine Schwangerschaft verhinderst, aber was passiert, wenn du herausfindest, dass du schwanger bist, und du das Baby aus irgendeinem Grund nicht austragen möchtest? Ein Drittel aller Frauen haben bis zum Alter von 45 schon mal abgetrieben. Als ich diese Zahl zum ersten Mal gehört habe, war ich geschockt – aber wahrscheinlich kommt sie einem nur so hoch vor, weil das ein Thema ist, über das die Leute nicht wirklich gerne reden. In Großbritannien ist eine Abtreibung in den ersten 24 Wochen legal, unter der Voraussetzung, dass zwei Ärzt*innen zu dem Schluss kommen, eine Fortführung der Schwangerschaft wäre eine körperliche oder seelische Belastung für dich. Die Kosten einer Abtreibung werden vom *National Health Care Service* übernommen.[1] Was du dir unbedingt merken solltest: Du entscheidest. Es ist dein Körper, deine Schwangerschaft und nur du kannst eine Entscheidung treffen. Trotzdem ist es immer vorteilhaft, mit anderen darüber zu sprechen. Eine solche Entscheidung ist nicht leicht und vielleicht wünschst du dir Unterstützung aus deinem Umfeld. Wenn du nicht willst, musst du es niemandem erzählen, und dein Arzt bzw. deine Ärztin wird es auch nicht tun.
Es gibt verschiedene Arten der Abtreibung, je nachdem, wie weit fortgeschritten die Schwangerschaft schon ist. Abzutreiben ist nicht besonders gefährlich, aber wie bei jedem medizinischen Verfahren sind auch hier ein paar Risiken damit verbunden. Wenn du schwanger bist und über eine Abtreibung nachdenkst, hol dir die Unterstützung, die du brauchst, und denk immer dran: Was du tust, ist ganz allein deine Entscheidung, niemand anders kann sie für dich treffen.

---

1 In Deutschland wird die Abtreibung von gesetzlichen Krankenkassen übernommen, wenn triftige Gründe vorliegen, zum Beispiel, wenn das körperliche oder seelische Wohlergehen gefährdet oder die Schwangerschaft Folge einer Vergewaltigung ist.

The Hormone Diaries – Das Hormontagebuch

Als ich 17 war, habe ich mich für die Pille entschieden. Ich war in einer festen Beziehung und mein Freund und ich wollten keine Kondome mehr benutzen (wir hatten uns vorher beide auf sexuell übertragbare Infektionen testen lassen). Weil ich noch andere Medikamente einnehmen musste, durfte ich nicht mit Östrogen verhüten, also bekam ich die Cerazette, eine Gestagenpille. Ich hatte Glück, dass mein Körper sie gut vertrug. Auch negative Nebenwirkungen konnte ich keine feststellen, außer dass meine Periode letztendlich ganz ausgeblieben ist. Schon bevor ich die Pille genommen habe, kamen meine Tage wegen meiner Colitis ulcerosa ziemlich unregelmäßig, aber ich habe bei meinen Ärzt*innen nachgefragt und sie meinten, das sei eine ganz normale Nebenwirkung. Da war ich beruhigt. Allerdings habe ich in den ersten zwei Jahren, in denen ich sie genommen habe, jedes Mal nachgefragt, wenn ich mir ein neues Rezept besorgt habe – nur um sicherzugehen.
Nachdem ich sieben Jahre die gleiche Pille genommen hatte, ohne Periode und ohne Probleme, habe ich mich entschieden sie abzusetzen und die Veränderungen auf meinem YouTube-Kanal in einer Serie namens *The Hormone Diaries* festzuhalten. Ich höre dich quasi brüllen: »Warum hast du sie abgesetzt?! Du hattest doch keine Periode – das ist doch ein Segen! Bist du bescheuert?!« Ähm, ja, vielleicht bin ich bescheuert. Aber in mir hatte sich etwas verändert. Ich habe mich wie betäubt, nicht mehr als »Frau« gefühlt. Ich hatte keinen Zyklus, keine Höhen und Tiefen, kein sich veränderndes Körpergefühl, keine Stimmungs- und keine Libidoschwankungen. Alles verlief so monoton und langweilig, ich wollte die natürlichen Veränderungen in meinem Körper einfach wieder spüren. Deswegen wollte ich nicht mehr hormonell

verhüten. Sechseinhalb Wochen später bekam ich das erste Mal nach sieben Jahren wieder meine Tage. Und es war echt komisch! Aber ich habe etwas Wichtiges dabei gelernt. Es ist nämlich so, dass etwas für einen anderen Menschen richtig sein kann, sich für dich aber vielleicht nicht richtig anfühlt. Und was für dich früher mal richtig war, muss heute nicht mehr unbedingt richtig sein. Hör auf deinen Körper, behandle ihn gut, zieh deine aktuelle Lebenssituation in Betracht und finde heraus, was für dich das Beste ist. Jetzt gerade bleibe ich erst mal wieder bei Kondomen, aber man kann ja nie wissen – vielleicht ändert sich das in Zukunft, wenn ich von meiner Periode wieder die Schnauze voll habe oder in einer festen Beziehung bin oder (ganz weit in der Zukunft) schwanger werden möchte. Es gibt keine Standardlösung für Verhütung. Wir probieren alle herum und wollen nur das Beste. Die wichtigste Weisheit aus den *Hormone Diaries*, die ich noch mit dir teilen möchte: Tausch deine Erfahrungen mit anderen Menschen aus. Erfahrungen sind wertvolle Informationen und wir sollten nicht schüchtern sein und sie für uns behalten. Jeder Rat eine gute Tat. Ich habe sehr viel von Leuten gelernt, die ihre Erfahrungen über Hormone, Verhütung und ihre Periode in die Kommentare zu meinen Videos geschrieben haben, und mir hat das sehr geholfen eigene Entscheidungen in Bezug auf meinen Körper und meine Periode zu treffen.

Kapitel 11

Sexuell übertragbare Infektionen

Als ich 14 war, hatten wir eine Sexualkundestunde zum Thema Geschlechtskrankheiten bzw. STIs (englisch für sexually transmitted infections), die hauptsächlich aus einer Diashow mit Bildern von verschiedenen Geschlechtsteilen und unbehandelten Infektionen bestand.

Das hat mich für mein Leben geprägt. Es hat mir Angst vor Sex gemacht. Außerdem habe ich mich gefragt, warum nicht alle Menschen Kondome benutzten, und insgesamt fand ich das Ganze einfach eklig. Das war sexnegative Aufklärung, würde ich sagen. Man hat uns damit gezeigt, dass sexuell übertragbare Krankheiten grauenvoll sind, und uns abgeschreckt, damit wir auch ja immer ein Kondom benutzen und uns testen lassen. Die letzten zwei Hinweise sind gar nicht so übel – ja zu Kondomen und ja zum Test! Aber das Stigma dieser Infektionen noch zu verschlimmern war nicht wirklich hilfreich. Jahrelang hielt ich Menschen mit Geschlechtskrankheiten für unhygienisch, schmutzig und für dumm, weil sie sich so was eingefangen hatten, und diese Meinung vertrat ich auch vor meinen Freund*innen. Oh Mann, und wie falsch ich damit lag! Man sollte uns helfen STIs zu verstehen, nicht sie zu fürchten. Und wir sollten Mitgefühl mit den Menschen zeigen, die sie bekommen, anstatt sie zu beleidigen (statistisch gesehen werden recht viele deiner Freund*innen mindestens einmal in ihrem Leben betroffen sein). Uns sollte auch beigebracht werden, wie wir über STIs reden können, vor allem mit unseren Sexualpartner*innen. Für jede gesunde Beziehung ist dieses Gespräch superwichtig. STIs können durch ungeschützte sexuelle Aktivitäten übertragen werden und Kondome sind die einzigen Verhütungsmittel, die sowohl vor einer Schwangerschaft als auch vor Infektionen schützen. Benutz also ein Kondom, selbst wenn du die Pille nimmst oder ein Hormonimplantat hast. Wir dürfen den Menschen keine Angst vor STIs einflößen. Trotzdem solltest du wissen, dass es sie gibt. Hier also eine Liste der häufigsten STIs:

Chlamydien

Die häufigste sexuell übertragbare Krankheit bei jungen Leuten. Oft treten keine Symptome auf, behandelt man diese Bakterien aber nicht, kann die Fruchtbarkeit bei Männern und Frauen beeinträchtigt werden. Mögliche Symptome sind ungewöhnlicher Ausfluss und Schmerzen beim Pinkeln. Sie können durch ungeschützten vaginalen, analen oder oralen Sex, durch das Teilen von Sextoys und durch Hautkontakt im Intimbereich übertragen werden. Sie lassen sich relativ leicht mit Antibiotika behandeln.

Gonorrhö (Tripper)

Eine bakterielle Infektion, ähnlich wie Chlamydien. Auch hier treten bei einigen Menschen keine Symptome auf. Wenn du also ungeschützten Sex hattest, ist es besser, du lässt dich testen. Sie kann mit Antibiotika behandelt werden. Allerdings gibt es zunehmend Fälle von Super-Tripper, einem resistenten Erreger.

HIV (Humanes Immundefizienz-Virus)

Ein Virus, das das Immunsystem angreift und sich zu Aids (*Acquired Immune Deficiency Syndrome*, also erworbenes Immunschwächesyndrom) weiterentwickeln kann. Bei Aids ist der Körper nicht mehr in der Lage, lebensbedrohliche Infektionen zu bekämpfen. Anders als noch vor 30 Jahren ist ein HIV-positives Ergebnis heute kein Todesurteil mehr. Es kann zwar nicht geheilt, aber behandelt werden. Bei den meisten Leuten verhindert die Früherkennung von HIV eine Weiterentwicklung zu Aids. Heutzutage gibt es eine medikamentöse Therapie, unter deren Anwendung HIV nicht mehr nachweisbar ist. Auch wenn du also HIV-positiv bist, kannst du andere Personen dann nicht mehr anstecken. HIV kann durch Blut, Sperma oder Scheidenausfluss übertragen werden. Benutz also ein Kondom! Und wenn du glaubst, du könntest dich angesteckt haben, lass dich testen!

Genitalherpes

Eine Virusinfektion, bei der wunde Stellen und Bläschen im Genitalbereich auftreten. Es handelt sich um den gleichen Erreger wie bei Lippenherpes. Die Infektion ist hochgradig ansteckend und kann durch jede Form des sexuellen Kontakts übertragen werden. Einige Personen, die mit diesem Virus infiziert sind, zeigen möglicherweise keinerlei Symptome, können andere Menschen aber trotzdem anstecken … vor allem unmittelbar vor, während oder nach einem Ausbruch. Weil es sich um eine Virusinfektion handelt, ist keine Heilung möglich, aber es gibt Behandlungsmethoden, die dabei helfen, die Ausbrüche der Infektion zu kontrollieren und das Risiko einer Ansteckung zu verringern.

Feigwarzen

Feigwarzen, ausgelöst durch HPV (das humane Papillomavirus), sind die zweitmeistverbreitete STI unter jungen Leuten. Es kommt zu kleinen Auswüchsen oder Pickelchen im Genitalbereich. Nicht jede*r mit HPV bekommt automatisch Feigwarzen. Warzen an Händen und Füßen werden übrigens von einem anderen Virus ausgelöst. Feigwarzen werden durch Hautkontakt übertragen und können auch dann ansteckend sein, wenn man sie nicht sieht. Du kannst dich selbst davor schützen, indem du Kondome benutzt, allerdings kann HPV trotzdem über Hautkontakt im umliegenden Genitalbereich übertragen werden. Eine Behandlung der Feigwarzen kann durch Salben, Tinkturen oder Entfernung durch Vereisung oder Verbrennung erfolgen.

Syphilis

Syphilis ist nicht sehr verbreitet, kommt mittlerweile aber wieder häufiger vor. Es handelt sich um eine bakterielle Infektion in drei Stadien, die zu schweren Krankheiten und sogar zum Tod führen kann, wenn sie nicht behandelt wird. Das erste Symptom ist ein schmerzloses Geschwür im Genital- oder Analbereich, möglicherweise gefolgt von Ausschlag, kleinen Auswüchsen auf der Haut, Grippesymptomen, geschwollenen Lymphknoten, Gewichtsabnahme und stellenweisem Haarausfall. Wenn die Syphilis früh erkannt wird, können Antibiotika zur Behandlung gespritzt werden.

Es gibt noch weitere sexuell übertragbare Infektionen, die hier aufgelisteten sind aber die bekanntesten. Achte darauf, dass du jedes Mal beim Sex ein Kondom benutzt, und wenn du doch mal ungeschützten Geschlechtsverkehr hast, dann lass dich so schnell wie möglich testen. Es ist immer gut, über seine Gesundheit Bescheid zu wissen.

Schluss mit den Gerüchten!

Du kannst dich beim Küssen, Umarmen, in Schwimmbädern und auf Toiletten mit STIs anstecken oder wenn du dir mit jemandem ein Handtuch teilst.

Die meisten STIs werden so nicht übertragen, da eine Ansteckung nur über Blut, Sperma, Scheidenausfluss oder Hautkontakt im Genitalbereich möglich ist. Allerdings kann Herpes, falls du ein Herpesbläschen an der Lippe hast, beim Küssen übertragen werden, und Filzläuse können durch gemeinsame Nutzung von Handtüchern und Bettlaken weitergegeben werden.

Du kannst keine STIs bekommen, wenn kein Geschlechtsverkehr oder Samenerguss stattgefunden hat.

Manche STIs werden durch Hautkontakt im Genitalbereich übertragen und auch über den Lusttropfen kann man sich schon infizieren.

HIV können nur Männer bekommen, die Sex mit anderen Männern haben.

Dieses Gerücht stammt noch aus den 80er-Jahren, der Zeit der Aids-Epidemie, bei der hauptsächlich homo- und bisexuelle Männer betroffen waren. Analsex ist die sexuelle Aktivität mit dem höchsten Risiko einer Ansteckung, weswegen homosexuelle Männer am meisten gefährdet sind. Frauen und heterosexuelle Männer können HIV aber ebenso bekommen. Das Virus wird durch Sperma, Scheidenausfluss und Blut übertragen.

Beim Oralsex kannst du dich nicht mit STIs anstecken.

Doch, kannst du! Viele STIs können auch durch Oralsex übertragen werden. Um dich also selbst zu schützen, solltest du immer ein Kondom über den Penis ziehen oder mit einem Oralschutztuch aus Latex die Scheide oder den Anus bedecken.

Nur Menschen mit häufig wechselnden Partner*innen infizieren sich.

Nein, nein, nein! Jeder kann sich mit einer STI anstecken und dabei ist es völlig egal, mit wie vielen Menschen du geschlafen hast. Ungeschützter Sex ist immer ein Risiko. Das ist nur ein weiteres Gerücht zur Beleidigung von Menschen, die oft Sex haben.

Wenn du eine STI hast, kannst du nie wieder Sex haben.

Stimmt nicht! Du kannst immer noch Sex haben, auch wenn du dich in der Vergangenheit mit einer STI angesteckt hast oder momentan infiziert bist. Benutz nur immer ein Kondom und sei deinen Partner*innen gegenüber ehrlich, damit ihr die nötigen Vorkehrungen treffen könnt.

*Wie du mit deinen Partner*innen über STIs sprechen kannst*

Ich bin ganz ehrlich: Erst letztens habe ich einen richtigen Schreck bekommen, weil ich dachte, ich hätte mir eine Infektion eingefangen. Ich benutze immer Kondome und lasse mich regelmäßig auf STIs testen, vielleicht nur nicht ganz so regelmäßig, wie ich es gern hätte. Mein wohlgemeinter Rat ist (und ab jetzt werde ich anfangen meinen eigenen Rat zu befolgen): Wenn du sexuell aktiv bist und mit verschiedenen Menschen schläfst, dann lass dich einmal im Jahr, besser noch alle sechs Monate testen, oder zumindest jedes Mal, wenn du den Sexualpartner oder die Sexualpartnerin wechselst. Und noch etwas: Wenn du ungezwungen mit jemandem Sex hast, dann geh auf Nummer sicher und tausch die Kontaktdaten mit deinem Gegenüber aus – vollkommen egal, ob du vorhast dich zu melden oder sie bzw. ihn noch einmal wiederzusehen. So könnt ihr nämlich Kontakt aufnehmen, für den Fall, dass sich eine*r von euch eine Infektion eingefangen hat. Es ist natürlich keine besonders schöne Situation, aber du musst deine letzten Sexualpartner*innen informieren, damit sie sich auch testen lassen, und dafür brauchst du entweder ihre Handynummer oder ihren vollen Facebook-Namen. Sie könnten sich angesteckt haben, und wenn sie sich nicht testen lassen, geben sie es vielleicht unabsichtlich an jemand anderes weiter. Du würdest doch auch wissen wollen, wenn jemand, mit dem du geschlafen hast, eine STI hat, oder? Das bringt mich auch wieder zurück zu meiner Story. Letztens hatte ich folgendes Gespräch mit jemandem, mit dem ich zwei Monate zuvor geschlafen hatte.

Nennen wir ihn Matt.

Matt: Hey Hannah
Hast du dich in letzter Zeit zufällig mal auf Geschlechtskrankheiten testen lassen?

Ich: Vor ein paar Monaten. War alles sauber. Wieso? Hast du dir was eingefangen? Hab gerade noch mal nachgeguckt. Der letzte Test war im November.

Matt: Also … ich hab mich heute testen lassen. Irgendwer hat mir in den letzten Monaten Chlamydien verpasst. Wir hatten ja geschützten Sex, du warst es also nicht.

Ich: Ach, Scheiße. Trotzdem danke fürs Bescheidgeben! Werd mich so schnell wie möglich durchchecken lassen. Hätte allerdings auch schlimmer kommen können! Ein paar Tabletten und weg sind sie :)

Matt: Genau :) Ich dachte trotzdem, ich sag dir lieber Bescheid, damit du dich testen lässt.

Ich: Jaaa danke! :D

Matt: Haha, kein Ding, sorry, wenn du das jetzt evtl. auch hast. Ich fühl mich echt mies deswegen.

Ich: Wir haben ein Kondom benutzt, also hoffentlich nicht! Aber keine Sorge. Ich bin nicht sauer oder so.

Matt: Danke :) das beruhigt mich.

Das war das erste Mal, dass ich so ein Gespräch mit einem Sexualpartner hatte, aber ich bin sehr stolz darauf, wie wir damit umgegangen sind. Ich bin mir ziemlich sicher, dass es auch andere Szenarien gibt, die nicht so gut ablaufen. Ich bereue nur, gesagt zu haben, dass bei mir alles »sauber« war und alles schlimmer hätte kommen können. Geschlechtskrankheiten sollte man nie unterschätzen. Chlamydien lassen sich aber relativ leicht behandeln, und ich glaube, ich wollte einfach, dass er sich besser fühlt. Sagt man allerdings, dass man »sauber« ist, wenn man keine STIs hat, dann geht man auch automatisch davon aus, dass Leute, die STIs haben, »schmutzig« sind. So etwas werde ich in Zukunft nicht mehr sagen.

Spoiler-Alarm: Ich habe übrigens keine Chlamydien. Kondome funktionieren tatsächlich, Leute!

Ein Gespräch über STIs zu führen ist in jeder sexuellen Beziehung wichtig – ihr könnt auch gemeinsam zu einer *Sexual Health Clinic* gehen[1]. Mein Freund und ich haben uns zusammen testen lassen, als wir 17 waren. Ich war so froh, dass ich jemanden dabeihatte. Zum ersten Mal dort hinzugehen kann echt nervenaufreibend sein. Außerdem ist es ein Zeichen, dass ihr einander vertraut und euch respektiert.

Was, wenn dein Partner oder deine Partnerin sich weigert einen Test zu machen und mit so etwas kommt wie: »Vertraust du mir nicht?« MACH SCHLUSS! Okay, vielleicht nicht sofort, aber du solltest auf jeden Fall nachfragen, was dahintersteckt. Ist er oder sie davon überzeugt, nichts zu haben, weil er oder sie immer geschützten Sex hatte? Ist es deinem Gegenüber vielleicht peinlich, in eine *Sexual Health Clinic* zu gehen? Denkt er oder sie, es wäre alles in Ordnung, weil keine Symptome aufgetreten sind? Versuch unter vier Augen ruhig mit der Person darüber zu reden und gib ihr vielleicht auch dieses Buch zu lesen ;). Ohne Witz: Wenn du jemanden bittest sich testen zu lassen und er oder sie weigert sich, dann ist das ein Warnsignal. Sich testen zu lassen zeigt, dass du den Menschen, mit dem du schläfst, respektvoll behandelst. Wenn selbst ein vernünftiges Gespräch nichts bringt, dann mach Schluss. Oder verweigere ihnen den Sex so lange, bis sie sich testen lassen.

---

1 In Deutschland gibt es eine solche Einrichtung nicht. Ansprechpartner*innen sind hier die Gesundheitsämter oder Ärzt*innen.

Anonym über Chlamydien

Ich glaube, niemand geht davon aus, sich WIRKLICH mit einer STI anzustecken. Ich hätte nie gedacht, irgendwann einmal in einer Chlamydien-Statistik aufzutauchen, und ich hätte mir auch nie vorstellen können, wie ich mich mit der am häufigsten diagnostizierten STI der Welt fühlen würde.

*Ich war schon immer »die mit dem Freund«. Diejenige, die nie Kondome benutzt, weil sie in einer dauerhaften, vertrauensvollen, monogamen Beziehung steckt. An der Uni haben mich viele meiner Freund*innen beim Mittagessen regelmäßig über ihren aktuellen sexuellen Gesundheitsstatus auf dem Laufenden gehalten, und obwohl ich Mitgefühl hatte – mir drehte sich dabei der Magen um. Ich war schon immer empfindlich, was Infektionen und Krankheiten angeht. Und der Gedanke, dass STIs durch Körperflüssigkeiten übertragen werden können, hat mich extrem angeekelt. Nachdem mein Partner und ich uns getrennt hatten, vermisste ich es sehr, mich beim Sex »hundertprozentig sicher« zu fühlen. Etwas verkrampft probierte ich Sex mit verschiedenen Partnern aus. Und schnell merkte ich wieder, wie sehr ich Kondome verabscheue. Sie störten einfach mein persönliches Lustempfinden. Deswegen habe ich meine neuen Lover ein paarmal gefragt, ob wir uns nur auf den Schutz meiner Pille verlassen könnten. (Allerdings habe ich nur darüber nachgedacht, nicht schwanger zu werden, und überhaupt nicht daran, dass ich mich mit irgendwelchen unerwünschten Infektionen anstecken könnte … Ich erlag dem Glauben, MIR würde so etwas nie passieren.) Nach kondomlosem Sex haben wir uns letzten Endes aber immer beide testen lassen. Dann fing ich irgendwann an mich mit einem echt attraktiven und lustigen Typen zu treffen und verliebte mich Hals über Kopf in ihn. Oder ich hatte einfach nur Lust auf ihn. Liebeslust? Ach, wen interessiert's … er war einfach megaheiß! Als wir uns entschieden, den nächsten Schritt zu gehen, führten wir DAS GESPRÄCH. Das Gespräch über Testergebnisse, das alle Paare, die einvernehmlichen Sex haben, führen sollten. Ich war kurz in* *der Arztpraxis, habe einen Abstrich machen und eine Blutprobe entnehmen lassen. Bei mir war alles okay. Ich zeigte meinem Partner das Ergebnis und er meinte sehr überzeugend (zumindest kam es mir so vor): »Ach ja, so sieht das bei mir auch aus. Mein Ergebnis liegt zu Hause ... wir können also!« Ich glaubte ihm. Habe keine weiteren Fragen gestellt. Weil ich blöd war. Eine sexuell aufregende Zeit brach an. Es war alles super, bis ich herausfand, dass er fremdgegangen war. Ich kontaktierte die andere Frau (die von mir ebenso wenig gewusst hatte) und sie gab zu, dass sie auch kein Kondom benutzt hatten. Wir waren beide richtig sauer. »Wenn er uns beide betrogen hat, mit wem hat er dann noch alles geschlafen?« Das war dann auch das Ende der Beziehung. Ich ergriff die Flucht.*

Spulen wir schnell zwei Wochen vor, um sämtliche »Es tut mir so leid«-Nachrichten und den ganzen Psychostress zu überspringen. Besorgt wartete ich auf das Ergebnis meines letzten Tests beim Gynäkologen. »Sie haben Chlamydien«, wurde mir am Telefon gesagt. »Die kommen häufig vor und man kann sich über ungeschützten vaginalen, analen oder oralen Sex mit einer bereits infizierten Person anstecken. Bei Ihnen haben wir es früh erkannt, deshalb ist alles in Ordnung. Chlamydien sind behandelbar, aber Sie haben trotzdem Glück, denn die Krankheit ist recht unauffällig und meistens treten keine Symptome auf. Wenn man sie nicht behandelt, können Chlamydien zu Unfruchtbarkeit führen. Sie müssen jetzt nur einmalig vier Tabletten einnehmen und dann haben Sie es hinter sich. Bitte informieren Sie auch jede Person, mit der Sie kürzlich geschlafen haben.« Ich fühlte mich leer und gleichzeitig angewidert. Ich war weder in der Lage, klar zu denken, noch überhaupt aufzustehen. Die Wörter »häufig« und »behandelbar« machten es kein bisschen besser. Ich war mit einer STI infiziert, und hätte ich es nicht bemerkt, hätte ich eventuell keine Kinder mehr bekommen können (etwas, das ich schon immer wollte). Noch dazu war es ganz allein meine Schuld, weil ich meinem neuen Macker blind vertraut und nicht darauf bestanden hatte, sein Testergebnis zu sehen. Ich habe meine eigene Gesundheit aufs Spiel gesetzt, nur um ohne Kondom ein bisschen mehr Spaß zu haben. Am *nächsten Tag holte ich die vier Tabletten ab, die ich zur Behandlung der Chlamydien brauchte, und spülte sie in der Küche mit einem großen Schluck Wasser hinunter. Keine Ahnung, was ich erwartete ... vielleicht, dass alles wieder so werden würde wie vorher. Dass ich mich sauber und sexy fühlen und direkt wieder Bock auf Sex haben würde. Leider war das nicht so. Über ein, zwei Monate habe ich immer wieder ausführlich mit Freund*innen darüber gesprochen und es ist schwer zu beschreiben, aber irgendwie fühlte ich mich ... unsauber. Schmutzig. Kaputt. Verdorben. Eklig. Vielleicht hatte es etwas mit gesellschaftlichen Konventionen zu tun oder mit meiner angeborenen Angst, dass irgendetwas mit meinem Körper falsch laufen könnte, oder es war eine Kombination aus beidem. Auf jeden Fall hat mich diese Erfahrung viel, viel mehr mitgenommen, als ich je gedacht hätte.*

Ich fing an weite Klamotten zu tragen und ging jeder Gelegenheit, Sex zu haben, aus dem Weg – etwas, das ich vorher nie getan hatte. Normalerweise wäre das Erste, was ein Partner an mir feststellen würde, dass ich nicht der Typ bin, der sagt: »Sorry, heute Abend nicht, ich habe Kopfschmerzen.« Ich hatte schon immer einen ziemlich ausgeprägten Sexualtrieb. Nach der Sache mit den Chlamydien allerdings kostete es mich eine enorme Überwindung, überhaupt wieder jemandem zu erlauben mich da unten zu berühren, und sogar heute kämpfe ich noch damit, wenn mich jemand oral befriedigen will. OBWOHL DIE CHLAMYDIEN WEG SIND. Obwohl es mir gut geht und ich nicht mehr infiziert bin, hat es eine seelische Narbe hinterlassen. Sobald es auf Sex hinausläuft, spukt es mir im Kopf herum. Ich werde alles daransetzen das zu ändern, aber ich hätte mir das alles auch ersparen können. Und das ist es, was mich so ärgert.

An dieser Stelle möchte ich dir mit auf den Weg geben: Dein Körper ist im wahrsten Sinne des Wortes ein Tempel. Er hat es nicht verdient, dass du das Glück herausforderst. Lass dich regelmäßig untersuchen, schütz dich und riskier es nicht, für ein vorübergehendes Vergnügen unfruchtbar zu werden (oder noch Schlimmeres). Nichts und niemand ist es wert, deine sexuelle und seelische Gesundheit aufs Spiel zu setzen!

Kapitel 12

Sexting

Zu meiner Teenagerzeit galt es noch am ehesten als Sexting, wenn Leute Telefonsex über ihr Prepaid-Nokia-3210 hatten, für das ihre Eltern bezahlten, oder wenn sie SMS verschickten, diSoAussahnWeilSiNichGenugGeldAufmHandyHattn, oder wenn sie so richtig pixelige Bilder über MSN versendeten, sofern sie das Glück hatten, eine Webcam zu besitzen. Jetzt, da wir uns mitten im digitalen Zeitalter befinden und jede*r, vom Kindergartenkind bis zum Rentner, ein Smartphone besitzt, sieht Sexting etwas anders aus. Es gibt immer noch guten altmodischen Telefonsex, aber außerdem Skype-Sex, Snapchat für Bilder, von denen du willst, dass sie wieder gelöscht werden (Vorsicht vor Screenshots!), und es gibt tausend Wege, Fotos und Videos zu verschicken und dich digital sexuell zu verwirklichen.

Warum machen Leute das?

Obwohl ich selbst ein großer Sexting-Fan bin und in diesem Buch viele persönliche Informationen mit euch teile, werde ich euch hier keine meiner Nachrichten präsentieren. Ich verrate euch doch nicht meine Tricks! Sexting ist nichts Schlechtes, es liegt vollkommen an dir und deinen Partner*innen, wie ihr miteinander kommuniziert und euch sexuell auslebt. Taste dich langsam heran und finde heraus, ob ihr auf einer Wellenlänge seid, bevor du allzu freizügige Bilder schickst. Wirklich niemand steht auf ungefragt zugeschickte Penisbilder. Aber wenn alle Beteiligten wirklich einverstanden sind und Lust darauf haben, dann kann's losgehen (wobei du sicherstellen solltest, dass alle über 18 sind, wenn du Bilder oder Videos schickst, um nicht mit dem Gesetz in Konflikt zu kommen)[1]. Was wollen Leute denn nun, wenn sie »sexten«?

Flirten

Die eigene Sexualität ausleben

Jemandem einen Vorgeschmack geben

Alternative zu richtigem Sex in einer Fernbeziehung

Sich gegenseitig scharfmachen

Unbefangen mit jemandem über die eigenen Vorlieben sprechen

Sich selbst oder jemand anderem einen Orgasmus verschaffen

Fantasien/Rollenspiele umsetzen

Unverbindlichkeit – du kannst leicht aufhören, wenn du nicht mehr willst

Das eigene Ego aufpolieren (du musst die Fotos gar nicht abschicken, sie können nur für dich selbst sein.

Sexting ist eine super Möglichkeit, sexuelle Vorlieben anderer kennenzulernen und deine Beziehung zu bereichern, zum Beispiel, falls du deine*n Partner*in nicht oft siehst. Mit Vertrauen und einem guten

1 In Deutschland sieht das Ganze anders aus. Ihr tut nichts Illegales, solange ihr über 14 seid und die entsprechenden Bilder ausschließlich zum persönlichen Gebrauch und mit Einwilligung aller beteiligten Personen angefertigt wurden.

Draht zueinander kann Sexting richtig Spaß machen, nur sollten alle sich damit wohlfühlen und jederzeit die Reißlinie ziehen können.

Nachteile von Sexting

Falls du nicht hinterm Mond lebst, hast du bestimmt davon gehört, dass private Accounts zahlreicher Stars gehackt wurden und Nacktfotos an die Presse gelangt sind. Das ist furchtbar, aber nicht die Schuld der Personen auf den Bildern. Was wir privat tun, geht niemanden etwas an. Wenn wir sexy Selfies machen wollen, sollten wir das tun können, ohne uns dafür zu schämen oder befürchten zu müssen, dass sie vielleicht in die falschen Hände geraten. Aber natürlich hat das bei vielen Leuten eine Menge Ängste geschürt. Und auch wenn weder du noch dein*e Partner*in sich für anzügliche Nachrichten oder Bilder schämen müssen, gibt es trotzdem einige Risiken, die du bedenken solltest.

1 **Sobald du jemandem etwas geschickt hast, hast du keine Kontrolle mehr darüber. Auch wenn du dieser Person in dem Moment vertraust, kann es immer passieren, dass man sich mal nicht mehr gut versteht.**

2 **Bilder, Videos oder Nachrichten mit pornografischem Inhalt zu verschicken kann als sexuelle Belästigung gelten, also versichere dich, dass du die Zustimmung der anderen Person hast. Sexuelle Belästigung ist ein ernst zu nehmendes Vergehen.**

3 **Neue Technologien und damit die Möglichkeit zum Sexting können Menschen zum Fremdgehen verführen. Ich glaube allerdings, wenn Leute fremdgehen möchten, dann tun sie es, egal ob ihnen ein Smartphone zur Verfügung steht oder nicht. Das Handy erleichtert das Ganze nur etwas.**

4 **Wenn dein Foto in die falschen Hände gerät oder rumgezeigt wird, kann das schwerwiegende Folgen haben: Du fühlst dich gedemütigt, schuldig, schämst dich oder wirst sogar gemobbt.**

Niemand verdient es, dass private Bilder ohne Einwilligung geteilt werden, und niemand »hat es doch so gewollt«, nur weil er oder sie das Foto gemacht hat. Aber du solltest dir der Risiken bewusst sein und dann eine eigene fundierte Entscheidung treffen können. Auf keinen Fall solltest du glauben, du müsstest das tun, nur weil andere das auch tun oder weil jemand so nett gefragt hat. Fühl dich nicht gezwungen irgendwas zu tun, was du nicht willst. Und umgekehrt natürlich genauso: Zwinge niemandem Sexting auf. Für manche ist das einfach nichts.

Sexting und das Gesetz

Ungefragt Nachrichten, Fotos oder Videos mit anzüglichen Inhalten zu verschicken oder jemanden so lange zu bedrängen, bis er oder sie dir solche Nachrichten schickt, kann genauso zu schwerwiegenden strafrechtlichen Konsequenzen führen wie die Veröffentlichung und Verbreitung von Nachrichten, Fotos oder Videos mit pornografischem Inhalt (z. B. »Rachepornos«) ohne die Einwilligung der Abgebildeten. Ebenso ist es natürlich nicht rechtens, anzügliche Nachrichten, Bilder oder Videos als Druckmittel zu benutzen, um jemanden zu sexuellen Handlungen oder zur Fortsetzung einer Beziehung zu zwingen.

TU DAS NIEMALS

Es ist illegal.

Das Gesetz sagt auch, dass Sexting in Großbritannien für unter 18-Jährige strafbar ist, aber da wird es nun etwas komplizierter. Deshalb kommt hier noch mal Kate Parker zum Thema Sexting zu Wort:

Kate Parker:

In Medienberichten über neue »Sexting«-Gesetze klang es häufig, als handelte es sich dabei um eine völlig neue Gesetzeslage. Dem ist aber nicht so. In Großbritannien wird »Sexting« durch Artikel 1 des Protection of the Children Act 1978 *(ein Kinderschutzgesetz aus dem Jahr 1978) geregelt, was – wie unschwer an der Jahreszahl zu erkennen ist – mittlerweile seit 40 Jahren existiert. Ursprünglich wurde es verabschiedet, um härter gegen die Verbreitung von Kinderpornografie vorgehen zu können. Für den Umgang mit dem Thema »Sexting« wurde es sozusagen wiederbelebt. Allerdings ist dieses Gesetz bereits oft als zu streng kritisiert worden, denn es stellt im Prinzip unter Strafe, dass junge Leute sich über Chats und Messengerdienste gegenseitig ziemlich eindeutige Bilder von sich schicken.*
Und was besagt dieser Artikel nun eigentlich genau?

Jemand macht sich strafbar

a) wenn er in irgendeiner Weise unzüchtige Fotografien oder Pseudo-Fotografien von Kindern erstellt oder deren Erstellung erlaubt bzw. zulässt oder

b) wenn er an der Verbreitung dieser unzüchtigen Fotografien oder Pseudo-Fotografien beteiligt ist oder

c) wenn er solche unzüchtige Fotografien oder Pseudo-Fotografien in seinem Besitz hat mit der Absicht, sie zu verbreiten oder anderen zugänglich zu machen.

Ein paar kleine Anmerkungen, bevor wir uns näher damit auseinandersetzen.

Zuallererst: Wenn du kannst, ignoriere die ausschließliche Verwendung der männlichen Form im Gesetz. Natürlich bezieht es sich auf alle Menschen, aber subtile linguistische Gleichberechtigung ist von unserem Parlament offenbar zu viel verlangt.

Eine »Pseudo-Fotografie« bezieht sich auf Bilder, die mithilfe von Computern digital erstellt wurden, um auszusehen wie echte Fotos, und mit »Kindern« sind in diesem Kontext alle unter 18 gemeint. »Unzüchtig« lässt natürlich Interpretationsspielraum, aber du kannst dir vermutlich vorstellen, was darunter fällt: Nacktfotos bzw. Bilder, die nackte Brüste, Geschlechtsteile oder den Hintern zeigen.

*Die große Anzahl Verben in diesem Absatz deutet darauf hin, dass eine große Bandbreite an Handlungen mit diesem Gesetz kriminalisiert werden. Jede*r, der oder die ein unzüchtiges Foto von einem oder einer Minderjährigen macht, herumzeigt oder besitzt (mit der Absicht, es anderen zu zeigen), kann mit diesem Gesetz in Konflikt geraten, sogar wenn dieses Foto in gegenseitigem Einvernehmen gemacht wurde oder wenn es ein Selfie ist.*[1]

Stell dir folgende Situation vor: Ich habe eine liebevolle stabile Beziehung zu meinem Freund und lasse ihn Nacktfotos von mir machen. Nehmen wir an, ich bin 17 (ich darf also laut Gesetz Sex haben, wie du vermutlich weißt). Ich könnte jetzt strafrechtlich verfolgt werden, weil ich zugelassen habe, dass diese Fotos gemacht wurden. Mein Freund wiederum könnte

---

1 Kate Parker beschreibt die Rechtslage in Großbritannien, aber auch in Deutschland kann dies nach § 184 ff. des Strafgesetzbuches (StGB) strafrechtlich relevant werden. Wenn allerdings Jugendliche »innerhalb einer sexuellen Beziehung in gegenseitigem Einverständnis« pornografische Bilder/Videos von sich herstellen und austauschen, so erscheint das dem Gesetzgeber nicht strafwürdig.

strafrechtlich verfolgt werden, weil er diese Fotos erstellt und weil er sie auf seinem Handy gespeichert hat (also »in seinem Besitz hat«), mit der Absicht, sie mir zu zeigen.

Stell dir noch eine weitere Situation vor, in der ich als kleine Belohnung für meinen Freund (oder weil ich einfach denke »Hey, meine Brüste sehen heute super aus«) mit dem Handy ein Oben-ohne-Foto von mir mache. Ich bin immer noch 17. Aufgrund der Tatsache, dass ich diese Bilder erstellt und sie außerdem auf meinem Handy habe, mit der Absicht, sie meinem Freund zu zeigen, könnte ich auch diesmal strafrechtlich verfolgt werden.

Es gibt ein weiteres Gesetz, Artikel 160 des Criminal Justice Act 1988 *(Strafrecht aus dem Jahr 1988), das den Besitz solcher Fotos sogar ohne die Absicht, sie anderen zu zeigen, für rechtswidrig erklärt.*[2] *Dagegen kann man sich allerdings verteidigen, indem man angibt, diese Bilder nicht selbst gesehen oder keinen Grund zu der Annahme gehabt zu haben, sie seien unzüchtig (darunter können zum Beispiel Spam-Mails fallen, die ungeöffnet in deinem Spam-Ordner landen). Auch kannst du angeben, dass dir jemand die Bilder ohne deine Zustimmung oder Aufforderung geschickt hat und du diese nicht über einen angemessenen Zeitraum hinaus behalten hast. Es ist in diesem Fall Sache des Gerichts zu bestimmen, was ein »angemessener Zeitraum« ist. Falls du also jemals ein Nacktfoto von einer oder einem Minderjährigen bekommst, ohne danach gefragt zu haben, solltest du es schnellstens löschen, um eine mögliche Strafverfolgung zu ver-*

---

2 Auch in Deutschland kann dies zu strafrechtlichen Konsequenzen führen. Hast du allerdings selbst ein solches Bild von einer anderen Person hergestellt, die dir ihre Einwilligung erteilt hat, so ist der Besitz dieses Bildes in Deutschland für dich nach § 184c Absatz 4 des StGB straffrei.

meiden. Vermutlich merkst du schon, warum die Gesetzeslage rund um »Sexting« keineswegs ideal ist: Es kommt uns komisch vor, etwas gesetzlich zu verbieten, was mit gegenseitigem Einverständnis und aus freien Stücken geschieht, nur weil die Beteiligten jung sind. Und die Strafen haben es in sich. In Großbritannien beträgt die Maximalstrafe für Verstöße gegen den Protection of the Children Act 1978 *zehn Jahre Freiheitsentzug. Man sollte sich dabei natürlich ins Gedächtnis rufen, dass jedes Strafverfahren doppelt geprüft wird. Die britische Strafverfolgungsbehörde,* The Crown Prosecution Service *(CPS, die Behörde, die im Namen des Staates Straftaten verfolgt, wie bei uns in Deutschland die Staatsanwaltschaft), muss sich selbst die Frage stellen, ob es genügend Beweise für eine realistische Aussicht auf Verurteilung gibt und ob eine Anklage im Interesse der Öffentlichkeit liegt. Die CPS könnte also der Ansicht sein, dass es nicht im öffentlichen Interesse liegt, eine 17-Jährige strafrechtlich für das Verschicken ihrer eigenen Nacktbilder zu verfolgen. Man sollte immer im Kopf behalten, dass das Gesetz ja ursprünglich dazu gedacht ist, Kinderpornografie zu bekämpfen. Selbst für den Fall, dass Anklage erhoben wird, bekommen Jugendliche in Großbritannien für »Sexting« nicht die Höchststrafe. Das Gericht wird sich in diesen Fällen eventuell eher für eine Geldstrafe bzw. sogenannte »Erziehungsmaßregeln« entscheiden. Die können zum Beispiel Sozialstunden oder Derartiges beinhalten. Es kann sogar sein, dass die Polizei für dieses Verhalten nur eine Verwarnung erteilt, wofür man nicht vor Gericht erscheinen muss. Auch wenn das eine verhältnismäßig geringfügige Strafmaßnahme ist, so kann sie später eventuell zu Schwierigkeiten beim Reisen oder bei der Jobsuche führen. Und das Risiko sind die paar Schnappschüsse von deinen Brüsten vermutlich nicht wert.*

Ich möchte dir noch eine Warnung mit auf den Weg geben: »Sexting« lässt sich nur sehr schwer rückgängig machen. Ist das Bild einmal da draußen, ist es extrem schwierig, es zurückzuholen. Vielleicht bist du in einer vertrauensvollen Beziehung davon überzeugt, dass niemand außer euch dieses Foto jemals zu sehen bekommt. Aber was passiert, wenn diese Beziehung im Streit auseinandergeht? Was passiert, wenn jemand anderes dein Handy in die Finger kriegt oder das Handy deines Partners oder deiner Partnerin? Mal abgesehen von den gesetzlichen Folgen kann eine solche Erfahrung traumatisch und schwer zu verarbeiten sein. In solch einer Situation trägt ganz klar die Person die Schuld, die das Foto ohne deine Zustimmung verbreitet hat. Trotzdem solltest du gut darüber nachdenken, bevor du solche Bilder von dir verschickst. Denn damit gibst du sie (im wahrsten Sinne des Wortes) aus der Hand.

Kapitel 13

Sex Shaming

Oder auch: Verurteilung sexueller Vorlieben

Du Schlampe!

Würde ich jedes Mal zehn Pence kriegen, wenn mich jemand Schlampe nennt, entweder im Alltag oder online, könnte ich mir mittlerweile ein sehr teures Sextoy leisten. Natürlich trägt die Tatsache, dass ich Videos im Internet veröffentliche, in denen ich über Sex rede, dazu bei. Wenn eine Schlampe eine Person sein soll, die offene Gespräche über Sex führt und andere Leute aufklärt – verdammt noch mal, dann bin ich halt eine! In Wahrheit gibt es allerdings gar keine genaue Definition für Schlampe. Für das Video »Do I Look Like A Slut?« habe ich Leute gefragt, wie sie eine »Schlampe« definieren würden, und hier kommen die häufigsten Antworten:

Eine Frau, die sehr oft Sex hat

Eine Frau, die aufreizende Kleidung trägt

Eine Frau, die dich anmacht und mit dir flirtet, dann aber nicht mit dir schläft

Eine Frau, die lügt und betrügt

Schauen wir uns das mal ein bisschen genauer an ...

Eine Frau, die sehr oft Sex hat

*Könnte mir bitte mal jemand sagen, ab welcher Anzahl von Sexualpartner*innen man nicht mehr von »erfahren«, sondern von »Schlampe« spricht? Mir hat nämlich noch niemand eine offizielle Zahl genannt, deswegen bin ich grad etwas verwirrt. Hier mal ein nett gemeinter Denkanstoß: Menschen in Beziehungen haben meistens mehr Sex als Singles, die nur hier und da etwas Lockeres am Start haben – was auch total in Ordnung ist. Solange beide einverstanden sind und Lust, Neugier, Anziehung, Vertrauen oder Respekt dahinterstecken, ist nichts dagegen einzuwenden.*

Eine Frau, die aufreizende Kleidung trägt

Kleidungsstil und Sexualverhalten haben nichts miteinander zu tun. Es kann viele Gründe haben, warum ein Mensch sich auf eine gewisse Art kleidet – es ist eine Möglichkeit, die eigene Persönlichkeit auszudrücken. Wenn du abends ausgehst und eine Frau mit Highheels, einem kurzen Rock und einem Top mit tiefem Ausschnitt siehst, hörst du bestimmt diese Stimme im Kopf, und ich schäme mich zugeben zu müssen, dass es mir auch so geht. Diese Stimme sagt: »Oha, sie sieht ein bisschen nuttig aus.« Manche sprechen das sogar laut aus. Halt dich dann zurück! Sobald dir der Gedanke kommt, reiß dich zusammen und denk noch mal drüber nach. Frauen können anziehen, was immer sie wollen. Es ist weder eine Einladung noch steckt irgendeine andere Message dahinter als »Dafür habe ich mich heute vor dem Kleiderschrank entschieden«.

Eine Frau, die dich anmacht und mit dir flirtet, dann aber nicht mit dir schläft

Das ist meine Lieblingsantwort. Der Widerspruch an sich ist einfach zu gut. Wenn ich mit vielen Menschen schlafe, bin ich eine Schlampe. Wenn ich aber keinen Sex mit dir will, bin ich trotzdem eine Schlampe. Faszinierend. Hier mal eine schockierende These: Eine Frau kann mit einer ganzen Horde von Menschen schlafen, aber nicht mit dir. Sie kann mit einer ganzen Horde von Menschen schlafen und auch mit dir. Sie kann nur mit dir schlafen. Sie kann mit niemandem schlafen. Und keines dieser Szenarien macht sie zu einer Schlampe.

Eine Frau, die lügt und betrügt

Auch diese Frau ist keine Schlampe. Eine Frau, die lügt und betrügt, oder irgendeine Person, die lügt und betrügt, ist vielleicht nur ein bisschen gemein und manipulativ oder durchlebt gerade eine schlechte Phase. Wenn eine Frau fremdgeht, macht es sie nicht zur Schlampe, wobei es sie natürlich auch nicht zur idealen Partnerin macht. Aber jemanden wegen schlechtem Verhalten in einer Beziehung als Schlampe zu bezeichnen löst die grundlegenden Probleme auch nicht. Mach also Schluss oder rede vernünftig mit ihr über das, was los ist.

Vielleicht hast du das Muster schon erkannt, denn letztendlich ist niemand in diesen Szenarien eine Schlampe, weil Schlampen nämlich nicht existieren. Es ist ein Wort, das verwendet wird, um die sexuelle Selbstbestimmung von Frauen einzuschränken. Ich erinnere mich noch, dass »Schlampe«, als ich Teenager war, eine der schlimmsten Beleidigungen überhaupt war. Wir Mädchen haben uns dementsprechend auf eine bestimmte Art und Weise verhalten oder wenigstens so getan. Wenn wir uns für eine Party fertig machten, haben wir immer gefragt: »Seh ich aus wie eine Schlampe?« Das wollten wir nämlich auf keinen

Fall. Vielleicht hat uns das von etwas abgehalten, was wir sonst gerne gemacht hätten, oder davon, offen über bestimmte Dinge zu reden. Und das Schlimmste von allem: Es hat uns gegeneinander aufgebracht. Ich bereue es sehr und bin wirklich traurig, wenn ich darüber nachdenke, wie ich andere Frauen früher verurteilt habe. Meine Gedanken heute werden ziemlich gut von Tina Feys Rolle in *Girls Club, Vorsicht Bissig!* zusammengefasst: »Ihr müsst damit aufhören, euch ständig gegenseitig als Nutten und Schlampen zu bezeichnen, damit gebt ihr den Jungs die Berechtigung, euch so zu nennen.« Oh, Ms Norbury, wie recht Sie haben!

Außerdem wird bei dem Wort »Schlampe« mit zweierlei Maß gemessen. Ich habe gerade hauptsächlich über Frauen gesprochen, eben weil »Schlampe« ein von Natur aus genderspezifisches Wort ist. Einen Kerl würdest du nicht Schlampe nennen. Tust du es doch, dann nur mit dem Zusatz »männlich« davor, also eine »männliche Schlampe«. Dass wir mit zweierlei Maß messen, liegt nicht nur an der Sprache, sondern wird auch dadurch deutlich, dass eine bestimmte Art von sexuellem Verhalten gefeiert oder aber bestraft wird – je nach Geschlecht. Wenn eine Frau oft Sex mit Männern hat, ist sie eine Schlampe. Wenn ein Mann oft Sex mit Frauen hat, dann ist er ein toller Hecht/Player/Stecher/Hengst – alles positiv besetzte Dinge in unserer Gesellschaft. Ich erinnere mich noch, wie mir jemand in der Schule erzählt hat, dass die Leute immer lügen, wenn es um die Anzahl ihrer bisherigen Sexpartner*innen geht – Männer fügen immer drei hinzu und Frauen ziehen immer drei ab. Diese unterschiedlichen Maßstäbe tauchten schon ziemlich früh in meinem Leben auf. Damals habe ich gedacht: »Heißt das, ich soll den Leuten erzählen, dass ich mit minus drei Leuten geschlafen habe? Das ist doch bescheuert!« Sex zu haben macht dich weder zu einer Schlampe noch zu einem Hengst. Es ist nur Sex: dein Körper, deine Entscheidung, dein Verhalten und deine persönliche Beziehung zu anderen Menschen. Sex mit häufig wechselnden Partner*innen kann sich für die eine Person richtig anfühlen, für die andere ist es einfach nichts. Wichtig ist nur, wie du dich fühlst. Bist du glücklich mit deinem Sexleben? Vielleicht ist zu viel Sex ein Problem, wenn die falschen Gründe dahinterstecken und er dich unglücklich macht. Aber das ist doch eine vollkommen persönliche Sache und macht dich nicht zu einer Schlampe! Dein Sexleben ist dein Sexleben und nur du bestimmst, wohin die Reise gehen soll.

Wie prüde bist du denn?!

Es gibt aber auch den umgekehrten Fall: Immer wieder werden Menschen beleidigt, weil sie angeblich nicht oft genug Sex haben. Die Gesellschaft ist manchmal echt seltsamen Widersprüchen erlegen.

HAST DU ZU OFT SEX, BIST DU EINE SCHLAMPE, HAST DU NICHT OFT GENUG SEX, BIST DU PRÜDE.

Du kannst überhaupt nicht gewinnen. Sex ist omnipräsent, auch wenn viel zu wenig über gesunde Beziehungen, LGBTQ+, sexuelle Lust und STIs geredet wird. Egal ob in Filmen, im Fernsehen, in Musikvideos, in der Werbung, in Videospielen – Sex zieht sich durch unsere gesamte Kultur und trotzdem fehlt es an grundlegender Sexual- und Beziehungsaufklärung. In dieser extrem sexualisierten Gesellschaft – wo jede*r Sex zu haben scheint, wo in der Schule gefragt wird, wie weit du schon gegangen bist, wo die Universität als ein Ort gilt, an dem alle permanent Sex haben – denkst du dir womöglich, du würdest etwas falsch machen, weil du nicht die gleichen Erfahrungen machen willst oder auch bisher noch gar keinen Sex hattest.

Wenn du nicht an Gelegenheitssex interessiert bist und nur mit Menschen schlafen möchtest, mit denen du eine Liebesbeziehung führst, oder wenn du nur eine geringe Anzahl an Sexualpartner*innen vorweisen kannst, gibt es Leute, die dich dafür verurteilen. Wir sind sexuell »befreit«, und manche Leute denken, sexuelle Freiheit wäre damit gleichzusetzen, die ganze Zeit massenhaft Sex mit Unmengen verschiedener Menschen zu haben – was einfach nicht stimmt. Du kannst genauso gut keinen Sex mit anderen Menschen haben und trotzdem sexuell frei sein, weil du dich nämlich selbst dafür entschieden hast. Du bist also nicht prüde. Und was soll das überhaupt bedeuten, »prüde«?! Für mich hört es sich an wie ein Wort, das verwendet wird, damit Menschen sich schlecht fühlen, weil sie sexuell nicht so ticken wie die Gesellschaft es von ihnen erwartet. Oder es wird von Leuten verwendet, die es nicht mehr ertragen, abgewiesen zu werden.

Es gibt kein richtiges oder falsches Sexleben, es gibt nur das, was dir guttut. Beim Sex werden keine Punkte dafür verteilt, wer es richtig, oft genug oder mit den richtigen Menschen treibt. Niemand hat das Recht, über irgendwelche sexuellen Vorlieben, das sexuelle Verhalten, Kleidungsstile, Aussehen etc. zu urteilen.

Es geht uns einfach nichts an.

Du Freak!

Was wir auch sehr gerne tun: etwas verurteilen, von dem wir nichts verstehen, zum Beispiel etwas verrücktere Formen von Sex. Jede*r hat unterschiedliche Vorlieben, Gelüste und eine einzigartige Sexualität, deswegen ist es keine Überraschung, dass es eine ganze Reihe von Sexpraktiken, -fetischen und was sonst noch alles zu entdecken gibt. Es gibt da dieses Meme mit Internetregeln und Regel Nr. 34 lautet: »Wenn etwas existiert, gibt es auch Pornos dazu – ohne Ausnahme.« Und vermutlich stimmt das. Irgendjemanden wird es da draußen unter sieben Milliarden Menschen geben, der oder die auf Jaffa-Cake-Pornografie steht oder bei dem Geräusch von Fingernägeln, die über eine Tafel kratzen, geil wird. Wir können nicht kontrollieren, worauf wir abfahren, und neue Sachen mit unseren Partner*innen auszuprobieren kann Spaß machen und aufregend sein. Okay, nicht alles ist für jeden was, aber das heißt nicht, dass man über diejenigen, die ein bisschen BDSM oder Rollenspiele toll finden, urteilen sollte. Das Wichtigste ist, dass alles in beiderseitigem Einvernehmen passiert, dass Vertrauen und Respekt vorhanden sind, dass es Safewords (Wörter, die signalisieren, dass man an dieser Stelle nicht weitergehen möchte) gibt und dass ihr euch anschließend umeinander kümmert. Viele Vorlieben oder Fetische werden in der Gesellschaft nicht anständig repräsentiert und auch nicht positiv dargestellt. Selbst der Fußfetisch – der gängigste Fetisch überhaupt – wird meistens nur in Zusammenhang mit Witzen oder in angewidertem Tonfall erwähnt. Was auch immer jemand für sexuelle Eigenarten hat und wie sehr sie sich auch von deinen unterscheiden – lasst uns doch einfach nett zueinander sein. Niemand hat etwas davon, wenn man andere runtermacht.

Das führt bloß dazu, dass Leute schlecht von sich selbst denken oder sich durcheinander und einsam fühlen. Wie wär's denn zur Abwechslung mal mit etwas Lob?

Hey, du hattest gestern Abend also einen One-Night-Stand und bist total glücklich darüber und machst jetzt einfach weiter, als wäre nichts gewesen? Cool! Hau rein! Mach dir einen schönen Tag!

Oh, du fährst darauf ab, Leute anzupinkeln, und dein*e Partner*in findet das voll in Ordnung? Eure Beziehung ist superliebevoll und der Sex läuft richtig gut? Das freut mich für euch!

Du hattest seit zwei Jahren keinen Sex, weil du niemanden getroffen hast, mit dem du es treiben wolltest? Und du genießt die Zeit auf der Arbeit, mit Freund*innen und deinen Hobbys? Natürlich ist mit dir alles in Ordnung! Du bist klasse! Genieß dein Leben!

Du willst mir nicht alle intimen Details über dein Sexleben verraten? Das ist okay! Und wenn es dir unangenehm ist, muss ich dir meine auch nicht erzählen. Lass uns einfach direkt zusammen in die Kiste springen.

Wäre das nicht toll?

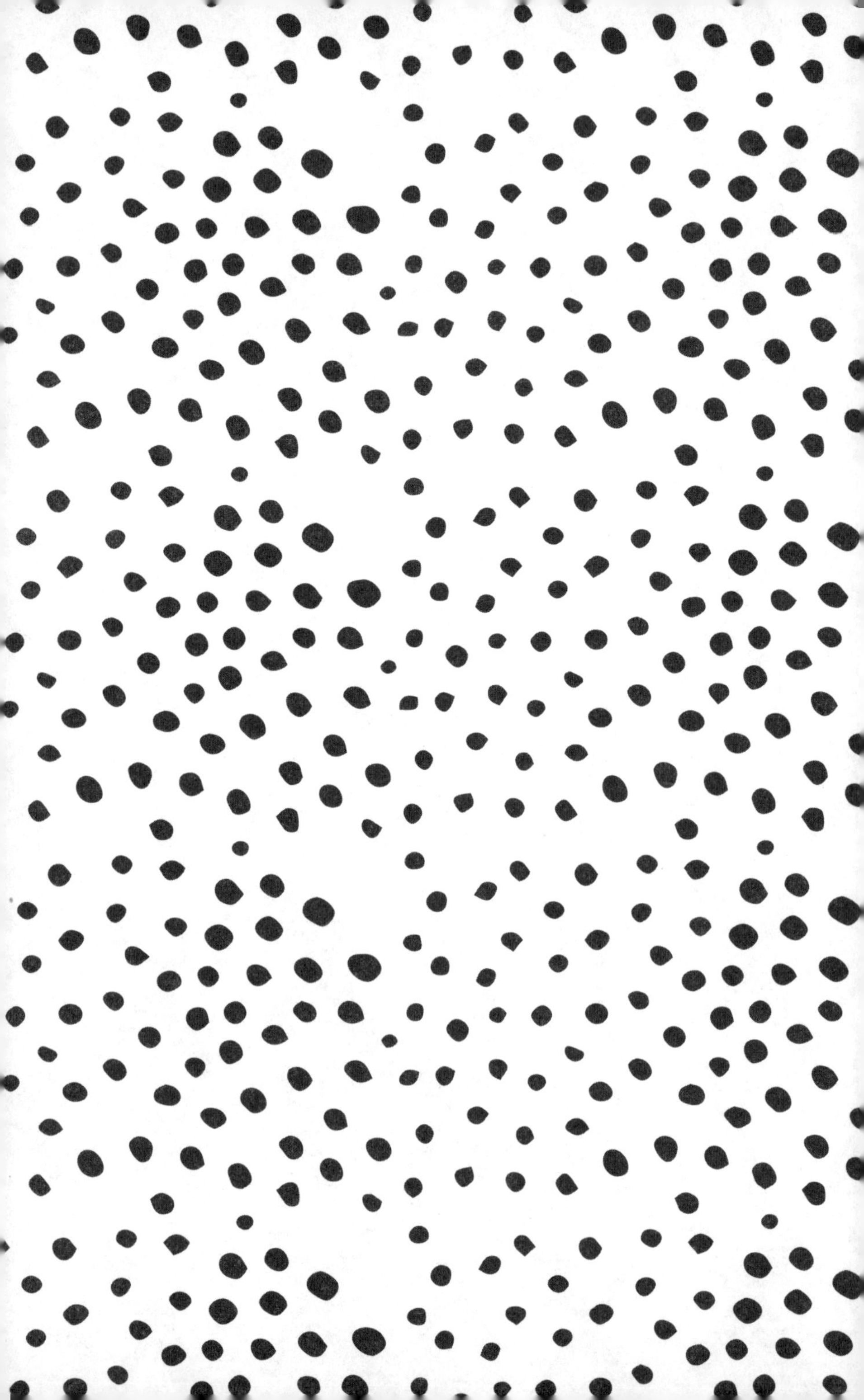

Schlusswort

Sicher fragst du dich jetzt: »Hannah, was ist aus der Geschichte mit diesem Typen geworden? Geht's dir wieder besser?« Denn vielleicht erinnerst du dich, dass mit mir Schluss gemacht wurde, während ich dieses Buch geschrieben habe. Besagtes Ereignis ist zum jetzigen Zeitpunkt fast zwei Monate her.

Und wenn du das liest, wird es noch länger her sein. Beziehungen und Romanzen haben nicht immer diesen perfekten Spannungsbogen wie im Film. Das richtige Leben verläuft nicht in einer Reihenfolge, die irgendwie Sinn ergeben würde. Und manchmal haben Geschichten nicht mal ein richtiges Ende. Im Moment geht es mir gut. Ich bin über ihn hinweg. Ich muss seinetwegen nicht mehr weinen. Und auch wenn er mir noch ab und zu in den Sinn kommt, macht mich das nicht traurig oder wütend. Ich frage mich eher, was er wohl so treibt. Allerdings habe ich ihn seitdem auch nicht wiedergesehen. Obwohl gerade alles okay ist, warte ich noch auf den Augenblick, in dem wir uns auf einer Party oder so über den Weg laufen und ich mit all den Gefühlen konfrontiert werde, mit denen ich theoretisch schon abgeschlossen habe. Noch ist das aber nicht passiert, und um der Geschichte ein befriedigendes

Happy End zu verpassen, merk dir: Es geht mir gut, ich bin wieder glücklicher Single.

(Update! Wir sind beide auf die gleiche Halloween-Party eingeladen und ich habe gesehen, dass er bei Facebook auf »teilnehmen« geklickt hat. Also bleib dran, um zu lesen, wie ich das beste Kostüm aller Zeiten finde, sodass ich supercool und attraktiv aussehe und mich prächtig amüsiere, während er denkt: »Mann, was bin ich doch für ein Idiot, wie konnte ich die bloß verlassen?« Oder auch nicht, wir werden sehen.)

(Nächstes Update! Ich kam also zu dieser Party und war als Elfi aus Stranger Things *verkleidet. Ich sah wirklich toll aus, aber das hätte ich mir auch sparen können, weil er die Serie nicht kannte (?!). Du erinnerst dich, dass ich befürchtet habe vielleicht von Gefühlen überwältigt zu werden? Tja, genau das ist passiert. Ich erspare dir die Details, aber es endete damit, dass wir beide heulten und uns küssten und seine Schminke irgendwie auf meinem Gesicht landete. Auch wenn du es nicht glaubst, ich konnte dadurch ziemlich gut mit der Sache abschließen. Wir haben uns seitdem nicht gesehen, uns aber als Freunde ein paar Nachrichten geschrieben, und es fühlt sich gut an.)*

Damit versuche ich zu sagen, dass Dinge wie Sex und Liebe, Dates, Beziehungen, Selbstfindung und -vertrauen nicht immer einfach sind. Sich untenrum und innen drin auszukennen ist hart und niemand ist perfekt darin. Ich kenne niemanden, ob Single oder in einer Beziehung, bei dem oder der immer alles super läuft (bei mir auch nicht). Aufklärung zum Thema Sex und Beziehungen ist nichts, was man einmal mitmacht, und dann ist gut. Es ist eher ein Prozess, der womöglich ein ganzes Leben dauert, und das hier ist mein bisher gesammeltes Wissen. Ich hoffe, dieses Buch beeinflusst dich positiv, egal an welchem Punkt deiner Reise du dich befindest. Eine Sache, die ich dir hoffentlich mit auf den Weg geben konnte, ist, dass wir alle unterschiedlich sind. Vielleicht kannst du dich nicht so leicht mit mir identifizieren, weil ich so offen über Sex rede, dass ich sogar ein verdammtes Buch darüber schreibe. Aber wenn du weniger erfahren und ein bisschen diskreter bist oder ein bisschen konservativer, was Sex angeht, dann ist das überhaupt kein Problem!

Neulich war ich zum Beispiel auf einer Party und setzte mich neben eine Bekannte aufs Sofa. Wir redeten eine Weile und ganz plötzlich entschuldigte sie sich bei mir: Falls sie irgendwie kalt oder distanziert wirke, dann nur, weil sie sich von mir eingeschüchtert fühle. Ich war zuerst etwas geschockt. Eingeschüchtert? Von mir? Ich halte sie für einen wundervollen Menschen und bewundere sie für alles, was sie tut, und besonders dafür, mir das so ehrlich gesagt zu haben. Es war sicher nicht leicht, das zuzugeben. Ich fand es aber ziemlich cool und fragte sie, warum. Sie meinte, weil ich so offen beim Thema Sex sei. Sie respektiert, was ich tue, hat aber andere Vorstellungen darüber, wie ihr persönliches Sexleben aussehen soll, und hatte Schiss, dass ich sie für ihre Entscheidungen verurteilen würde. Das ist natürlich vollkommen absurd. Aber so was passiert, wenn du nicht offen mit den Leuten sprichst. Du nimmst einfach an, sie würden bestimmte Dinge denken oder sich auf eine bestimmte Weise verhalten. Aber ob das stimmt, erfährst du erst, wenn du wirklich mit ihnen redest. Kommunikation ist mit das Wichtigste in jeder gesunden Beziehung und im Leben allgemein. Jedenfalls erklärte ich ihr, dass ich an der Uni mit Mädels zusammengelebt habe, deren Überzeugungen und Entscheidungen sich von meinen genauso unterschieden wie ihre. Trotzdem haben wir uns nicht dafür verurteilt, sondern uns respektiert und akzeptiert, dass für unterschiedliche Menschen unterschiedliche Dinge wichtig sein können. Wir haben uns nicht gegenseitig unsere Weltsicht aufgezwungen und waren voller Neugier und Verständnis füreinander. Das schien meine Bekannte zu beruhigen und jetzt verstehen wir uns deutlich besser.

Aufklärung über Sexualität und Beziehungen ist ein so wichtiges Thema für mich, weil sie so ausschlaggebend dafür ist, wie wir unser Leben leben, wie wir uns selbst sehen und wie wir mit anderen umgehen. Nicht über Körper, sexuelle Identitäten, Verhalten oder Entscheidungen anderer Leute zu urteilen ist Teil dieser Aufklärungsarbeit. Das von klein auf zu lernen kann vielen Menschen helfen, sich »normaler«

oder weniger alleine zu fühlen und über ihren Körper und ihre Zukunft selbst zu bestimmen. Es gibt ihnen das Werkzeug an die Hand, um die bestmöglichen Entscheidungen zu treffen und zu wissen, was zu tun ist, wenn es mal nicht so läuft wie geplant. Dir kann es dabei helfen, dich in deiner eigenen Haut wohlzufühlen und stolz auf dich zu sein.

Andererseits brauchen wir auch Aufklärung ganz praktischer Art: Um die Ausbreitung sexuell übertragbarer Krankheiten zu verringern und ungewollte Schwangerschaften zu verhindern. Um bei sexuellen Begegnungen mehr Augenmerk auf das gegenseitige Einverständnis zu richten und um zu verhindern, dass Menschen aufgrund ihrer Genderidentität, ihrer Sexualität oder ihrer sexuellen Vorlieben gemobbt werden oder sich ausgegrenzt fühlen.

Aufklärung ist wichtig. Bitte sag das weiter. Erzähl deinen Freund*innen davon. Jede*r hat die Möglichkeit, im eigenen Umfeld Aufklärungsarbeit zu leisten. Dafür musst du kein Profi sein – glaub mir, ich bin es schließlich auch nicht. Ich bin nur besessen davon, mehr über Sex zu lernen und anderen dabei zu helfen, ebenfalls zu lernen.

Und so lerne ich weiter und die Welt lernt mit mir und das ist einfach wahnsinnig aufregend.

Wenn du mehr wissen willst

Allgemeine Informationen

Bundeszentrale für gesundheitliche Aufklärung (BZgA), www.zanzu.de
www.profamilia.de
www.familienplanung.de
Jugendportal der Bundeszentrale für gesundheitliche Aufklärung (BZgA), www.loveline.de
www.nummergegenkummer.de, Tel: 116 111

Sexuelle Gesundheit

www.geschlechtskrankheiten.de
www.aidshilfe.de

Unterstützung bei sexueller Gewalt

www.zartbitter.de
www.hilfeportal-missbrauch.de
www.jugend-support.de

LGBTQ+

Lesben- und Schwulenverband, www.lsvd.de
www.rubicon-koeln.de
In&Out Beratung des Jugendnetzwerks Lambda e.V., www.comingout.de
www.queer-lexikon.net/wp/

Neugierig?

www.kennst-du-sexting.de
www.sexualpaedagogik.at